本好きの下剋上

司書になるためには手段を選んでいられません

第五部　女神の化身Ⅲ

香月美夜
miya kazuki

TOブックス

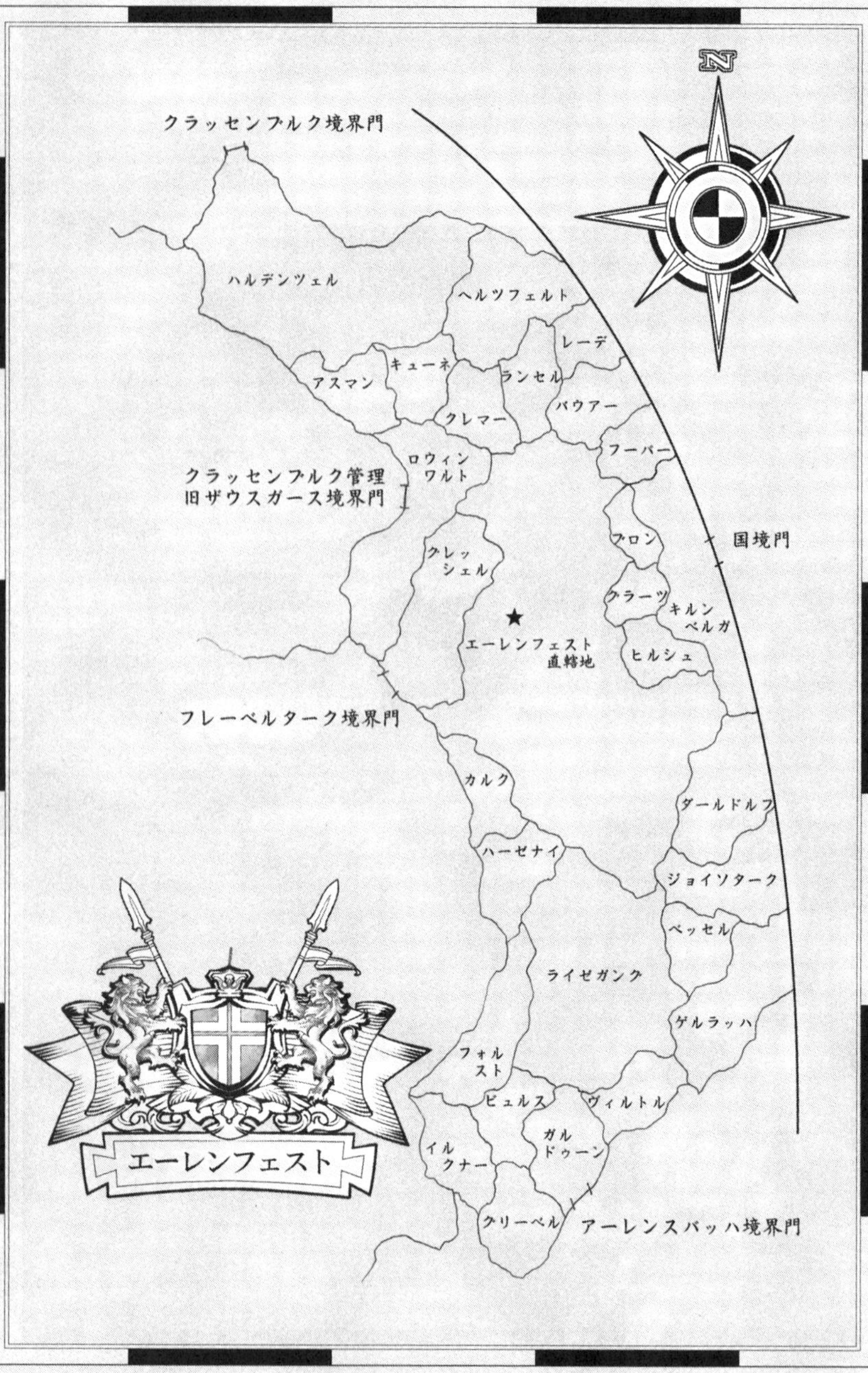

N
クラッセンブルク境界門
ハルデンツェル
ヘルツフェルト
レーデ
キューネ
アスマン
ランセル
クレマー
バウアー
フーバー
ロウィン
ワルト
クラッセンブルク管理
旧ザウスガース境界門
ブロン
国境門
グレッ
シェル
グラーツ
キルン
ベルガ
エーレンフェスト
直轄地
ヒルシュ
フレーベルターク境界門
カルク
ダールドルフ
ハーゼナイ
ジョイソターク
ベッセル
ライゼガング
ゲルラッハ
フォル
スト
ビュルス
ヴィルトル
ガル
ドゥーン
イル
クナー
クリーベル
アーレンスバッハ境界門
エーレンフェスト

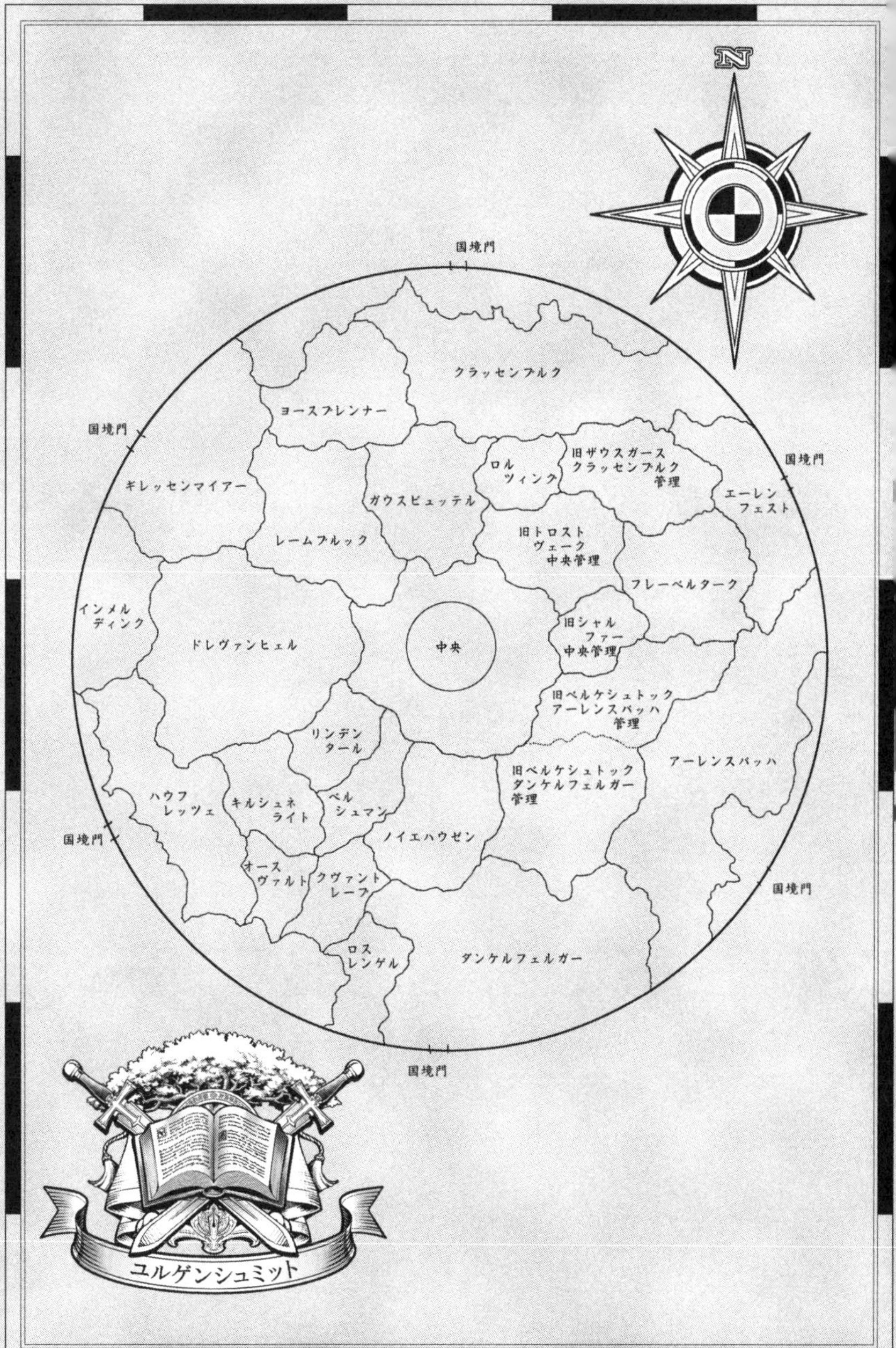

N
国境門
クラッセンブルク
ヨースブレンナー
国境門
ギレッセンマイアー
ロル
ツィング
旧ザウスガース
クラッセンブルク
管理
国境門
エーレン
フェスト
ガウスビュッテル
レームブルック
旧トロスト
ヴェーク
中央管理
フレーベルターク
インメル
ディンク
ドレヴァンヒェル
中央
旧シャル
ファー
中央管理
旧ベルケシュトック
アーレンスバッハ
管理
リンデン
タール
アーレンスバッハ
旧ベルケシュトック
ダンケルフェルガー
管理
ハウフ
レッツェ
キルシュネ
ライト
ベル
シュマン
国境門
ノイエハウゼン
オース
ヴァルト
クヴァント
レーフ
国境門
ロス
レンゲル
ダンケルフェルガー
国境門
ユルゲンシュミット

第五部　女神の化身Ⅲ

イラスト：椎名　優 You Shiina
デザイン：ヴェイア Veia

登場人物

第四部あらすじ

貴族院におけるローゼマインは、最優秀で問題児。祝福で魔術具の主になったり、大領地とディッターをしたり、王族に恋の助言をしたり、黒の魔物を倒したり、採集場所を癒やしたり……。そんな中、フェルディナンドの出生の秘密を知る中央騎士団長の進言によって、婿入りの王命が出された。それを受け、フェルディナンドはアーレンスバッハへ旅立った。

ヴィルフリート
ジルヴェスターの息子。ローゼマインの兄で貴族院三年生。

ローゼマイン
主人公。少し成長したので外見は9歳くらい。中身は特に変わっていない。貴族院でも本を読むためには手段を選んでいられません。貴族院三年生。

エーレンフェストの領主一族

ジルヴェスター
ローゼマインを養女にしたエーレンフェストの領主でローゼマインの養父様。

フロレンツィア
ジルヴェスターの妻で、三人の子の母。ローゼマインの養母様。

シャルロッテ
ジルヴェスターの娘。ローゼマインの妹で貴族院二年生。

メルヒオール
ジルヴェスターの息子。ローゼマインの弟。

ボニファティウス
ジルヴェスターの伯父。カルステッドの父。ローゼマインのおじい様。

フェルディナンド
エーレンフェストの領主一族。王命でアーレンスバッハへ行った。

リヒャルダ
筆頭側仕え。保護者三人組の幼少期を知る上級貴族。

リーゼレータ
中級側仕え見習いの六年生。アンゲリカの妹。

ブリュンヒルデ
上級側仕え見習いの五年生。

グレーティア
中級側仕え見習いの四年生。名を捧げた。

ミュリエラ
中級文官見習いの五年生。名を捧げた。

ローデリヒ
中級文官見習いの三年生。名を捧げた。

フィリーネ
下級文官見習いの三年生。

レオノーレ
上級護衛騎士見習いの六年生。

マティアス
中級騎士見習いの五年生。名を捧げた。

ラウレンツ
中級騎士見習いの四年生。名を捧げた。

ユーディット
中級護衛騎士見習いの四年生。

テオドール
中級護衛騎士見習いの一年生。貴族院だけの側近。

ローゼマインの側近

ハルトムート……上級文官で神官長。オティーリエの息子。
コルネリウス……上級護衛騎士。カルステッドの息子。
アンゲリカ……中級護衛騎士。リーゼレータの姉。
ダームエル……下級護衛騎士。
オティーリエ……上級側仕え。ハルトムートの母。

エーレンフェスト寮

ヒルシュール……エーレンフェストの寮監。文官コースの教師。
オズヴァルト……ヴィルフリートの筆頭側仕え。
イージドール……ヴィルフリートの上級側仕え見習い六年生。
イグナーツ……ヴィルフリートの上級文官見習い四年生。
アレクシス……ヴィルフリートの上級護衛騎士見習い六年生。
バルトルト……ヴィルフリートの中級文官見習い五年生。名捧げ済。
マリアンネ……シャルロッテの上級文官見習い四年生。
ナターリエ……シャルロッテの上級護衛騎士見習い五年生。
トラウゴット……上級騎士見習い五年生。ローゼマインの元側近。

他領の学生

クラリッサ……ダンケルフェルガーの上級文官見習い六年生。
オルトヴィーン……ドレヴァンヒェルの領主候補生三年生。
マルティナ……アーレンスバッハの上級側仕え見習い五年生。
ファティーエ……アーレンスバッハの上級文官見習い六年生。
ライムント……アーレンスバッハの中級文官見習い四年生。ヒルシュールの弟子。
リュールラディ……ヨースブレンナーの上級文官見習い三年生。

ハンネローレ
ダンケルフェルガーの領主候補生三年生。

レスティラウト
ダンケルフェルガーの領主候補生六年生。

ディートリンデ
アーレンスバッハの領主候補生六年生。ゲオルギーネの娘。

その他貴族院関係者

ルーフェン……ダンケルフェルガーの寮監。騎士コースの教師。
グンドルフ……ドレヴァンヒェルの寮監。文官コースの教師。
フラウレルム……アーレンスバッハの寮監。文官コースの教師。

エグランティーヌ
領主候補生コースの教師。第二王子の第一夫人。

他領の貴族

トラオクヴァール……王。ツェントと呼ばれる。
ジギスヴァルト……中央の第一王子。
ヒルデブラント……中央の第三王子。
ラオブルート……中央騎士団長。
オスヴィン……アナスタージウスの筆頭側仕え。
ジークリンデ……ダンケルフェルガーの第一夫人。
コルドゥラ……ハンネローレの筆頭側仕え。
ハイスヒッツェ……ダンケルフェルガーの上級騎士。
アドルフィーネ……ドレヴァンヒェルの領主一族。第一王子の婚約者。
ゲオルギーネ……アーレンスバッハの第一夫人。ジルヴェスターの姉。
レティーツィア……アーレンスバッハの領主候補生。
ゼルギウス……フェルディナンドの側仕え。
コンスタンツェ……フレーベルタークの第一夫人。ジルヴェスターの姉。

アナスタージウス
中央の第二王子。

エーレンフェストの貴族

カルステッド……騎士団長でローゼマインの貴族としてのお父様。
エルヴィーラ……カルステッドの第一夫人。ローゼマインのお母様。
エックハルト……フェルディナンドの護衛騎士。カルステッドの息子。
ユストクス……フェルディナンドの側仕え兼文官。リヒャルダの息子。
トルステン……ヴィルフリートの文官。リーゼレータの婚約者。
ヴェローニカ……ジルヴェスターの母親。現在幽閉中。

第五部 女神の化身Ⅲ

プロローグ

ダンケルフェルガーとのディッターは終わった。中央騎士団の乱入や王族による事情聴取《ちょうしゅ》など想定外のことが起こったけれど、エーレンフェストの勝利に終わり、ローゼマインがダンケルフェルガーへ嫁入りすることはない。自分の主《あるじ》を守れたことにマティアスはホッとした。

だが、全てが終わったのだと安堵《あんど》することはできない。あの事情聴取の場で、おそらくマティアスにしかわからない匂いに気が付いてしまったからだ。

「事情聴取も含めて今回のディッターのことで相談をしたいと思います。これから会議室に集まっていただけませんか？」

夕食時、食堂でマティアスはラウレンツ、レオノーレ、ユーディット、それに加えて今回のディッターに参加したブリュンヒルデに声をかける。

「私は良いのですか？」

まだ幼い顔でそう尋ねるテオドールは貴族院だけの護衛騎士《ごえい》だ。本来の主がギーベ・キルンベルガなので、重要な相談はできない。だが、「自分だけ除け者《のもの》ですか!?」とよく嘆《なげ》いている姿を知っているため、それを正面から指摘することをマティアスは少し躊躇《ためら》った。

「今回はディッターに参加した者で……」

「観客席からの視点での意見は必要ありませんか？」

マティアスがどのように伝えれば彼を傷つけずに遠ざけられるのか悩んでいると、レオノーレが仕方なさそうにゆっくりと息を吐いた。

「テオドール、貴方《あなた》が貴族院だけの護衛騎士である以上、線引きは必要です。こちらの情報をギーベ・キルンベルガに流される可能性がありますから。……ローゼマイン様の護衛騎士にはならないのでしょう？」

テオドールは騎士として筋が良い。ローゼマインの護衛騎士は人数不足だし、情報管理の面から考えても正式に側近入りしてくれればありがたいと側近達は考えている。だが、テオドールは少し考えた後、レオノーレの勧誘《かんゆう》を断った。

「……私の目標はキルンベルガの騎士ですから」


夕食後、ディッターに参加したローゼマインの側近五人が会議室に集まった。きっちりと扉を閉めたことを確認する。

「ブリュンヒルデ、ローゼマイン様のお加減《かげん》はいかがですか？」

最初にマティアスは側仕《そばづか》え見習いのブリュンヒルデにローゼマインの様子を尋ねた。異性であるマティアスは主の部屋がある三階へ入れない。そのため、土気色《つちけいろ》の顔で指示を出しながら連れ出されたローゼマインの顔がずっと脳裏《のうり》にこびりついて離れないのだ。少しは良くなったとか、部屋からは出られないけれど目覚めたとか、何か状況のわかる言葉が欲しかった。

しかし、ブリュンヒルデの口から出た言葉は期待と完全に逆の言葉だった。

「……良くありません。回復薬の飲み過ぎが原因の一つなので、薬を飲ませることもできないとリヒャルダに言われました。ローゼマイン様の目覚めを待つしかありません。実は、わたくし達が食事をしている間に熱が上がっていて……呼吸がとても苦しそうなのです」

今はリヒャルダが食事に出ていて、リーゼレータとグレーティアが冷たい布を額に当てたり、汗を拭《ぬぐ》ったりしているらしい。ブリュンヒルデの顔がローゼマインの状態を話すうちに真っ青になっていく。

「わたくしがディッターの途中で気を失わなければ、ローゼマイン様が許容量を超えた回復薬を使用することを止められたでしょうに……」

後悔と苦悩に満ちた声だが、それはブリュンヒルデが責められることではない。戦いの訓練さえまともにしていない上級側仕え見習いがダンケルフェルガーの騎士見習いで最も強いラールタルクの攻撃を受けたのだ。恐怖に気を失ってもおかしくない。彼女はローゼマインの盾《たて》の中にいることが前提だったため、防ぎ方も避《よ》け方もそれほど訓練しなかった。ディッターに参加した側仕え見習いに求められたのは、回復薬の管理や攻撃用魔術具の種類を覚えることだ。

「それを言うならば、盾の中にレスティラウト様の侵入を許し、ローゼマイン様を守れなかった護衛騎士の責任です。あの時、わたくしが武器を手にしなければ盾から弾《はじ》かれることもなかったのに……」

ユーディットが暗い顔で頭を左右に振る。だが、それも仕方ないとマティアスは思う。主の危機を前に武器を手にしない護衛騎士はいない。反射的にそれができるように訓練を受けるのが護衛騎士なのだから。

「おそらくユーディットでなくてもシュツェーリアの盾から弾き出されただろう。むしろ、あの状況で主を守ろうと動けない者は護衛騎士として失格だ」

マティアスの言葉にラウレンツも頷《うなず》いた。

「それに、もし武器を手にせず、レスティラウト様からお守りできたとしても、ローゼマイン様は回復薬を飲んだと思う。乱入者の攻撃を防ぎ、騎士達が回復できる場を維持するためにはローゼマイン様の盾が必要だったのだから」

ユーディットを慰《なぐさ》めるつもりだったラウレンツの言葉に、ブリュンヒルデが眉を寄せた。

「ラウレンツ、それをわたくし達は止めるべきだったのです。フェルディナンド様がいらっしゃれば、側近失格だと叱《しか》られたでしょう」

マティアスにもラウレンツにも意味がわからなかった。「側近失格」だと言われるほどのことだろうか。去年の領地対抗戦でターニスベファレンから学生達を守った時もシュツェーリアの盾が使われていたが、注意される様子はなかったと記憶している。

乱入してきた者達からの攻撃を防ぐため、ディッターで怪我《けが》を負った騎士達が回復に専念するため、更に観客席から非戦闘員を避難《ひなん》させるためにはシュツェーリアの盾が絶対に必要だった。

「何故《なぜ》ですか？　シュツェーリアの盾がなければ皆が大変な……」

「ダンケルフェルガーにシュツェーリアの盾はありません。ローゼマイン様の盾がなければ回復も、非戦闘員を守ることも碌《ろく》にできないなんて、エーレンフェストの騎士見習い達の甘えではございませんか」

ブリュンヒルデは厳しい眼差《まなざ》しでエーレンフェストの騎士見習い達を非難する。だが、その盾の維持はローゼマインが望み、作っていたものだ。ブリュンヒルデの物言いは皆を守りたいと考えたローゼマインの思いを無視しているようにマティアスには感じられた。

「皆を助けたいと望むローゼマイン様のお心で作られていた盾です。ローゼマイン様のお心とその行動は尊《とうと》いものではございませんか」

「えぇ。ですが、ローゼマイン様の安全と健康が最優先です。わたくし達側近はそこを間違えてはなりません」

強い飴色《あめいろ》の瞳がマティアスとラウレンツに向けられた。

「魔力が溢《あふ》れて止まらないから、と余剰《よじょう》魔力を皆に与えていた時とは違うのです。主治医のフェルディナンド様に定められた量を超えて回復薬を使わせ、ローゼマイン様に無理をさせたのは、わたくし達エーレンフェストの学生全員です。お茶会で倒れるほど虚弱《きょじゃく》だと知っているはずなのに、皆様は何故ローゼマイン様に無理をさせるのです？　何故それを後悔も反省もせずに当然のことのように受け止めているのです？」

マティアスはブリュンヒルデの指摘に後頭部を殴られたような衝撃を受けた。彼女の言う通りだ。ローゼマインが虚弱であることは周知の事実である。それに、他人より多い魔力を持っていても無《む》尽蔵《じんぞう》にあるわけではない。大量に魔力を消費すればなくなる。

だが、回復薬を使わなければ盾を維持できない状態だったというのに、主が祝福や魔力を使うことに関して、マティアスは全く心配したことがなかった。土気色の顔をした主の現状を心配していたけれど、そんな状態の主に頼ることについて全く疑問を持っていなかったのだ。

「ごめんなさいね、ブリュンヒルデ。わたくしが勝利のためにはローゼマイン様の盾が必要だと戦略を立てる際に考えたから……」

「ローゼマイン様本人がやる気でしたし、勝利するためには必要だったでしょう。あの盾がなければ、わたくしはディッターに参加しようと思いませんでした。……ただ、ハンネローレ様が陣から出た時点で勝敗が決していたのでしょう？　ならば、その時点で盾を消し、ローゼマイン様の体調を最優先にすることを提案すべきでした。わたくしは側仕えとして、それができなかったことを後悔しています」

勝負さえつけば騎士見習い達は訓練場から出ても問題ないのだから、攻撃の当たりにくい場所で回復すれば良い。観客席の者達も基本は自衛するものだ。そのために共通の実技でゲッティルトの練習をさせられるのだから。シャルロッテのことは勝負を終えたシャルロッテの護衛騎士が救助に駆けつければ良い。側仕えであるブリュンヒルデから見たディッターの反省点は、騎士の目で見たものとあまりにも違う。

「ブリュンヒルデ、わたくしも後悔していますよ。墜落《ついらく》したダンケルフェルガーの騎士見習いを癒《いや》すことを許すのではありませんでした。ローゼマイン様の方がよほどひどい状態に見えましたもの」

レオノーレは心配そうにローゼマインの部屋のある方を見上げた。護衛騎士である彼女がブリュンヒルデに共感を示していることにマティアスは目を瞬《またた》かせる。主の望みを叶《かな》えるのが側近の務めのはずだ。

……何故そのように考えるのだ？

レオノーレもユーディットもブリュンヒルデの意見に共感を示している。側仕えと騎士という役職による差異ではない。もっと根本的なところだ。仕える姿勢の違いはいずれ行き違いや不和に繋《つな》がるかもしれない。今のうちに相手の意図を理解しておきたい。喉《のど》の奥がヒリヒリするような焦《あせ》りを、マティアスは口にする。

「ですが、あれはローゼマイン様が望んだことですし、あの騎士に癒しは必要だったでしょう。主の望みを叶えることが側近の務めではありませんか？」

「必ずしもそうではありません」

ぴしゃりとそう言ったのはブリュンヒルデだ。レオノーレは少し考えた後、「名捧《なささ》げ側近である以上、貴方達は知っておいた方が良いでしょうね」と呟《つぶや》いた。

「わたくし達が側近になる前のことなので、コルネリウスから聞いたことです。……四年前、主の心に沿うことだけを考えて護衛騎士達が動いたことがありました」

ジョイソターク子爵《ししゃく》にさらわれたシャルロッテを救おうとローゼマインは飛び出した。主の望みを叶えるために護衛騎士達は命じられるままに動き、主から離れた。そのわずかな時間に別の者がローゼマインをさらったと言う。

「護衛騎士が主の望みを最優先で叶えた結果、主はユレーヴェで二年間の眠りにつくことになったのです」

シャルロッテやその側近、領主夫妻に感謝されたところで、自分の主は目覚めない。時間が経《た》つにつれ、だんだんと存在感が薄れて忘れられていく。

「目覚めた主が二年分の成長不良や知識不足、時間の流れから取り残された精神的な不安定さを見せているのに、貴族社会は待ってくれません。意識と現状を摺《す》り合わせる余裕もなく貴族院へ送り込まれるローゼマイン様を見て、守り切れなかった護衛騎士達が何を思ったのかわかりますか？」

彼等の苦悩を想像しただけで苦い思いが胸の内に湧き上がってくる。マティアスもラウレンツも何も言えなかった。

「二度と同じことを繰り返すわけにはいかないのです。そのためには、主の望みを際限なく叶えれば良いわけではないと理解してください。特にローゼマイン様は発想が豊かでやる気と実行力は非常に高いのですが、体力が全くついていきません。神殿育ちで貴族の常識に疎《うと》いこともあり、意思疎通できているつもりでできていないことも多いです」

ローデリヒから聞いた「旧ヴェローニカ派貴族が仕える上での注意」よりもっと根本的な「ローゼマインという主に仕える上での心得」だ。マティアスとラウレンツは真剣に聞く。

「それから、ヴィルフリート様に注意してくださいませ。あの方、いつもローゼマイン様を蔑《ないがし》ろにするのです」

そこからブリュンヒルデによる怒濤《どとう》の愚痴《ぐち》が始まった。側近以外には見えない部分で、ヴィルフリートは相当ローゼマインの側近を怒らせている。一つ一つは些細《ささい》なことだが、積もれば山となるように、彼女達の苛立《いらだ》ちが更に嫌悪《けんお》感を引き出す悪循環《あくじゅんかん》になっているようだ。

……ところどころ思い当たるところはあるな。

「ディッターを受けた時は少し見直しましたのに、ディッターの後半から王族との話し合いではハンネローレ様のことばかりではありませんか」

「いや、それは……敵陣に一人きりでいたハンネローレ様を陣から出したことでエーレンフェストの勝利になったのだから、多少の配慮《はいりょ》は必要で……」

「配慮するのは構いませんが、そのくらいローゼマイン様の顔色にも配慮をいただきたいのです。たった一人で陣に置かれていた他領の領主候補生の心配はできても、たった一人でエーレンフェストの皆を守ろうとする婚約者の心配をしないことに憤慨《ふんがい》しているのです」

「心配をしていないわけではないと思うが……」

ヴィルフリートを庇《かば》ったラウレンツをキッとブリュンヒルデが睨《にら》む。そんな彼女を宥《なだ》めるように肩を叩《たた》きながら、レオノーレがラウレンツとマティアスを交互に見た。

「ヴィルフリート様は夕食の席でディッターに勝利したことを皆に伝えて喜びあっていたでしょう？　王族から理不尽《りふじん》な文句を付けられることなく事情聴取を終えられて良かったと言ったでしょう？　それなのに、皆のために盾を張っていたローゼマイン様への感謝や無理をした婚約者の心配を口にしません。……いつものことだから、と」

改めて思い返せばその通りだった。確かにマティアスもローゼマインの心配をしていた。だが、王族の前にいることもできずに退場させられた主の様子を見ていたのに、何故か「いつもの通り

だ」「その内に目覚める」と心のどこかで思っていた。いつの間にかそう刷り込まれていたことに気付いてマティアスは息を呑《の》んだ。

「皆にあまり心配させないように、というヴィルフリート様なりの配慮だと思うのですよ。それはわたくしもわかるのです。ローゼマイン様が寝込んでいる時の状態を事細かに報告することもできませんし……」

ユーディットの声に、ブリュンヒルデが声を被《かぶ》せるように言う。

「ですが、エーレンフェストのために無理を押すローゼマイン様に対して、ヴィルフリート様は婚約者となって一年以上経つのにお見舞いの一つも用意したことがないではありませんか。わたくし、本当に腹立たしくて……。特に今回はディッターで魔力と回復薬を使いすぎて倒れたのですから、いつものことではないでしょう？　そう思いませんこと⁉」

再びブリュンヒルデが白熱し始めた。よほど主が大事なのだろう。普段は特にそれを感じさせない彼女がこの状態なのだから、あのハルトムートが今の主の状態を知ればどれほどの怒りを見せるのだろうか。

……考えたくないな。

マティアスはすぐにハルトムートに関する思考を放り出すと、ヴィルフリートとの関係改善について提案をしてみる。

「では、側仕えを通じてヴィルフリート様からお見舞いをいただけるように伝えれば……」

「お見舞いはそのように促《うなが》されてすることではありません。それに、ブリュンヒルデは怒っていますが、わたくしはお見舞いの有無など、どうでも良いのです。殿方《とのがた》は寮の三階に上がることはできませんし、政略結婚の相手に弱っているところなど見せたくはないでしょう?」

ブリュンヒルデとは別の方向で怒りを感じさせる声にラウレンツがビクッとしたことがマティアスにも伝わってくる。

「わたくしが気に入らないのは、乱入者によってディッターの決着が中途半端になったとヴィルフリート様が思い悩んでいることです。あの方、ダンケルフェルガーが敗北に納得しているにもかかわらず、あのような状態で勝敗を決めるのは……と王族の前で仕切り直しを望もうとしたのですよ。信じられませんわ」

レオノーレの怒りが藍色《あいいろ》の目に浮かび上がった。その意見には同意する。マティアスは無言で小さく頷いた。ヴィルフリートは普段から「異議を唱えたくない」「上位者に従うべき」と言っているのだから、こういう時こそ黙って従ってほしいと思ったものだ。

「ディッターに参加したにもかかわらず、敵との戦力差を感じ取れない愚か者だとは思いませんでした。あの方には本気でローゼマイン様を守る気がありますの? どんな手段を使っても勝てば良いのです。それ以上に優先することがあるでしょうか」

「ですが、騎士としてはどさくさ紛れの勝利は……」

……馬鹿。止《や》めろ、ラウレンツ!

マティアスの心の声は届かなかった。ラウレンツがほんの少しヴィルフリートを擁護《ようご》する発言をした途端、レオノーレがニコリと微笑《ほほえ》む。

「ラウレンツ、貴方は護衛騎士に向かないのでボニファティウス様にお願いして訓練を強化していただきましょうね」

「へ？」

レオノーレは意味がわからないと言いたげに目を瞬かせるラウレンツからユーディットへ視線を向ける。

「ユーディット、護衛騎士の心得！」

「全てにおいて主の安全を優先すること！　どのような手段を用いても主を守りきれ！」

ユーディットはキリッとした顔で言っている。それが口先だけでないことは、ラールタルクの攻撃時にユーディットがマントを広げて主を最後まで守っていた姿からわかった。

「護衛騎士の心得は毎日唱えてください。勝利の仕方よりローゼマイン様を守る方が大事だと骨の髄《ずい》まで染み込むように。いくら名を捧げていても、命じられなければ主を守れないような護衛騎士では何の役にも立ちませんから」

ニコリとした笑顔だが、言っている内容は真剣で切られるような辛辣《しんらつ》さだ。レオノーレの怒りを一身に浴びたラウレンツは体を縮ませるようにして謝罪する。

「護衛騎士としての心得が足りませんでした。申し訳ございません。……ですが、ヴィルフリート様はローゼマイン様の護衛騎士ではありませんから……」

「護衛騎士でなくても、婚約者でしょう。それも、ヴィルフリート様のための婚約ですよ。ローゼマイン様との婚約がなければ次期アウブになれませんでしたし、瑕疵《かし》のある旧ヴェローニカ派の領主候補生として今回の粛清《しゅくせい》でどれほどの影響《えいきょう》を受けることになったかわかりませんでした。それを理解していらっしゃるのかしら？」

「えぇ、本当に。政略結婚の相手だからこそ、心証が大事なのですよ。お見舞いのお手紙や本の一つでも贈ればローゼマイン様の好意を得ることなど簡単でしょうに……」

婚約のおかげでライゼガング系貴族を味方に付けられる素地ができ、ヴィルフリートは次期領主になれたと言うが、旧ヴェローニカ派で言われていたこととずいぶん違う。派閥《はばつ》による意識の乖離《かいり》を目《ま》の当たりにして、マティアスは思わず口を開いた。

「ライゼガング系貴族にとってはそうなのですか。こちらの派閥では、力を削りすぎたヴェローニカ派との均衡《きんこう》を保つためにヴィルフリート様が次期領主になると言われていましたが……」

派閥による意識の違いに目を向けてほしかった発言で、レオノーレやブリュンヒルデは失望の溜《ため》息《いき》を吐《つ》いた。

「あらまぁ……。ずいぶんと甘いこと。本当に旧ヴェローニカ派の貴族達がそのように考えているのでしたら、ヴィルフリート様のあの態度が改められることはないでしょうね」

「あの態度とは……？」

「王族の事情聴取でもヴィルフリート様はオズヴァルト達に言われるまま、わたくし達の意見を黙《もく》殺《さつ》して唯々諾々《いいだくだく》と従うだけだったでしょう？　あれですよ」

「自分の側近の意見しか聞かず、わたくし達の意見は一顧《いっこ》だにしませんでした。せめて、理由を問うなりローゼマイン様の意見も聞いた上で改めてお返事するなり、何かこちらへの配慮が少しでもあれば……と思うのは間違っていて？」

二人の意見にマティアスはゴクリと息を呑んだ。あの事情聴取の場で、ダンケルフェルガーの要求に便乗《びんじょう》して乱入者の取り調べに同席することをレオノーレは希望した。マティアスも心の中で同意していた。だが、ヴィルフリートは「上位者に余計なことを言わない方が良い」というオズヴァルトの言葉を優先したのだ。

……あぁ。あの時、彼女達とは別のところで私もヴィルフリート様の言動に引っかかりを覚えたのだ。

その後でもっと重要なところに引っかかったため、ヴィルフリートの言動をすっかり忘れていた。思い出そうと考えていると、ユーディットがマティアスとレオノーレの間に割って入ってくる。

「ブリュンヒルデもレオノーレも落ち着いてくださいませ！　マティアスとラウレンツが困惑《こんわく》していますよ。名を捧げたとはいえ、マティアスは旧ヴェローニカ派なのですから、面と向かってヴィルフリート様を批判されると良い気はしないでしょう。ね？」

「ユーディット、そこで同意を求められても困る」

ラウレンツの気まずそうな表情にマティアスは苦笑する。空気を読み切れていないユーディットに和《なご》みつつ、口を開いた。

「私はレオノーレ達とは別の部分でヴィルフリート様の言動に引っかかりを覚えたことを思い出していたところだ。考え込んでいただけで困っていたわけではない」

「あら、マティアスは何に引っかかりを覚えたのですか？」

意外そうに目を瞬かせるブリュンヒルデに、マティアスは自分の引っかかりを伝える。

「レスティラウト様の要求に対して、ヴィルフリート様は深刻に捉えることではないとおっしゃったことに……」

中央騎士団が王命もなく、勝手に動いていたのだ。何故騎士団の暴走が起こったのか、一騎士であるマティアスも原因を突き止めるべきだと感じた。それなのに、ヴィルフリートは却下《きゃっか》した。エーレンフェストの騎士団がアウブの命令もなく同じことをする可能性を次期領主として考えないのだろうか。その深刻さ、危険さを想像できないのだろうかと不思議に思ったのだ。

「それから、事情聴取の際、何か甘い匂いを感じませんでしたか？」

皆を集めた理由、マティアスは今回の会議で一番尋ねたかったことを口にした。彼の真剣な眼差しにつられたように、皆が少し考え込む。一番に顔を上げたのはラウレンツだった。

「……マティアス、もしかして甘い匂いとは女性のリンシャンのことか？　誰の匂いが気になったのだ？」

「ラウレンツ、そのようなものをこの場で尋ねるわけがないだろう」

ふざけているのか、真面目《まじめ》に考えて出た言葉なのかわからない。ラウレンツを黙らせ、マティアスは他の者達へ視線を向けた。目が合ったブリュンヒルデは首を左右に振る。

「わたくしは特に何も感じませんでした。仮に何か匂っていても、よほど強くなければ知らない匂いを気に留めることはないと思います」

「……まさか……」

俯《うつむ》いて考えていたレオノーレがハッとしたように顔を上げた。その視線を受けて、マティアスは頷く。

「中央騎士団でトルークが使われている可能性が高いです」

「何ですって⁉」

「アナスタージウス王子に退出の挨拶に行った時、私は甘い匂いを認識しました。どこから漂《ただよ》ってきたのかと思えば、そこには転がされたままの騎士達がいました。その時は何の匂いだったか定かではなかったのですが、寮へ戻って暖炉《だんろ》を見た瞬間、不意にゲオルギーネ様の笑みが頭に思い浮かんだのです」

それによってマティアスの脳内で甘い匂いと記憶が結びついた。だが、他の誰も気付かなかった。その危険性に背筋が冷たくなる。ブリュンヒルデとユーディットも顔を強張《こわば》らせた。

「粛清によってエーレンフェストではトルークが危険な植物だと知られたはずです。けれど、匂いや実物を知っている者がいないのですね。マティアス以外は誰も気付かなかったのですもの」

「たとえ目の前で焚《た》かれていたとしても、わたくしは気付かないと思います。なんて危険な……」

「マティアス、其方《そなた》が不審《ふしん》に思った夏の終わりと違い、今の季節は当たり前のように暖炉がついている。トルークを焚くのは簡単だということだな？」

ラウレンツの言葉にマティアスは頷いた。不審に思われずにトルークを焚くことができる。

「トルークに関しては、わたくしも知識がありません。あの三人の騎士を調べる中央の者達が気付けば良いのですけれど……」

旧ヴェローニカ派に対する厳しい言動から、マティアスは自分の言葉があまり信用されないのではないかと思っていたが、レオノーレは不思議なほどに疑いの言葉を口にしない。中央騎士団でトルークが使われたことを前提に話を進めていく。

「トルークは私の勘違いかもしれません」

むしろ、勘違いであってほしいとマティアスは思う。中央騎士団にトルークが蔓延《まんえん》している可能性など考えたくない。だが、レオノーレはマティアスよりよほど現実的だった。

「ローゼマイン様を害そうとしたゲオルギーネ様達が使用していて、ローゼマイン様の嫁入りがかかったディッターへの不審な乱入に使用されたのですよ。何らかの思惑でローゼマイン様に敵対する者同士、どこかで繋がりがあっても不思議ではないでしょう」

レオノーレは中央騎士団にトルークが使われたこと以上に、自分の主であるローゼマインに関連する事柄で使用されたことに着目していた。マティアスの視点と全く違う。これが護衛騎士に求められる危機管理能力なのかもしれない。

「マティアスがあの場でトルークについて口に出さなかったことは正解です。王族やダンケルフェルガーからエーレンフェストの関与を疑われた可能性もありますから。……主の判断もなく勝手なことはできません。今はローゼマイン様の目覚めと回復を待ちましょう」

貴族院における筆頭護衛騎士見習いは、彼女なりの基準で主の望みを叶えることを最優先に考えている。レオノーレの決定にマティアスは頷いた。

目覚めと報告

わたしが目覚めると、ひどくホッとした様子のリヒャルダの顔があった。

「姫様、体調はいかがですか？　もし何か食べられそうならば果物を準備させますよ」

わたしはリヒャルダに起こしてもらって差し出された水を飲むと、もう一度寝転がった。水は飲めたが、まだ熱のせいで頭がぼんやりとしていて食欲はない。

「本当に安堵いたしました。今回は回復薬が使えないため、姫様の目覚めを待つことしかできなくて非常に心苦しゅうございましたよ」

意識のない間に熱がすごく上がってきて、側仕え達は何もできなくてオロオロしていたらしい。何もできないとは言っても、少しでも冷やそうと奮闘《ふんとう》してくれた跡が周囲に残っている。

「リヒャルダ、心配をかけてごめんなさい」

「今後は何があっても許容量を超えたお薬を飲まないでくださいませ」

それに頷きを返すことができたのかどうかわからない。冷たい水が体の中に広がっていくのを心《ここ》地《ち》良く感じながら、わたしはもう一度目を閉じた。


次に目覚めた時には、誰かに手を取られている感触があった。リヒャルダだろうか。まだ全身がだるくてすぐには動けない。少しだけ頭を動かせば、リヒャルダではなくブリュンヒルデが見えた。苦悩と後悔の深い表情で跪《ひざまず》いてわたしの手を取っている。貴族らしい貴族である彼女がこれほど表情を崩すことは珍しい。リヒャルダのように安心してほしくて、わたしは緩慢《かんまん》に瞬きを繰り返しながら「わたくしは大丈夫ですよ」と声をかけた。

けれど、ブリュンヒルデは安堵した顔を見せてくれなかった。きつく目を瞑《つぶ》って謝罪し始める。

「ローゼマイン様、申し訳ございません。わたくしの責任です。わたくしがディッターの途中で気を失わなければ、このようなことにはなりませんでした。ローゼマイン様が過剰に回復薬を飲むことを防げなかったわたくしは側仕え失格です」

まさか回復薬を飲み過ぎたことで、ブリュンヒルデがこれほど責任を感じるとは考えていなかった。わたしにはディッターに負けたくないという意識しかなかったのだ。全身に力を入れて寝返りを打つと、わたしはブリュンヒルデと目を合わせる。

「ブリュンヒルデの責任ではないでしょう？　わたくしが必要だと判断して飲んだのですから」

「ローゼマイン様の健康を最優先に考え、お止めするのがわたくしの役目でした。肝心《かんじん》な時に気を失って、側仕えとしての務めを果たせなかったのです」

それを言うならば、ディッターの訓練なんてしていない側仕えのブリュンヒルデを魔力の多さだけで選んで参加させたわたしの責任だろう。

「何度でも言います。ブリュンヒルデの責任ではありません。わたくしは自分がディッターに負けたくないから飲んだのです」

まだ納得できないらしいブリュンヒルデが「ですが……」と口を開くのと、天蓋《てんがい》の中にリーゼレータが入ってくるのは同時だった。

「ブリュンヒルデ、それくらいになさいませ。貴女《あなた》が悔いる気持ちはわかりますが、目覚めたばかりのローゼマイン様を疲れさせるだけですよ」

ブリュンヒルデがハッとしたように手を離すと、表情を改めて立ち上がった。心の中にはまだ後悔が渦巻いているのだろう。けれど、それを顔には出さずに水を飲ませてくれた後、汗でベタベタしていた全身をヴァッシェンで清めてくれる。

「ブリュンヒルデは側仕えとして優秀ですよ。わたくしは失格なんて思っていません。むしろ、わたくしのせいでブリュンヒルデのお仕事に汚点《おてん》を残したのではないかと心配です」

「汚点だなんてとんでもない。わたくしが勝手に後悔しただけです。……ですが、今後は許容量を超えてお薬を飲むのは止めてくださいませ」

ブリュンヒルデの憔悴《しょうすい》が伝わってきて、「勝手に薬を飲みません」と約束した。わたしも自分の側近達にこんな顔をさせたくない。そんなことを考えている内に、また意識は沈んでいった。

意識がハッキリしてきても、完全に熱が下がるまで寝台から出てはならないと言われるのはいつものことだ。今回はかなり心配をかけたようで、側仕えがいつもよりずっと甲斐甲斐《かいがい》しい。わたしが「本が読みたい」と我儘《わがまま》も言わずに皆の世話と注意を受け入れていると、リーゼレータがシュミルのぬいぐるみを持ってきた。紺色の毛並みに金色の瞳をしていて、お腹《なか》には魔石が見える。

「ローゼマイン様、こちらでいかがでしょう？　可愛《かわい》らしく仕上がったと思うのですけれど」

「素晴らしいです、リーゼレータ！」

ライムントに設計させた録音の魔術具が入ったぬいぐるみだ。これにフェルディナンドへ贈る言葉を吹き込みたいと思っている。わたしとしてはレッサーパンダがよかったけれど、リーゼレータのシュミル愛には勝てずに却下された。自分では上手に作れないのでお任せしていたが、これほど早くできるとは思わなかった。

わたしは寝転がったまま、手渡されたシュミルのぬいぐるみを抱えてみた。とても抱き心地が良い柔らかさと大きさだ。顔立ちも可愛くて、リーゼレータのシュミル愛がたっぷり詰まっていることがよくわかった。

「こちらの魔石が録音の魔術具ですね」

わたしは紺色シュミルのお腹の魔石に魔力を登録すると、早速言葉を吹き込んでみる。

「フェルディナンド様、きちんと休んでいらっしゃいますか？　お仕事はほどほどになさいませ」

「どんなに忙しくてもご飯を食べなければ力が出ませんよ。お薬に頼りすぎず、きちんとご飯を食べてくださいね」

吹き込んだ後、シュミルから言葉がきちんと発せられるか確認する。バッチリだ。素晴らしい。これできっとアーレンスバッハでも規則正しい生活を送ってくれるだろう。

……いや、フェルディナンド様は使わないね。

神殿にいた頃、側仕え達やわたしが声をかけても基本的には「邪魔をするな」と言われていた。

「フェルディナンド様に贈っても箱の中に放り込まれるでしょうから、ユストクスに贈って必要な時に使ってもらう方が良いかしら？」

わたしがシュミルのぬいぐるみを抱えて真剣に考え込んでいると、フィリーネがいくつかのお手紙を持って来た。

「ローゼマイン様。エーレンフェストからのお手紙と一緒にアーレンスバッハのレティーツィア様からのお手紙が転送されて参りましたよ。領地対抗戦までに目を通しておいた方が良いそうです」

リーゼレータとブリュンヒルデが少し下がり、代わりにフィリーネが寝台に近付いてくる。わたしに渡す前に文官見習いとして先に内容を確認していたフィリーネが小さく笑った。

「こちらはフェルディナンド様からレティーツィア様への課題の一つのようです」

個人へ直接送るのではなく、境界門を経由して他領の貴族へ送るためのお手紙を書く練習らしい。自領内の別派閥の貴族や境界門、他領の文官など、いくつもの検閲《けんえつ》がかかることを想定した上で自分の主張を相手に伝える技術を磨くことが目的の課題のようだ。

……へぇ、普通の領主候補生は貴族院へ入る前にこういう課題をこなすのか。

わたしもユレーヴェで眠っていなければ、きっと同じような課題を与えられていたのだろう。その中で貴族らしいやり取りや言葉遣いを学んだに違いない。

「このお手紙はローゼマイン様への課題でもあるようですよ。貴族らしい言葉で、レティーツィア様のお手本となるような返事をしたためるように、と書かれています」

「大変です、フィリーネ。わたくし、熱が上がってきたようです」

……こんなに体調が悪い時にフェルディナンド様からの課題なんてひどい！　しかも、「貴族らしい言葉で返事を書け」なんて、わたしが一番苦手なやつ！

二人まとめて教育してやろうという、フェルディナンドのありがたいけれど全く嬉《うれ》しくない心遣いがよく伝わってくる。突然の課題に頭を抱えるわたしを見て、側近達がクスクス笑った。

「レティーツィア様へのお返事は貴族院が終わってからでも大丈夫だと思いますよ」

「あら、婚約者のエスコートにいらっしゃる卒業式でフェルディナンド様に直接渡そうと思えば、早めに書いた方がよろしいのではなくて？」

わたしの体調を心配し、それぞれが責任を感じて厳しい顔付きだった側近達が、笑顔で軽い口調になっている。それが嬉しくて、わたしは一番にレティーツィアのお手紙を手に取った。カサリと音を立てて広げると、わたしは軽く紙とインクの匂いを堪能《たんのう》してから読み始める。

「フェルディナンド様の課題をさっさと終えるためにも、先にこちらから読みますね。えーと……ローゼマイン様へ」

【ローゼマイン様がこのお手紙を読まれる頃には貴族院が終わっているでしょうか。

先日のお勉強の時間に、フェルディナンド様から早くも講義を終えたようだと伺《うかが》いました。そろそろ体調を崩す頃合いだろう、とフェルディナンド様が心配していらっしゃいましたが、お元気でしょうか？

ローゼマイン様はとても優秀だそうですね。わたくしはフェルディナンド様に課題を与えられ、

勉強する日々を過ごしています】

そこまでは普通に読めた。その直後から神々の形容が入ってきたせいで、わたしは思わず眉を寄せて首を捻《ひね》ってしまう。

「フェルディナンド様の課題は本当にエアヴァクレーレンの導きに満ちたものが多く……？　確か導きの神ですよね？　教育者、指導者などの育成に関わっているのでしょうけれど、これはどういう意味かしら？　フェアドレンナの訪れによる季節の移り変わりの表現と合わせて考えると、レティーツィア様は今までの環境と変わってフェルディナンド様から課題を与えられて嬉しいということでしょうか？　つまり、この辺りは遠回しな自慢？　いえ、冬の眷属神《けんぞくしん》の表現からは環境の変化に苦悩しているようにも読み取れますね」

わたしがレティーツィアのお手紙を読みながら解釈に困っていると、いつの間にかリヒャルダが側に来ていた。

「姫様、一緒に解読いたしましょう。読み違えると、お返事が大変なことになりますよ」

「……お願いします」

わたしは自分の読解力を信用していない。早々にリヒャルダへ助けを求めた。幾通りも解釈の仕方がある貴族言葉を文脈から正しく読み取るのはどうにも苦手だ。会話の中では口調や表情から多少のヒントが見つかるけれど、文字情報から相手の感情を読み取るのは難しい。

リヒャルダやブリュンヒルデと一緒に読んだ結果、フェルディナンド本人がとても優秀であること、それから、教育者として優《すぐ》れていることはとてもよくわかる。その教育についていけたわたしもすごいと思う。けれど、同じ水準を要求されると非常に困るという意味合いの内容だった。厳しい教育の中で唯一の慰めになっているのが、わたしからのお菓子らしい。そのお礼も書かれている。

……なんとフェルディナンド様が厳しすぎるってお手紙だったよ！

大量の課題と厳しい視線に心が折れそうな毎日をどのように乗り切ってきたのか、わたしの教えを乞《こ》いたいとレティーツィアは考えているそうだ。共感しかない。

……わかる。わかるよ。フェルディナンド様の課題、多いよね。難しいのばっかりだよね。課題の間に読書が入るから頑張れるけど、面倒臭くて放り出したくなるよね。

フェルディナンドが厳しすぎたら注意すると約束した以上、わたしはレティーツィアのために何か助力してあげるべきではないだろうか。

「ブリュンヒルデ、リーゼレータを呼んでください」

わたしは「お呼びでしょうか？」とやって来たリーゼレータにもう一つシュミルのぬいぐるみを作ってもらえるようにお願いする。

「このお手紙によると、フェルディナンド様が厳しくてどのように耐えれば良いのか、と悩んでいらっしゃるようです。わたくし、レティーツィア様のためにもフェルディナンド様を止めるための言葉が必要だと思うのです」

わたしはどんな言葉を録音の魔術具に吹き込むか考えてみる。「あまり厳しいお言葉はダメですよ」とか「たまにはよくできたと褒めてくださいませ（ほ）」とか「今日はよく頑張ったというお言葉をいただきたいです」と言えば、少しはフェルディナンドも自分が厳しすぎることに気付いてくれるだろうか。

「隠し部屋でフェルディナンド様のお手紙を読んでお返事を書いてきても良いですか？」

側近達の態度が軟化《なんか》してきたし、テンションが上がってきたので、わたしは寝台から出ようとした。その瞬間、リヒャルダが圧力のある笑顔になった。

「姫様、隠し部屋でお返事を書くのは完全に熱が下がってからですよ」

「今は何よりも体調を優先にしてくださいませ。男性側近達はこちらへ来られないので、ずっと心配しているのですよ」

結局、嫁取りディッターの後で倒れたわたしが寝台から出られるまで三日ほどかかった。

「本当に大丈夫ですか？　もう少し休んでいても良いのですよ」

「熱も下がりましたし、わたくし、そろそろ普通のご飯を食べたいです。それに、皆は隠しているようですけれど、ディッターや王族関連の重要な報告もあるのでしょう？」

元気になった姿を見せるために食堂で皆と食事を摂《と》り、寝込んでいた間の報告を聞くために側近達と会議室へ移動する。ヴィルフリートとシャルロッテ、彼等の側近達も一緒だ。

「中小領地や中央騎士団の乱入があったため、エーレンフェストは無効試合だと判断した。だが、ダンケルフェルガーは審判の指示がなかったため試合は続行中だと考えていたらしい。ハンネローレ様が危険から逃れて其方の盾に入るために陣を出た時点で勝負がついたと言うのだ。このような勝ち方はハンネローレ様を騙《だま》したようで非常に不本意なのだが……」

ヴィルフリートは不満そうに腕を組んでいるが、わたしに不満はない。

「あちらが敗北だと感じているならば良いではありませんか。あのようなディッターを二度も三度もやり直すことなんてエーレンフェストにはできません。ただ、ヴィルフリート兄様がおっしゃる通り、勝ち方があまりにも微妙です。ハンネローレ様のお嫁入りに関しては取り止め、わたくし達の婚約解消をきっちりと諦《あきら》めてもらえば良いのではありませんか？」

わたしの提案にヴィルフリートはホッとしたように表情を和《やわ》らげた。

「うむ。それが適当なところであろう。ディッターの勝負は神聖だとか、決まったことは実行するとレスティラウト様はおっしゃったが、領地対抗戦でアウブと直接交渉すれば良いと思う」

ディッターを神聖視するダンケルフェルガーとの交渉は非常に面倒そうだが、こちらが勝利したことになっているのだから、交渉次第で何とかなるだろう。

「それから、以後、このような問題を起こさぬように、とアナスタージウス王子よりきつく申し渡された。次に事を起こせば、王族が其方の身柄を引き受けるそうだ。……其方を守るには私は無力だと感じた」

「はい？」

ヴィルフリートは肩を落としているが、何故そんなところで突然王族がしゃしゃり出てくるのか全くわからない。わたしが説明を求めて視線を巡らせると、シャルロッテと目が合った。

「お姉様が眠っていた間に中央から報告がありました。実は、ヒルデブラント王子より中央騎士団に今回のディッターに関するお話があったそうです」

王命によって婚約者の決まっているエーレンフェストの聖女をダンケルフェルガーが奪おうとしているという訴えがヒルデブラントからあったらしい。アナスタージウスは、王命ではなく婚約許可であることと、アウブの決定による婚約なので王族が口を出してはならないと諭《さと》したそうだ。

「では、ヒルデブラント王子の命令で……？」

図書館の地下書庫でわたしやハンネローレと話をしたことが原因で、ヒルデブラントが騎士団に命令したということだろうか。

「いいえ。ヒルデブラント王子は訴えた時点で中央騎士団に諭され、ディッターには関与しなかったそうです。それは側近や貴族院の教師からも裏が取れたみたいですね。乱入してきた騎士達とも面識はなかったと伺いました。ただ、ヒルデブラント王子からもたらされた情報が利用されたことは間違いなさそうなので、その点でアナスタージウス王子からお叱りがあったようです」

「では、わたくしやハンネローレ様が地下書庫でお話をしたことも原因の一つかもしれません」

ちょっとした発言や正義感がとんでもない結果を引き起こすことに、わたしは身震《みぶる》いした。

「ますます王族と関わりたくない気持ちが強くなっているのですけれど、何故わたくしを得ようとするのですか？　面倒を起こす厄介者《やっかいもの》でしょうに……」

あんなにアナスタージウス王子の離宮へ呼び出されて注意されているのに、何故王族がわたしを引き取ることになるのか。わけがわからない。

「貴族院の奉納式《ほうのうしき》で王が直々《じきじき》にいらっしゃったくらいですもの。エーレンフェストがお姉様を他領に出す決意をするならば、王族に欲しいと考えていらっしゃるようですね」

ただ、ダンケルフェルガーがディッターで勝ち取ろうとしたわたしを、ディッターに乱入して邪魔をした中央騎士団の主である王族が横から取り上げることは難しい。ダンケルフェルガーとの信頼関係が完全に崩れるからだ。また、王命によってフェルディナンドをアーレンスバッハへ婿《むこ》入りさせた。そのため、これ以上領主一族が減れば今度はエーレンフェストの礎《いしずえ》の魔術に影響が出る。それらを懸念《けねん》して、今回はわたしを召し上げることを断念したらしい。

「だが、二度目はないそうだ。今度同じように貴族院中を騒がせるような事態になった時には王族で保護する、ということだった」

守れなかったと落ち込んでいるのはヴィルフリートだけではない。わたしの側近達も同じだ。目覚めた時から「申し訳ありませんでした」と「あの時、自分がこうしていれば……」という反省を聞かされている。

「今回は見逃してもらえたので、二度と起こさないようにすれば良いと前向きに考えましょう。それよりも、乱入してきた騎士や領地はどうなりましたか？」

わたしの言葉にヴィルフリートが表情を改め、背筋を伸ばす。

「ツェントの名を使われたため、中小領地に関しては不問だ。ルーフェン先生がずいぶんと尽力されたらしい。そして、中小領地を扇動《せんどう》し、ディッターに乱入してきた中央騎士団の騎士達にはツェントより厳罰《げんばつ》が下されることになった。王族の名を騙《かた》って学生達を煽《あお》ったのだ。これまで忠臣だと信じていらっしゃったツェントのお怒りと落胆は非常に深いようだ」

「……忠臣である騎士達が王命もなく勝手に動くなど、おかしいと思うのですけれど」

わたしの言葉にマティアスが発言の許可を求めて挙手した。許可を出すと、彼は「確たる証拠《しょうこ》はないのですが……」と前置きをした上で口を開く。

「トルークが使われた可能性があります」

「トルークというと……まさか⁉」

ゲオルギーネ派の集会で使われたと考えられている薬で、記憶を混濁《こんだく》させて幻覚を見せるような強い作用のある植物だったはずだ。

「アナスタージウス王子に退場のご挨拶のために近付いた時、縛《しば》られていた騎士達から甘い匂いがしました。その時は何の匂いだったのかわかりませんでした。しかし、寮に戻り、暖炉を見て思い出しました。……あまりよく嗅《か》いでいないので間違いの可能性はあります」

「けれど、マティアスはほぼ間違いないと思ったから、この場で発言したのでしょう？」

マティアスは慎重派《しんちょうは》だ。熟考を重ねて自分なりの確信がなければ口には出さない。

「彼等の記憶を覗《のぞ》いてみればはっきりするかもしれません」

記憶を歪《ゆが》めるトルークが使われているならば、三人の騎士達は操られていた可能性が高い。王族は尋問の中で情報をつかんでいるだろうか。こちらから流した方が良い情報なのだろうか。

「……貴族院や中央ではトルークがありふれていると思いますか？」

「いいえ。ありふれているならば、危険な作用がある植物としてもっと広く知られていると思います。おそらく、どこかの領地特有の植物ではないでしょうか」

薬学に関する講義を取っているシャルロッテの文官見習いが首を横に振って否定した。どこかの領地特有の物ならば、王族や中央が知っているとは限らない。

「養父様《とうさま》に許可を求めた上で、王族にトルークが使われている可能性を伝えましょう」

わたしの胸をひやりとした不安が過《よぎ》る。これほどの短期間にトルークの使用が疑われる事件が出てくるのは偶然の一致だろうか。中央騎士団の騎士を操ることができる立ち位置の者とゲオルギーネが繋がっている可能性はないだろうか。仮にそうだとすれば、ゲオルギーネがエーレンフェストに戻ることは、わたし達が考えているよりもずっと容易《たやす》いのではないだろうか。

わたしは手を上げて、虹色魔石の簪《かんざし》に触れる。魔石が揺れる感触に胸が騒いだ。

領地対抗戦の準備

ゲオルギーネと中央のどこかが繋がっている可能性が浮上してきたことで不安になったわたしに、レオノーレがニコリと微笑みかける。

「ローゼマイン様、不安なお気持ちはわたくしも理解できますけれど、対応はアウブがお考えになることです。今のローゼマイン様が考えなければならないことは、領地対抗戦のことではございませんか？　寝込んでいらっしゃる間にずいぶんと近付いてまいりましたよ」

レオノーレの言葉にブリュンヒルデも加勢するように頷いた。

「えぇ。奉納式でツェントと繋がりができましたし、三つの大領地との共同研究もございます。去年よりもお客様が増えるでしょうから準備は大変でしょう」

「ローゼマイン、その二人の言う通りだ。判断は父上に任せ、我々は領地対抗戦の準備に取り掛かろうではないか。アーレンスバッハとの共同研究はどうなっている？」

ヴィルフリートの質問にわたしは少し気持ちを切り替える。皆の言う通り、目の前の課題を片付けていかなければならない。

「アーレンスバッハとの共同研究は届いたお手紙を読んで、リヒャルダの外出許可が出てから動きます。基本的にはアーレンスバッハで展示や発表をすることになっているので、わたくしが手を出すところは少ないでしょう」

わたしが寝込んでいる間に届いたレティーツィアからのお手紙に、フェルディナンドの物も同封されていた。そこに共同研究のことが書かれていたのだ。本当は早く隠し部屋で光るインクの部分も読みたいが、テンションと一緒に熱が上がるので体調が良くなってから、とお預けにされている。

「そういえば、ドレヴァンヒェルとの共同研究はどうなっていますか？」

「発表の仕方は決まったぞ。エーレンフェストの魔紙の性質や品質向上の仕方、これまでの利用方法などが共通の研究内容として発表されることになっている」

「そして、魔紙を魔術具に利用し、新しい発明となった部分に関しては、それぞれの領地で発表することになりました」

わたしの質問に、ヴィルフリートとシャルロッテから進捗《しんちょく》状況が説明される。ダンケルフェルガーとの共同研究の打ち合わせをしたヴィルフリートが中心になって、ドレヴァンヒェルと発表の打ち合わせを行ったそうだ。道理でダンケルフェルガーと同じような発表方法になったわけだ。だが、大領地に研究成果の全てが奪われず、それぞれの領地で発表できるのは良い。

「ドレヴァンヒェルだけで発表することにならず幸《さいわ》いでしたね。どのような新しい発明がエーレンフェストにあるのですか？　今まで報告を受けていないので、よくわからないのですけれど」

自動で音楽を奏《かな》でる楽器のアイデアを出したわたしは、マリアンネに視線を向けた。目が合った彼女は気まずそうに視線を下げる。

「……音楽を奏でる楽器はドレヴァンヒェルが研究に着手しています。わたくし達も研究してみたのですけれど、あちらの方が優れています」

どうやらアイデアを奪われた結果となったようだ。マリアンネとイグナーツが申し訳なさそうに説明してくれた。エーレンフェストの研究として発表できるのは、ドレヴァンヒェルの劣化版《れっかばん》ばかりになりそうだ、と二人が肩を落としている。

「せっかくローゼマイン様から大領地との共同研究という大舞台を譲《ゆず》っていただいたのに、あまり良い結果が出せませんでした。申し訳ございません」

「お姉様、あまり彼等を責めないでくださいませ。大領地との共同研究自体が初めてで、彼等なりに頑張った成果をドレヴァンヒェルが上回っているだけなのです」

二人を庇うシャルロッテに、わたしは「別に責めるつもりなどありません」と首を横に振った。

魔紙の品質を上げたり、エーレンフェストで作られる紙の価値を上げたりしたかったので、共同発表する基本の部分で目的の最低限は満たしている。

「でも、注目を集められる発明が全くないのも寂しいですね。せっかくですから、自動的に書箱に戻る本を作りましょう。ナンセーブ紙の品質をできる限りで結構ですから上げてください。本を動かせる品質のナンセーブ紙ができれば、魔法陣自体はすでにあるのです」

ライムントに教えてもらった魔法陣と組み合わせれば、他領の重い本は動かせなくても、エーレンフェストの薄くて軽い本ならば動かせると思う。少し離れた場所に置いた本が自動的に書箱に入るのであれば、デモンストレーションをしても目を引くのではないだろうか。

「後はそうですね……。ドレヴァンヒェルが品質を上げて音を奏でる楽器を作っているのでしたら、こちらは平民でも使えそうなくらいに魔力を節約した音楽を奏でる魔術具を作ってみるというのはどうでしょう？」

下町にも石屋があって、クズ魔石ならば平民でも簡単に手に入ると聞いている。クズ魔石でオルゴールのように音を奏でることができれば、ふらっとやって来る旅の吟遊詩人《ぎんゆうしじん》を使いにくい高級志向のイタリアンレストランでも音楽を奏でることができるだろう。ミュージックボックスのように客がお金を出して魔石をその場で買って、好きな曲を聴くことができるようにすれば、イタリアンレストラン側の懐《ふところ》を痛めることなく音楽を楽しむことができるようになるはずだ。

……まぁ、オルゴールとかは別に魔術具じゃなくても作れるんだけど、今、注文したらヨハンが死んじゃいそうだからね。

印刷関係が落ち着けば注文してみても良いかもしれない。けれど、一年間の半分以上を別の土地で金属活字や印刷機の作り方を教えながら過ごしているヨハンには難しいだろう。何より、わたしは音楽よりも印刷の普及《ふきゅう》を優先したい。

「楽譜と魔石を取り付けて平民でも使えるようにするのです。できれば小さいクズ魔石一つで一曲、二曲が奏でられるようにしたいですね」

ライムントやザックに相談する時の気分で思い浮かぶことを次々と口に出していると、ヴィルフリートが軽く手を上げて遮《さえぎ》った。

「ローゼマイン、突然そのように言われても二人が困っているぞ」

よく見ると、マリアンネとイグナーツが少し顔色を変えている。けれど、三年生のわたしでもいくつかやり方が思い浮かぶのだ。上級生の上級文官見習いの二人にそれほど難しいことを言ったつもりはない。わたしは思わず自分の文官見習い達を振り返った。

「それほど難しくはないですよね？　なるべく単純な魔法陣を使って補助の魔法陣を加えれば魔力の節約はできますし、楽譜を書いて魔石を滑《すべ》らせれば音が出ることはわかっているのですから」

わたしの視線を受け、書字板にメモを取っていたローデリヒとフィリーネが少し考え込む。

「ローゼマイン様がおっしゃったのはライムントに教えてもらった魔法陣の応用ですよね？　それをエイフォン紙と組み合わせるのでしょう？　平民が使える物ということで難しく考えてしまうかもしれませんけれど、作りとしては単純だと思います」

「楽譜を書くためのインクの品質も上げておけば、魔石の魔力が節約できませんか？」

ヒルシュール研究室でライムントとわたしの研究を近くで見ているローデリヒとフィリーネが思いつくことを口にしていくと、マリアンネとイグナーツは完全に顔色を変えた。

「……やってみます」

これが完成すればオリジナルの発明や発見が全くない研究にはならないだろう。どんな結果になるのか楽しみだ。

「お姉様、ダンケルフェルガーとの共同研究はどうなっているのでしょう？　お姉様が寝込んでいる間にお姉様の文官達が進めているようでしたけれど……」

シャルロッテの質問にフィリーネとミュリエラが進み出た。先に説明を始めたのはフィリーネだ。

「ダンケルフェルガーとの共通部分はまとめ終わりました。後はエーレンフェストの儀式について、ですね。シャルロッテ様がお茶会で集めてくださった儀式参加者の感想も付け加える予定です。それから、昨日報告があったのですけれど、儀式参加者の中に新しく眷属より御加護《ごかご》を賜《たまわ》った上級文官見習いがいらっしゃるので、そちらも急いで研究発表に加えます」

「奉納式から今までの間に御加護を賜った方がいるのですか？」

シャルロッテの驚きの声にミュリエラがニコリと微笑んだ。

「ヨースブレンナーのリュールラディ様です。奉納式に出席した時点でまだ御加護を得るための儀式を終えていらっしゃらない三年生はリュールラディ様だけだったようですね。周囲の勧《すす》めで最終試験までずっとお祈りをしたそうです」

上級貴族は比較的早くに講義を終えるものだ。そのため、奉納式に参加できるレベルの上級文官見習いはリュールラディ以外、すでに儀式を終えていたらしい。まだ儀式をしていなかった彼女はギリギリまでお祈りをしてみることにしたそうだ。

「ドレヴァンヒェルでもしていたように、リュールラディ様もお守りを作って真摯《しんし》にお祈りをしたそうです。……芽吹きの女神ブルーアンファへ」

「……ずいぶんと珍しい女神に祈っていたのですね。ドレヴァンヒェルが揃《そろ》ってお守りを準備したように、文官ならば英知の女神メスティオノーラに祈るものだと思っていました」

エルヴィーラの恋物語では非常によく活躍している芽吹きの女神ブルーアンファだが、御加護をいただくために祈りを捧げる対象としてはとてもマイナーだと思う。わたしの感想にミュリエラが苦笑しながら教えてくれた。

「素敵な恋物語に出会えるように、と熱心にお祈りしていたようです」

……自分の恋の芽生えをお祈りしていたんじゃないんだ。

自分の恋より恋物語を求めるリュールラディに、わたしは何となく仲間意識を持ってしまった。多分リュールラディはわたしと同じように恋より本に生きる残念な子に違いない。

「自分の欲求に忠実、いえ、一点集中でお祈りをしたせいでしょうか。それとも、上級貴族でお祈りの時に込める魔力が多かったせいでしょうか。元々水の適性を持っていたため、授《さず》かりやすかったのかもしれません。リューールラディ様はこの短期間で芽吹きの女神ブルーアンファの御加護を賜りました。これは素晴らしい成果だと思います」

魔力を奉納しつつ、真摯に祈りを捧げることで他領の上級貴族でも御加護が得られることが証明されたのだ。確かにエーレンフェストの研究には大きな成果である。リュールラディには詳しく話を聞いて、研究の結果に加えたいところだ。

「周囲の方々は他の神々の御加護を得てほしかったようですけれど、ご本人はとても満足されていらっしゃいます。ぜひともローゼマイン様にお礼を申し上げたいと喜んでいらっしゃいました」

ちょっと変わっている気はするけれど、本好きに悪い子はいない。リュールラディもきっと良い子なのだろう。お茶会で少し話をしただけなので顔はよく覚えていないけれど、貸してくれた本は覚えている。古い言葉で書かれた恋物語だった。エルヴィーラのお話以上に神様が出てきて、男性が女性を褒める形容にも神様のたとえが使われていた。行動を示しているのか、形容に使われているのか、解読が非常に難しかった記憶がある。

……筋金入りの恋物語好きさんだよね。ミュリエラと気が合いそう。

そう思ったところで考え直す。すでに仲良しに違いない。だからこそ、新しく御加護を得た情報をミュリエラが得ているのだ。

「ローゼマイン様、こちらの研究に協力していただくお礼として、リュールラディ様へ新しい貴族院の恋物語をお貸ししてもよろしいでしょうか？」

おずおずとミュリエラが切り出してきた。確か彼女にお茶会で貸したのは、新作の貴族院の恋物語ではなかったはずだ。新作の本はどうしても上位領地の領主候補生を優先するので、中位領地の上級貴族であるリュールラディにはなかなか新作が回らない。きっと貴族院の恋物語の新作を楽しみにしていたのだろう。

新作を楽しみにする気持ちはよくわかる。本を読んで、友達と感想を言い合って一緒に盛り上がる楽しさも知っている。麗乃《うらの》時代にはありふれていた光景だった。ミュリエラとリュールラディが一緒に本を覗き込んで笑い合う光景がふっと頭に浮かぶ。それは本を作ってきた自分にとって、本当に幸せな光景だった。ふわっと心が温かくなる。

「ヨースブレンナーも領地対抗戦の準備に忙しい中を協力していただくのですもの。もちろん、よろしくてよ。きっとブルーアンファの御加護を実感してくださるでしょう」

共同研究に関する話を終えた後、トルークに関する質問の手紙はヴィルフリートに書いてもらうことが決まった。話し合いを終えたわたしは部屋に戻る。

「フィリーネ、アーレンスバッハから届いたフェルディナンド様のお手紙を出してくださいな」

……領地対抗戦の準備で忙しいのに、貴族言葉のお返事なんて面倒な課題を出すなんて……。

ちょっと膨《ふく》れてみせるものの、久し振りのお手紙なのでテンションは上がる。寝込んでいる間は隠し部屋に籠《こ》もれなくて、普通のインクで書かれている部分だけフィリーネに読んでもらった。だから、表の内容は知っている。研究発表におけるグラフの扱いやライムントに出した指示、それから、領地対抗戦から卒業式の予定について書かれていた。領地対抗戦の夜、フェルディナンドはエーレンフェストのお茶会室に宿泊予定なのだ。

「リヒャルダ、お茶会室を使うための許可は養父様から出ているのですよね？」

フィリーネがお手紙を取りに行っている間、わたしはリヒャルダと話をする。フェルディナンド、ユストクス、エックハルト、アーレンスバッハの側近、計四名がお茶会室で泊まる予定だ。

「エーレンフェストで一度検閲されていますから、アウブの許可も同時に出ていますよ。ジルヴェスター様は寮にお部屋を準備したいとお考えでしたけれど、アーレンスバッハの側近が一緒ではどうしようもございませんからね。長椅子の準備が大変です」

フェルディナンドはアーレンスバッハで過ごしているけれど、まだ結婚していないので厳密にはエーレンフェストに所属しているというややこしい状態だ。そのため、エーレンフェストの寮で過ごすように、とディートリンデから指示があったそうだ。

……本当の理由は、お母様の貴族院の恋物語について話を聞いたディートリンデ様が、卒業式当日の朝にエスコート相手が迎えに来てくれるシチュエーションに憧《あこが》れを持ったからなんだって。

すでに執務《しつむ》に関わっているフェルディナンドからの情報流出を恐れたアーレンスバッハの貴族達は反対したらしい。だが、ディートリンデは「フェルディナンド様はわたくしの望みを叶えてくださるとおっしゃったでしょう?」と婚約魔石をちらつかせ、頑として譲らなかったようだ。

「……フェルディナンド様がこちらにいらっしゃるのは大歓迎なのですけれど、お茶会室に長椅子では疲れが取れないと思いませんか?」

「情報流出を疑われてアーレンスバッハでの立場が悪くなることを避けるためですから、仕方がございませんよ」

アーレンスバッハの側近でも出入りできるのはお茶会室だけだ。ちなみに、エーレンフェストで許可が出なければ、ヒルシュールの研究室で一晩泊まることになるそうだ。そうなると、間違いなくヒルシュールと研究話で徹夜《てつや》になるので、できれば避けたいと書かれていた。

……研究話が盛り上がって、久し振りに研究を始めたら、卒業式のエスコートなんて頭から吹き飛びそうだもんね。

「長椅子の他には何が必要かしら？　お茶会室の長椅子で一晩を過ごすのですもの。フェルディナンド様が少しでも居心地良く寛《くつろ》げるようにしたいのです」

わたしが考えていると、リヒャルダが苦笑した。

「衝立《ついたて》や荷物を入れるための木箱の準備も必要ですけれど、その辺りの準備は側仕えにお任せくださいませ。それより、姫様はお返事を書く際に、お料理を追加するための保存箱を持って来るように、と追記するのを忘れないようにしてくださいね。城の料理人に作らせて運ばせますから」

リヒャルダも息子のユストクスと会える数少ない機会が楽しみなのだろう。とても張り切っているように見える。学生達は領地対抗戦の準備で忙しいので、フェルディナンドを迎える準備はリヒャルダを始め、学生達に同行してきている側仕えを動員することになるのだ。

「ローゼマイン様、こちらがアーレンスバッハからのお手紙です」

「フィリーネ達は研究発表の準備をお願いね。わたくし、しばらく隠し部屋に籠もります」

「はい。頑張ってグラフも覚えます」

フェルディナンドからのお手紙によると、やはりグラフを使う発表は画期的なようだ。そのため、グラフに関する質問も多く寄せられると予想される。ところが、領主候補生であるわたしは社交が優先で、発表を文官見習い達に任せなければならない。そのため、「グラフを使用するのは構わない。だが、君の文官見習い達が完全に理解できる範囲のものだけにするように」と釘《くぎ》を刺された。付け加えるならば、本来の研究よりもグラフの方が注目を集めてしまう危険性もあるらしい。

……王族が参加した儀式より注目されることはないと思うんだけどね。

そう思いながら、わたしはお手紙を抱えていそいそと隠し部屋へ入った。

一度はフィリーネに読んでもらったけれど、表に書かれた返事を読み返す。アーレンスバッハとの共同研究に関しても色々と書かれている。かなり時間はかかったけれど、フラウレルム経由の報告書もフェルディナンドの手元に届いたようだ。

……でも、共同研究の内容よりもシュバルツ達の研究に関する質問の方が多いんだよね。

よほど研究に飢《う》えているらしい。わたしはシュバルツ達の研究をヒルシュールに丸投げしているので詳しいことがわからないのだ。リヒャルダから外出許可が出たら、研究の進み具合の確認をして返事をした方が良いかもしれない。

ちなみに、光るインクでは「王族を図書館に案内したのか？　君は入らなかっただろうな？　それから、ダンケルフェルガーやドレヴァンヒェルとの共同研究はどうなっている？　ぶつりと君からの手紙が途切れたが、報告できないようなことをしているのではあるまいな」と書かれていた。脳内ではこめかみをトントンしているフェルディナンドの様子がすでに浮かんでいる。

……まずい。

よく考えてみれば、王族を書庫に案内した頃からお手紙を出していなかった気がする。ちょっとしたことがどんどん大きくなるので、どう書けば良いのかわからなかったのだ。

……確かに怒られたくないから、という気持ちもちょっとだけあったけど。

「うーん、今正直に書いて領地対抗戦で怒られるか、領地対抗戦で会った時に説明して怒られるか……。どっちにしても怒られるよね。とりあえず、褒められそうなことを優先して書いておこう」

再会したら、まず褒めてもらう。その後で怒られそうな内容を説明しよう。そうしなければ、再会からお別れまでずっとお小言になるに違いない。

わたしは光るインクを使わずに、皆が知っている内容の中でも褒められそうなことを書いておいた。貴族院で奉納式を行って魔力を王族に寄付したとか、シュタープを二本使えるようになったとか、ダンケルフェルガーとのディッターを頑張ったこととか、当《あ》たり障《さわ》りのないところだ。リヒャルダに言われた通り、領地対抗戦の日に持参してほしい物も書いた。

「これでよし。出会《であ》い頭《がしら》に怒られることはないよね？　うん」

レティーツィアにはエーレンフェストを経由させる貴族として正しいルートで返さなければならないが、フェルディナンドは領地対抗戦の準備が必要なのでライムント経由で急いで届けたい。

……ちょうどいいよね。

どうせ明日にはヒルシュール研究室へ行って、ライムントと研究発表の最終的な打ち合わせをしたり、シュバルツ達の研究の写本を返してもらったりする予定だった。

「もうあんまり日がないもんね。頑張らなきゃ」

ライムントの研究とヒルシュールの注意

トルークに対する返事は翌日の朝にエーレンフェストから届いた。夕方に出したお手紙の返事が朝一番に届いたのだ。よほど重視していることがわかる。

「ヴィルフリート兄様、何と書かれていたのですか?」

「王族との話し合いはアウブが行うので余計なことはするな。手紙などを送っても検閲がある以上、トルークを使用した者に情報が筒抜《つつぬ》けになる可能性もある。ついでに、エーレンフェストの内情をどこまで暴露《ばくろ》するのかわからない其方等にはとても任せられない……と書かれている」

なるほど、と納得せざるを得ない理由だ。エーレンフェストの文官にもトルークに思い当たる者がいたのだから、同じ世代の文官ならば中央にはもっとよく知っている者がいる可能性もある。

「何よりも中央の騎士に対して本当にトルークが使われたとすれば、中央騎士団の内部か、そこに近付ける中央の中心人物に危険な者がいるということだ。其方等はこれ以上危険に近付くな、だそうだ。領地対抗戦の折、ローゼマインが星結びの儀式を行うことについて王族と話し合う必要があるため、その時に直接お話をするらしい」

ヴィルフリートが読み上げたお手紙の内容に頷き、わたしはトルークのことはジルヴェスターに任せることにした。確かにどこでどのように知ったのか、と問われればゲオルギーネに関することを話さなければならなくなるだろう。けれど、この冬の粛清については詳しいことを知らないし、これまでに起こったことも何をどの程度喋《しゃべ》って良いのかわからない。余計なことまで喋ってあちらこちらから叱られる結果になる気がする。

「とにかく余計なことをするな、と何度も書かれている。気を付けるのだぞ、ローゼマイン」

「わかっています。今日はヒルシュール先生の研究室へ行って、アーレンスバッハとの共同研究の最終確認をしてきます」

「うむ。私はドレヴァンヒェルとの共同研究の手伝いをするつもりだ。紙の品質を上げるには魔力が多くあった方が良いらしいからな」

わたしはフェルディナンドに届けてもらうためのお手紙を持って、ヒルシュール研究室へ向かった。今日、一緒に向かうのはリーゼレータとグレーティア、護衛騎士のテオドールとラウレンツだ。

その他は皆、領地対抗戦の準備に大忙しなのである。ブリュンヒルデは側仕え見習いの中心人物だし、文官見習い達はダンケルフェルガーとドレヴァンヒェルとの共同研究に引っ張りだこだ。そして、リヒャルダはエーレンフェストと連絡を取りながらフェルディナンド達のお迎え準備に奔走《ほんそう》している。

「今日、レオノーレとマティアスは図書館へ魔物の研究に行っています。去年はレオノーレの知識で何とか勝てたようなものですから。ユーディットは遠距離射撃の練習をしています。彼女の命中率でずいぶんと状況が変わるので重要なのです」

ラウレンツの言葉にテオドールがちょっとだけ誇らしそうに笑って頷く。皆が頑張っているのだ。

わたしも頑張らなくてはならない。

「ヒルシュール先生はいらっしゃいますか？」

リーゼレータが来訪を知らせて声をかけると、ライムントがぼさぼさになっている黒髪を急いで撫《な》でつけながら出迎えてくれた。領地対抗戦の発表に向けて研究室に籠もりきりに違いない。

「大変申し訳ございませんが、もう少々お待ちくださいませ。今、見苦しくないように整えている最中なのです」

その視線はわたしの背後のワゴンに釘づけだ。完全に餌付《えづ》けされているように見える。ライムントが扉を閉めると、リーゼレータがクスリと笑った。

「研究室に向かうとローゼマイン様がおっしゃった昨夜と今朝にオルドナンツを送ったのですけれど、まだ片付いていないのですね」

きっと研究を優先していて、今朝のオルドナンツで慌てて片付け始めたのだろう。

再び扉が開けられた時には二人とも身綺麗《みぎれい》になっていた。わたしは中に入ると、早速ライムントに進捗状況を尋ねる。

「フェルディナンド様からお手紙をいただきました。ライムントの研究は順調ですか？」

「録音の魔術具と図書館の魔術具についての発表を許されました。できれば、こちらをローゼマイン様に作製していただきたいと思います」

設定した時間になれば光る魔術具の他に、シュバルツ達の研究の一環《いっかん》で本や資料の検索をする魔術具ができたらしい。シュバルツ達のように動いたり喋ったりさせなければ、かなり魔力の節約になるようだ。

「この辺りはわたくしの研究でもあるのですけれど、今年はエーレンフェストの研究が賑《にぎ》わっていますからね」

例年はエーレンフェストのところで研究発表をしているヒルシュールだが、今年は共同研究がいっぱいなので、ライムントのところに便乗することにしたらしい。

「これらは貴重な研究ですけれど、少々地味なのですよ。神々の御加護を得るための研究やエーレンフェストの紙を使った新しい魔術具に比べると、人を引き付ける力はありませんね。図書館の役に立つ魔術具を作ったところで、図書館がそれほどないのですから」

資料自体が少なくて管理もそれほど大変ではないため、本や資料を検索するための魔術具は研究者くらいしか興味を持たないだろう、とヒルシュールが言う。わたしはとても嬉しいけれど、目玉にする研究としては人目を引く物ではないそうだ。

「つまり、図書館を増やせば良いということですね。これからわたくし……」

「それは時代の流れに任せれば良いのです。それよりも早く試作品を作ってくださいませ」

……それよりってひどいよ。

わたしの図書館増加計画は口にする前からヒルシュールにピシャリと遮られ、わたしは肩を落としながらライムントに視線を向ける。

「ライムント、エーレンフェストではドレヴァンヒェルとの共同研究の中で書箱へ自動的に戻る本の作製をしたいと考えているのです。以前、わたくしが作製してライムントに添削《てんさく》してもらった魔法陣を使いたいと考えているのですけれど、よろしいかしら？」

「エーレンフェストの紙を使って、ローゼマイン様の魔法陣を使うのですから、私の許可を得る必要などないと思いますが……」

本気でそう思っているらしいライムントが青い目を瞬かせている。わたしはライムントが簡略化してくれたこと、そういう技術は誰もが持っているわけではないことを説明する。

「魔法陣改良はライムントが行ったことを明記しておきますね。こうして名を売っていかなければ、良いパトロンが付かず、研究者として大成しません」

中級貴族でも実家とそりが合わず、お金がないと言っている割にライムントは自分の技術や才能に無頓着《むとんちゃく》だ。ベンノだったら「安易に無料で振りまくな！」と雷を落としているはずである。

「フェルディナンド様は貴族院で研究した技術や魔術具を売り払って、かなりの大金を手にしたと聞いています。ライムントは安売りしないように気を付けた方が良いですよ」

「……気を付けます」

「ローゼマイン様、お金の話はもう結構です。フェルディナンド様やわたくしが行っているように研究費など自分の研究成果を売れば得られるではありませんか。領地対抗戦まで日がないのですから、そちらに集中なさいませ」

欲しい時に必要なお金が集められる研究成果を残しているヒルシュールはすごいと思う。かなり安売りしている気がして非常に気になるけれど、これ以上はわたしが口を出すことではない。

「フラウレルム先生にはどのように報告するのですか？」

「すでに試作品は見せています。これから先は特に報告することがありませんね。……先日、最終確認の意味でフラウレルム先生に報告した時が大変でした」

ライムントが考えて師匠であるフェルディナンドが確認している研究なので、エーレンフェストとの共同研究である必要はないと言ったらしい。わたしはそれほど研究に協力していないので、共同研究ではなく協力者とすればどうか、とライムントは言われたそうだ。わたしの協力がなくては試作品を作れなかったことを訴え、「ディートリンデ様やフェルディナンド様にも相談します」と軽く脅《おど》して事なきを得たらしい。

「わたくしの婚約者の名で行う研究発表ですよ、とディートリンデ様が味方してくださるので助かっています」

従姉弟《いとこ》会の後、ディートリンデはフラウレルムに「寮監の報告がきちんと届いていないせいで、次期アウブであるわたくしが恥をかいたではありませんか」と怒っていたそうだ。もしかしたら、それで慌ててフェルディナンドにも報告が行ったのかもしれない。

「ねぇ、ライムント。フラウレルム先生の寮でのお立場はどのような感じなのですか？　そのような横暴《おうぼう》なことをおっしゃって、アーレンスバッハの皆は納得しているのですか？」

「エーレンフェストやローゼマイン様が関わらなければ、それほど口うるさくもありません。何でも、エーレンフェストとローゼマイン様に陥《おとし》れられて妹君が大変な目に遭ったそうです。ビンデバルト伯爵の連座で処罰されたと聞いています。そして、エーレンフェスト出身のゲオルギーネ様がせめてもの罪滅ぼしに、とフラウレルム先生に色々と便宜《べんぎ》を図っているようです」

……ビンデバルト伯爵って誰だっけって思ったけど、あれだ。神殿で暴れたガマガエルっぽい貴族。あの関係者はダメだ。絶対に仲良くできないよ。

目の敵《かたき》にされる理由がわかれば、こちらからも避けやすくなる。

「そのため、エーレンフェストに敵意を抱いている学生とはとても上手く付き合っているようです。ローゼマイン様のシュツェーリアの盾に阻《はば》まれて、儀式に参加できなかった学生とか……」

アーレンスバッハの文官見習い全員が弾かれたわけではないけれど、二人が弾かれていたはずだ。

ライムントは言いにくそうに視線を逸《そ》らせながら教えてくれた。

「彼女達はずいぶんとローゼマイン様を悪《あ》しざまに言っていました。元ベルケシュトックの貴族で、魔力の援助を断ったエーレンフェストとローゼマイン様に怒りを抱いているのです」

その上、今回は王族の前で恥をかかされた、と怒っていたようだ。それをフラウレルムがわたしの悪口を含みつつ慰め、妙な結束を固めているらしい。

「もちろん、中に入れた文官見習いが儀式でどのようなことが起こったのか、神々の御加護を得るための有用性などを報告していたので、アーレンスバッハ全体がそのように考えているわけではございません。エーレンフェストの元神官長であり、神事をご存じのフェルディナンド様の価値は急激に上がりました」

「そうですか。わたくし、少しはフェルディナンド様のお役に立てたのですね」

ちょっと嬉しくなったわたしはリーゼレータへ視線を向ける。リーゼレータがさっと動いてライムントにお手紙を差し出した。

「こちらをフェルディナンド様に届けてくださいませ。領地対抗戦にいらっしゃる時に持って来ていただく物についても書かれているので、なるべく早く届けてくださると嬉しいです」

ライムントが「わかりました。ローゼマイン様が調合している間に寮へ一度戻ります」と受け取ってくれる。ホッとしたわたしと違って、ヒルシュールは不思議そうに目を瞬いた。

「あら、フェルディナンド様は領地対抗戦にいらっしゃるのですか？　婚約者をエスコートされる卒業式だけではなく？　アーレンスバッハには残ることができる領主候補生がいないでしょう？　何日もお留守にできるのですか？」

アーレンスバッハの領主候補生はディートリンデとレティーツィアで、フェルディナンドは執務を任されているとはいえ、まだエーレンフェスト籍だ。病床《びょうしょう》のアウブと第一夫人のゲオルギーネが参加するのであれば、フェルディナンドが領地対抗戦に参加できるはずがない。

首を傾《かし》げるわたしに、アーレンスバッハの学生であるライムントが教えてくれる。

「アーレンスバッハには上級貴族となった元領主一族が何人かいるので、彼等が留守を預かることになります。外で政治的な活動をするには領主一族の肩書きが必要でも、領地内の留守番には特に必要ありませんから。礎の魔術も、一日や二日供給しなかったところでいきなり変化があるわけでもないと聞いています。違うのですか？」

「確かに数日間供給しなくても礎の魔術に大きな影響はありません。けれど、エーレンフェストでは何か起こった時のために礎の魔術に魔力供給できる者が一人は必ず留守番をすることになっています。このようなところでもアーレンスバッハとエーレンフェストは違うのですね」

……貴族の常識もよくわからないのに、領地ごとに違いもあるってことか……。難しいね。

ライムントが出かけていくのを見送り、わたしは調合を始めた。今回はライムントの研究に便乗するヒルシュールの魔術具である。正直なところ、頼まれた時は「自分で作ればいいのに」と思った。けれど、「領地対抗戦での発表が終わったら差し上げます。図書館で使用する魔術具など、わたくしには必要ございませんから」と言われれば、張り切って作るしかない。

……わたしの図書館に資料の検索システムを入れるんだ！

ヒルシュールが準備する素材を入れて調合鍋に入れて掻《か》き回しながら、わたしはヒルシュールとちょこちょこと話をする。共通の話題はフェルディナンドしかない。

「……そんなわけで、ディートリンデ様が貴族院の恋物語のように卒業式の朝に迎えに来てほしいとおっしゃったそうです。だから、アーレンスバッハ寮に泊まれなくなって、フェルディナンド様はエーレンフェストのお茶会室でお泊まりすることになりました」

「あらあら、あのフェルディナンド様がそのようなおままごとにお付き合いされるなんて……」

ヒルシュールが苦笑する。わたしが「ディートリンデ様のご機嫌《きげん》を取るのも大変ですよね」と溜息混じりに呟くのと、「よほどエーレンフェストに帰りたいのかしら？」とヒルシュールが口にするのは同時だった。

「え？」

「そうでなければ、ディートリンデ様を口先一つで丸め込んでアーレンスバッハの寮に居座るなり、ここで研究でもしながらゆっくり過ごすなりするでしょう。お茶会室の長椅子で休むことになっても、エーレンフェストに戻りたいのでしょうね」

自分よりもフェルディナンドのことをよく知っているヒルシュールの言葉に、わたしは嬉しくて悲しいような不思議な気持ちになった。お手紙の端々《はしばし》に書かれている「研究がしたい」という文字は、捻くれ者のフェルディナンドにとっては「帰りたい」という言葉だったのだろうか。

「わたくし、フェルディナンド様を全力でお迎えします」

「では、こちらを渡してくださいませ。お借りしていたシュバルツ達の研究についての写本とわたくしが研究した追加資料です」

ヒルシュール研究室に泊まると研究に没頭して徹夜になりそうだ、とお手紙に書いていたフェルディナンドに研究資料を渡せというのは酷《こく》ではなかろうか。

「ヒルシュール先生はフェルディナンド様の睡眠時間を削るおつもりですか？」

「それはローゼマイン様ではございませんか？　フェルディナンド様が頭を抱えそうなことばかりされたでしょう？　王族を招いての儀式に、ローゼマイン様のご婚約が賭《か》けられたダンケルフェルガーとのディッター……。お説教はとても一晩で足りないと思われませんか？」

お説教で睡眠時間を削られるよりは研究に没頭できる方がマシでしょう、と言われて、わたしはすぅっと血の気が引いていく。

「領地対抗戦と卒業式において、多くの王族が参加された儀式の話題が出ないはずはございません。

参加した学生から話を聞いただけの先生方の間でも詳しい発表が心待ちにされています。今年の領地対抗戦の研究発表で一番注目を集めている研究ですよ。フェルディナンド様はさぞ詳細を知りたがるでしょう」

「うぐぅ……」

わたしは再会した時から延々と叱られる自分の姿が思い浮かんで憂鬱《ゆううつ》になってきた。何とか一言だけでも褒め言葉をもらわなければなるまい。

考え込むわたしを見ていたリーゼレータが、ヒルシュールのためにお茶を淹《い》れながら問いかける。

「ヒルシュール先生、周囲の領地の評価や評判はどのようなものでしょう？　奉納式の後、シャルロッテ様が参加されたお茶会では褒められたり、笑顔で擦《す》り寄って来たりする領地が増えました。元々擦り寄って来る領地が出てくることは予想していました。けれど、ディッター勝負の後は気持ちが悪いほどに、突然悪い噂《うわさ》の方が聞こえなくなったのです」

それが領主候補生の参加するお茶会だけではなく、文官見習いや側仕え見習いが情報を集めようとしても同じらしい。そんなリーゼレータの言葉にグレーティアも頷く。

「儀式に参加できなかった中小領地は確かに恨《うら》み言《ごと》を言っていたのに、ディッター勝負を境に変わりました。近寄って来る中小領地の中には、笑顔の裏に悪意が感じられる方もいらっしゃいます。寮監《りょうかん》という立場のヒルシュール先生が何かご存じであれば教えていただきたいのです」

ヒルシュールが少し考えを巡らせるように目を伏せた。

「ツェントから直々にお言葉を賜り、御加護を得るための情報が一足先に得られたのです。参加できた領地からは面と向かって悪く言われることは少なくなるでしょう。王族と繋がりのあるエーレンフェストから少しでも利を得ようとするのは当然ですから」

ヒルシュールは他人事《ひとごと》のようにどこか突き放したような口調で一般的な評価をした後、「ですが、笑顔の裏にある恨み言に気付いているのですね」と側仕え達を見る。

「わたくしの耳に届いている範囲では悪く言われることが多いですよ。今までのアウブの噂に加えて、奉納式でエーレンフェストが騙し討ちのようなことをしたのでしょう？」

共同研究に参加できると思えばディッターが必須《ひっす》だった。大変な負担が圧《の》し掛《か》かる中でディッターを終えて何とか参加権を得たと思えば、わたしが神具で敵意のある者を弾いた。王族の前で弾かれたことに真っ青になって、少しでも心証を良くしようと中央騎士団の求めに応じれば、王命はなくて操られただけだった。

「その全てにダンケルフェルガーとエーレンフェストが関係しているのです。恨みも当然買っていますよ。それは、より弱いエーレンフェストに向けられているように感じられます」

「そうですか。……色々な意味で警戒が必要ですね」

グレーティアの呟きにヒルシュールは深く頷いた。

「つい最近の貴族院しか知らない貴女達には実感がないでしょうけれど、数年前までエーレンフェストは底辺に近い下位領地でした。政変で負け組領地の順位が下げられた結果、何もしなかったから順位が上がっただけだったのです。それがいつの間にか下位を抜け出し、王族と繋がりを持つようになりました。妬《ねた》んでいる領地はおそらく貴女達が考えるよりも多いでしょう」

コルネリウスが「低学年の頃とは全く違う」と言っていたことを思い出した。わたしはエーレンフェストが下位領地だった時にどのように扱われていたのか知らない。

「去年まではエーレンフェストの流行など一過性のものだという声が大きかったのですけれど、今年はローゼマイン様一人の力で領地の順位が上がったのだ、という声が大きくなっています。次々と出される流行、大領地との共同研究、王族との繋がり、全てがローゼマイン様の行動によるものだ、と周囲が認識したのでしょう」

「……どれもこれもわたくし一人でできることではないのですよ」

成績を上げるのも、印刷業を始めるのも、わたし一人だけではどうしようもない。協力してくれる者がいるからできるのだ。わたしの主張にヒルシュールは少しだけ厳しい表情になった。

「えぇ。貴女お一人の力によるものではないでしょう。けれど、貴女の存在なしにはできなかったことです。他領から見たご自身の姿を正確に認識なさいませ」

魔力が多く、様々な流行や技術の知識を持ち、たくさんの神々から御加護を得ている王族と繋がりのある最優秀で、婚約済みにもかかわらず、ダンケルフェルガーが力ずくで得ようとした女性領主候補生。

「わたくしはローゼマイン様を中心に一丸となっているエーレンフェストを見るのが好きなのです。ですから、重々お気を付けなさいませ。周囲を見る目を失ってはなりませんよ」

「はい」

わたしはそう返事をしながらもぐるぐると掻き混ぜ続ける。

「手紙を送ってもらいました」

ライムントが戻って来た。テーブルが片付けられ、ヒルシュールが料理を食べているのを見た途端、「あぁぁ！」と情けない声を上げる。

「ライムントに下げ渡す分は取り分けてありますよ」

ヒルシュールの言葉に気を取り直したライムントが席に着いて食べ始める。給仕をしていたリーゼレータがライムントにもお茶を淹れながら尋ねる。

「ライムント様。わたくし、とても気になっていることがあるのですが、録音の魔術具はそのまま展示されるのですか？　シュミルのぬいぐるみにして展示した方が可愛らしいと思いませんか？」

わたしはリーゼレータが作ってくれたシュミルのぬいぐるみを思い出す。確かに魔術具その物よりも可愛くて、展示していても人目を引くと思う。

……そういえば、レティーツィア様のために作ろうとしていたぬいぐるみがあったね。

「フラウレルム先生の主導で、考案したライムント様と添削したフェルディナンド様の名前が大々的に出されることになっているでしょう？　ですが、シュミルのぬいぐるみになった魔術具があれば、ローゼマイン様が共同研究に参加されていらっしゃることが一目でわかると思います。魔術具をぬいぐるみに入れるという発想自体がとてもローゼマイン様らしいと思いませんか？　こちらの研究室の誰も思い付かないでしょう。とても可愛らしいのです」

リーゼレータの主張を適当に聞き流しながら、ヒルシュールはどうでも良さそうに頷いた。

「確かに魔術具を飾るという発想はわたくしにもライムントにもフェルディナンド様にもありませんから、フラウレルム対策には有効でしょうね。魔術具を作製したのはローゼマイン様だと発表することは決まっています。こちらの手を煩《わずら》わせることでなければ好きになさいませ」

ヒルシュールの投げやりな許可を得たリーゼレータは、期待を込めてライムントを見つめる。お茶を差し出している笑顔の圧力がすごい。側仕え達が持ち込む食事を心待ちにしているライムントにはとても断れるわけがないと思う。

「私も構いませんが、領地対抗戦までに魔術具入りのぬいぐるみが仕上がるのですか？」

「もうほとんどできていますから、声を吹き込んで当日にお持ちします。普通の魔術具とシュミルのぬいぐるみを並べると、殿方にも女性にも楽しんでいただけると思いますよ」

リーゼレータがとても生き生きとした笑顔で請け負った。「可愛らしいシュミルでローゼマイン様の関与を宣伝いたしましょうね」と言っているけれど、わたしの関与より可愛いシュミルを展示したいだけのように聞こえるのは気のせいだろうか。

自室に戻るとリーゼレータはすぐに白いシュミルのぬいぐるみを仕上げた。録音の魔術具は持ち主の魔力を登録し、登録者が魔力を注いでいる間の声を録音する物だ。レティーツィアに贈るぬいぐるみにはわたしが声を吹き込む予定だったので、魔術具にはすでにわたしの魔力が登録されている。わたしは白いシュミルを抱えて考え込んだ。

「何を吹き込めば良いかしら？　さすがに領地対抗戦で展示するのですもの、フェルディナンド様に対する注意を吹き込むわけにはいかないと思うのです」

そんなことをしたら再会と同時に頬をつねられる結果になるだろう。いくらわたしでもそれくらいはわかる。

「ローゼマイン様、ローゼマイン様。このような可愛らしい魔術具で殿方から愛の言葉を贈られるのは素敵だと思いませんか？」

ミュリエラがうっとりと緑の瞳を潤《うる》ませながら提案してきた。わたしにはこちらの愛の言葉を贈られても共感できないけれど、共感できる女性にはキュンとくるかもしれない。ライムントの発想でないことは間違いなく周知できるだろう。

「良いかも知れませんね。どなたか殿方に吹き込んでいただきましょう」

「ローゼマイン様、わたくし、貴族院の恋物語の中から素敵な愛の言葉を厳選いたします」

わたしには神様言葉が交じった愛の言葉の素敵さ加減がよくわからないので、ミュリエラに任せることにした。一緒に多目的ホールへ向かうと、ミュリエラが他の仕事よりも素早い動きで貴族院の恋物語から愛の言葉を厳選し始める。

「マティアス、ラウレンツ。二人のうちのどちらかで良いのですけれど、ミュリエラが選んだ愛の言葉をこちらのシュミルに吹き込んでくれませんか？」

わたしが多目的ホールへ行ってお願いする。テオドールとローデリヒは声がまだ幼いので、できればマティアスかラウレンツにお願いしたい。こういう時はハルトムートがいればよかったのに、と思わざるを得ない。照れも恥じらいもなく吹き込んでくれただろう。

わたしのお願いにマティアスは「え⁉」と言って固まり、ラウレンツは「構いませんよ」と簡単に引き受けてくれた。

「では、ラウレンツに……」

「ちょっと待て、ラウレンツ。其方、あ、愛の言葉など、このような場所で吹き込めるのか？」

マティアスが気の毒なくらいに動揺しながら多目的ホールにいる皆を示す。ラウレンツは不思議そうに肩を竦《すく》めた。

「意中の女性に言うわけでもないし、本を読むのと同じだろう？　そこまで慌てるようなことではないと思うが……」

「いや、そういう言葉は相手もなく気軽に口にするものではない」

こんなところでもマティアスは真面目だった。二人のやり取りは面白いけれど、ミュリエラが貴族院の恋物語を手に、期待に満ちた笑顔で待っている。

「とりあえず、ラウレンツにお願いしてもいいかしら？」

「……主の要望を叶えることができない不甲斐ない側近で、申し訳ございません」

マティアスが悔やんだ様子でそう言いながら一歩下がった。別にそんなに悔やむことではないと思うのだけれど、マティアスは落ち込んでいる。

「マティアスが得意なところで役に立ってくれれば良いのですよ。それぞれ得意なところ、苦手なところは違うのですから」

「……恐れ入ります」

わたしは魔術具に触れながらラウレンツの声を録音する。ミュリエラが厳選した愛の言葉は神様がたくさん出てきて、やっぱりよくわからない。愛の言葉はわからないので、わたしは最後に本の宣伝を吹き込んだ。たくさんのお客様にエーレンフェストの本をアピールするのだ。

「このように様々な愛の言葉にうっとりしたい女性にも、意中の女性を射止める素敵な愛の言葉を探している殿方にも、貴族院の恋物語はお応《こた》えします。貴族院の恋物語はエーレンフェストで夏から売り出しです。手に汗を握るディッター物語、騎士物語、ダンケルフェルガーの歴史も同時発売いたします。どうぞお楽しみに」

……これでエーレンフェストの本に興味を持ってくれる人が増えたらいいな。

領地対抗戦の始まり（三年）

「できました！　これでいかがでしょう、ローゼマイン様？」

領地対抗戦を翌日に控えた昼食の直前、イグナーツとマリアンネが調合室から魔術具を持って出てきた。二人の後ろからは何人もの文官見習い達が出てくる。

「改善したい点はいくつかございますが、試作品です。ご覧くださいませ」

マリアンネが楽譜の書かれた紙をセットし、ゆっくりとハンドルを回してオルゴールのように音を奏でる。イグナーツはナンセーブ紙と改良された小さな転移陣を組み合わせ、書箱に本を送ってみせてくれた。二人とも提案した課題はクリアできている。

「残念ですが、これ以上の改善は領地対抗戦に間に合いませんし、魔力も素材も足りません」

「試作品として展示するだけならば及第点《きゅうだいてん》ではないか？」

文官見習い達に協力していたらしいヴィルフリートとシャルロッテもちょっと疲れた顔になっている。だが、皆が達成感に満ちた顔をしていた。

「素晴らしいと思います。よくこの短期間で形にしてきましたね」

「えぇ、本当に。上級貴族はすごいです。ローゼマイン様やライムント様の研究から多少の助言や提案ができても、わたくしでは調合ができませんから」

一緒に調合室に籠もっていたフィリーネが、尊敬の眼差しでイグナーツ達を見る。魔力量によってできる調合に差があるため、下級貴族のフィリーネではできない調合も多いようだ。

「貴族院にいる間は講義でたくさん魔力を使いますから、春から秋の間にできるだけ圧縮したいと思っていますけれど……」

「その間に我々はもっと魔力を増やします」

フィリーネ達には負けていられない、とイグナーツが挑戦的に笑った。この調子で切磋琢磨《せっさたくま》しつつ、皆が魔力を増やしてくれれば良いと思う。

「発表の練習は大丈夫ですか？」

「練習は今からですが、これまでと違い、自分達で考えて作った物なので大丈夫です」

ドレヴァンヒェルの学生達が共同で作り上げている高度な調合や魔術具について、よく理解できないままに発表するのと違い、自分達の手で一から作り上げた魔術具の説明なので発表内容の心配はいらないそうだ。

「わたくしはローゼマイン様にエーレンフェスト紙について少し詳しく教えていただきたいです。発表しても良い範囲内で」

マリアンネのお願いを快諾《かいだく》し、午後からはドレヴァンヒェルとの共同研究の仕上げに関わった。


わたしが一日中寮にいたので、騎士見習い達も一日中訓練ができたようだ。

「エーレンフェストからカトルカールが届き始めました。会議室に運び込みますね」

ブリュンヒルデの声に側仕え見習い達が一斉《いっせい》に動き始める。オトマール商会に頼んでいたカトルカールやクッキーが転移の間に届き始めたようだ。領地対抗戦に出すのは作り置きができる焼き菓子を中心にすると決めている。それでもさすがに来客数が多すぎるので、寮の厨房《ちゅうぼう》だけでは対応できない。城やオトマール商会にも対応をお願いしている。

「今頃は城や神殿の厨房も大忙しでしょうね」

フェルディナンドに渡すための料理を城の料理人に頼んだが、城は冬の社交界や領地対抗戦の準備をするので忙しいらしい。そのため、神殿の神官長室の専属料理人達に頼むことになった。彼等ならばフェルディナンドの好みの料理を作ってくれるはずだ。

あちらもこちらも忙しい雰囲気は、いかにも祭りの前の興奮に満ちていて心が浮き立ってくる。

「ローゼマイン様、お菓子と一緒にフェルネスティーネ物語の二巻が届きましたよ。ハンネローレ様とお約束していらっしゃったでしょう？　オルドナンツでお知らせしておきましょうか？」

リーゼレータが新しい本の入った木箱を持って来てくれた。ミュリエラが「まぁ！」と声を上げて、緑の瞳を輝かせたけれど、文官見習い達は明日の準備を優先してくれなければ困る。

「わたくしから送っておきます。ミュリエラは領地対抗戦が終わってからですよ。わたくしもまだ読んでいないのですから」

「姫様も領地対抗戦が終わるまでお預けですよ」

リヒャルダに大きな釘を刺され、わたしは仕方なく「はぁい」と返事する。「早く読みたいですね」と言いながら準備を進めるミュリエラとかなり心が通じ合った。

ハンネローレにフェルネスティーネ物語の到着を知らせると、「楽しみにしています」という弾《はず》んだ声の返事が届いた。

エーレンフェストの領地対抗戦の朝は甘い匂いから始まる。厨房ではサンドイッチとスープのような作り置きのできる朝食を作った後はすぐにお菓子作りが始められるのである。

普段よりも早めに朝食を終えた学生達は領地対抗戦の準備のために、それぞれが動き始めた。側仕え見習い達は下働きの者達に指示を出して、会議室に置かれていたお菓子を次々と運び出していく。ディッターに出場する騎士見習い達は最後の練習を行っていて、出場しない低学年の騎士見習いが領主候補生の護衛に付いている。

「では、我々も出発しよう」

文官見習い達に声をかけてヴィルフリートとシャルロッテが動き始める。わたしも会場設営のお手伝いをしたかったのだが、「ローゼマインが動くと低学年の騎士見習いでは不安だ」と言われてしまった。

「ダンケルフェルガーとのディッターに乱入してきた中小領地の者達がどのように動くのか予測できぬ。今年は領主夫妻の護衛騎士として騎士団から多めに連れて来てもらえるように頼んでいる。彼等の到着までは寮にいてくれ」

そこまで言われて、行きたいとは言えない。わたしは「わかりました。準備をお願いいたします」とヴィルフリートとシャルロッテが文官見習い達を連れて出て行くのを見送る。危険を避けるためには仕方がないけれど、何となく仲間外れの寂しい気分だ。

準備のために忙《せわ》しない様子で寮へ出入りしている者はいるけれど、多目的ホールにいる者はもういない。がらんとした多目的ホールを見つめていると、リヒャルダが気遣《きづか》うようにそっとわたしの肩に手を置いた。

「姫様、お茶会室の確認をしていただけませんか？　フェルディナンド様やユストクスが休めるように準備が整いましたから」

「行きます」

わたしはリヒャルダと一緒にお茶会室へ向かった。厨房へ向かう階段に一番近い扉からお茶会室へ入ることができる。ガチャリと鍵が開けられ、リヒャルダが扉を開いた。一年生の時には全領地から代表者を招いてお茶会ができたことからもわかるように、お茶会室は結構広い。それが衝立でおよそ三つに分けられていて、まるで個人の部屋のようになっていた。

「入口から最も遠い一番奥にはフェルディナンド様が眠るための長椅子を準備いたしました。姫様がおっしゃった通り、エーレンフェストから届けていただいた物です」

ザックに注文していたマットレスの長椅子である。わざわざエーレンフェストから届けてもらうのは大変なので難色を示されたけれど、板の上に布を張っただけの長椅子にクッションを並べて眠るよりはずっと寝心地が良いはずだ。マットレスがきちんと入っているのを手で押して確認し、わたしは満足して頷いた。

「こちらの木箱にはお布団を準備しています。ユストクスに説明すれば準備するでしょう。アーレンスバッハの側近の手前、色々と確認することもあるでしょうから」

布団が入った木箱の他には、長椅子のすぐ横には荷物を入れるためのチェストや明かりを点《つ》けるための魔術具が運び込まれていて、長椅子の周囲は衝立で囲まれている。

「天蓋は付けられませんけれど、こうして衝立があれば少しはフェルディナンド様も休みやすいと思われます」

不寝番《ふしんばん》をする側仕えが控えるための椅子なども準備されていて、一番奥は完全に休むためのスペースだ。真ん中にはテーブルと椅子がある。一緒に食事をすることを想定しているのだろう。椅子の数が多い。

「領地対抗戦の後、アウブは学生と一緒に夕食を摂って労《ねぎら》うことになっていますから、こちらでヴィルフリート坊ちゃまと姫様にフェルディナンド様をもてなしてほしいそうですよ。食事が終わった後、ジルヴェスター様もこちらに合流されるそうです」

フェルディナンドと一緒に夕食を摂れることに心が弾んだ次の瞬間、食事の間中ずっとお説教をされる可能性に気が付いた。以前にエックハルトから聞いた通りに研究の話題を持ち出して、今回もお説教を回避したいと思う。

「リヒャルダ、ヒルシュール先生から預かった資料もフェルディナンド様にお渡ししたいのです。ついでに紙とインクも準備してあげてくださいね」

「できていますよ」

さすがリヒャルダ。抜かりはないようだ。食事の話題は研究にしよう。フェルディナンドも研究に飢えていたようだし、それが一番良いに違いない。

「それから、最も扉に近いこちらが側近の休む場所になっています」

荷物を置くための木箱と布団は準備されているけれど、フェルディナンドが休むためのスペースに比べるとずいぶんと簡素だ。他領の者が休むのに良いのだろうか。

「騎士であるエックハルト様や勝手にあちらこちらをふらふらするユストクスは外でも寝られますし、アーレンスバッハから同行する側近は神経が尖《とが》って、とても寝ていられないでしょう」

エーレンフェストの者ならば寮から簡単に出入りできるお茶会室で、のうのうと寝られる他領の側近はいないとリヒャルダは言う。フェルディナンド達にとっては信用できる者がいる故郷《こきょう》でも、アーレンスバッハの者にとってはそうではない。

「ですから、側近達が休むための準備はそれほど必要ございません。むしろ、朝食後には卒業生を迎えに他領の方がいらっしゃいますから、こちらは移動のしやすさとなるべく生活感を出さないようにすることを優先いたしました」

フェルディナンドがディートリンデを迎えに行くように、エーレンフェストへ迎えに来る他領の者がいる。フェルディナンド達が朝食を終えると、すぐにお客様を迎え入れられるように整えなければならないそうだ。

「色々と考えてくれたのですね。ありがとう、リヒャルダ。他の側仕え達にもお礼を言っていたと伝えてちょうだい」

「かしこまりました」

一通りの準備ができているのを確認して、わたしは多目的ホールへ戻った。

「ローゼマイン様、ごきげんよう」

卒業生の保護者が続々と転移陣からやってくる時間となった。きらびやかな衣装で寮を素通りするように、対抗戦の行われる競技場へ父兄が向かう。例年通りの光景だと思いながら見ていると、転移陣から出て来た人影の中にコルネリウスとアンゲリカとハルトムートが見えた。三人共、他の父兄達と同じように正装している。

「ローゼマイン様、おはようございます」

「三人共、どうして貴族院へ？」

「婚約者の活躍を見に来たのですよ。それに、私はクラリッサの家族に改めて状況が変わったこと

を報告して、許しを得直さなければなりません」

神官長になってしまったことで婚約解消を言い渡される可能性が高い。わたしのせいで、と思っているとハルトムートは「ローゼマイン様がお気になさることではございません」と言って笑った。

「ローゼマイン様が行った奉納式にツェントが参加されたこと、神事が見直されたことを考えれば、強硬《きょうこう》な反対はないと思います。それに、反対されたところでクラリッサは一人でもエーレンフェストにやって来るでしょうから。その辺りの対応も含めて話し合いが必要なのです」

「……それは確かに話し合いが必要そうですね」

クラリッサの勢いを思い出して、わたしはクスッと笑った。猪突猛進《ちょとつもうしん》でエーレンフェストに突っ込んできそうなので、先に対策は必要だろう。

「コルネリウス兄様も婚約者の応援ですか？　レオノーレの活躍を見に来たのですか？」

わたしがからかうように笑いながら視線を向ける。婚約者の応援に来たのならば、今日は護衛騎士に対する態度ではなく、家族向けの対応でも良いだろう。

「そういう建前《たてまえ》で周囲に紛《まぎ》れることができる恰好《かっこう》の護衛を増やすように、と言われている。今日はローゼマインと一緒にレオノーレの活躍を見るよ」

兄としてのコルネリウスの言葉に、わたしはちょっと嬉しくなった。今年のレオノーレがどんなふうに頑張っていたのか、たっぷり教えてあげなければならない。

「二人は婚約者がいるのでわかりますが、アンゲリカは貴族院に婚約者などいないですよね？」

「トラウゴットが婚約者に相応《ふさわ》しい強さを身につけたのか確認することになりました。強くなっていなければ、わたくし、ボニファティウス様と婚約できるのですけれど……」

アンゲリカは少し悲しそうにそう言った。第三者の目線で考えるならば、すでに高齢のボニファティウスがアンゲリカを娶《めと》るよりはトラウゴットの方が年齢的にも釣り合う。けれど、アンゲリカの目線で大事なのは強さだ。トラウゴットはボニファティウスに全く敵《かな》わない。

「……という建前で神々の名前を覚える勉強から逃げ出したのですよ、アンゲリカは」

コルネリウスが呆《あき》れたような顔で肩を竦めてそう言った。少しでも勉強から逃げ出したいアンゲリカと、さすがに孫と同年代の嫁を回避したいボニファティウスの利害が見事に一致したようだ。

「アンゲリカ、神々の御加護を得て自分が強くなるためですよ。……せめて、最高神と五柱《いつはしら》の大神《おおがみ》、それから、御加護が欲しい神様のお名前だけでも正確に覚えるようにしましょう」

「それだけならば頑張ります」

ちょっとやる気が出たらしい。ヨースブレンナーのリュールラディが芽吹きの女神にずっとお祈りをしていて御加護を得たのだ。ひとまず、御加護を得たいと願う神の名前を正確に憶《おぼ》えて祈りを捧げるところから始めなければならない。

「そういえば、ダームエルはお留守番ですか？」

留守番をしていた護衛騎士の中でダームエルの姿だけが見えない。転移陣で移動できるのが三人までなので、後から来るのかと尋ねてみると、コルネリウスが首を横に振った。

「魔力の感知が得意なので旧ヴェローニカ派の動きを監視するのにちょうど良いという理由もあるのですが、ダームエルには貴族院へ来るための建前がなかったものですから」

「私は貴族院に在学している恋人でも作れば良いと助言してあげたのですが、そんなことは無理に決まっていると嘆《なげ》いていました」

「ハルトムート、そのような爽《さわ》やかな笑顔でダームエルをいじめるのは止めてくださいませ！　恋人ができなくて、結婚もできないダームエルに婚約者の活躍を観《み》に行くと自慢して、行きたかったら恋人を作れ、なんてひどすぎるでしょう！」

わたしは、ひぃっ！　と息を呑んだ。そんなことを言われたらダームエルのガラスハートが粉々になってしまうではないか。上級貴族であるハルトムートに文句も言えず、ダームエルが嘆いている様子が目に浮かぶ。わたしが文句を言うと、ハルトムートは全く反省した様子もなく、小さく笑いながらわたしを見た。

「私はダームエルがその気になれば何とかなると思ったからこそ助言したのですよ。彼に恋人ができないと頭から決めつけているローゼマイン様の方がよほどひどいのではございませんか？」

「あ!?」

……確かにそうかも。ごめんね、ダームエル。わたし、ハルトムートの言う通り、決めつけてた。ダームエルだってその気になればできる、と信じてあげなきゃダメだったのに。主、失格だよ。

これからはダームエルを信じよう。その気になればきっと恋人も結婚もできるはずだ。

そう思っていると、背後からコツンと軽く頭を小突かれた。

「問題娘、今日はおとなしくしていたか？」

振り返ると、ジルヴェスターがわたしを見下ろしていた。目の下にクマができていて、頬が少しこけている。顔色もあまり良くない。粛清の後始末がよほど大変なのだろう。

「養父様、お久し振りです。……ずいぶんとお疲れのご様子ですね」

「誰のせいだと思っている？　エーレンフェストに戻ったらガッツリ説教だ」

うりうりと頬を突《つつ》かれながらそう言われて、わたしはうっと息を呑んだ。これはかなり大きめの雷が落ちそうである。

「あの、疲労回復にフェルディナンド様の回復薬を差し上げましょうか？」

「其方、私に止《とど》めを刺す気か？」

こちらとしては気を遣って申し出たのに剣呑《けんのん》な目で睨まれてしまった。

「別に止めを刺すような味の薬を出すつもりはありません。飲みやすい優しさ入りの方です。奉納式で配布するために準備した物がまだ残っているので……」

「今、回復薬を飲んだら眠気に襲われるから良い。準備ができているならば行くぞ」

軽く肩を叩かれて、わたしは思わず周囲を見回した。騎士団の騎士達は転移の間から到着しているけれど、フロレンツィアの姿がない。それにジルヴェスターの護衛に付いている騎士もカルステッドではなかった。

「養父様、養母様《かあさま》やお父様はどうされたのですか？　お姿が見当たらないのですけれど……」

「領地対抗戦に向かって人数が減ると、旧ヴェローニカ派に何がしかの動きがあるかもしれぬ故、カルステッドとボニファティウスに留守を任せている。……フロレンツィアは其方のように領地対抗戦の途中で倒れそうな顔色をしていたので、今日は寝ているように申し付けてきた」

「え!?　だ、大丈夫なのですか!?」

いつも穏やかに微笑んでいるフロレンツィアがそんな顔色をしているところを見たことがない。わたしが思わず声を上げると、「休むしかないのだ」とジルヴェスターが頭を左右に振る。

「他領とのやり取りが多く、負担が大きい領地対抗戦は欠席させる。……明日の朝、一度様子を見に戻って、大丈夫そうならば卒業式には列席させるつもりだ。座って見ているだけの卒業式ならばこなせるかもしれない」

ひっきりなしに来客があって、一日中対応に追われるのは去年で経験済みだ。今年は奉納式を経験した領地の訪れも増えると予測されている。とても体調不良の状態でこなせるものではない。

「今年は其方と私が一緒に社交を行い、ヴィルフリートとシャルロッテを組ませる。次々と問題を起こしたのだ。どのような来客があるかを考えるだけで頭が痛い」

「……申し訳ありません」

わたしは急いで準備を整え、自分の側近達とジルヴェスター、そして、ジルヴェスターを守る騎士団の皆と領地対抗戦が行われる会場へ向かう。道中では共同研究やディッターにおける皆の頑張りを伝えたり、今日の社交に関する打ち合わせをしたりした。

「マントとブローチの確認を行う」

領地対抗戦の会場の入口には黒いマントの中央騎士団が何人もいて、出入りする人たちのマントやブローチを確認していた。去年強襲《きょうしゅう》をかけてきたテロリスト達がベルケシュトックの魔石のブローチで貴族院へ侵入してきたためらしい。

わたしは領主であるジルヴェスターと一緒だったので一通りの確認だけですぐに中に入れた。会場内にも中央騎士団があちらこちらに配置されていて、去年よりもずっと物々しい雰囲気になっている。黒いマントの騎士達が目を光らせる警備態勢に、居心地悪そうな表情をしている者も多い。誰かがベルケシュトックの礎の魔術を発見するか、ツェントがグルトリスハイトを見つけるまではこの不安定な状態が続くに違いない。

「ローゼマイン、エーレンフェストの場所はどこだ？」

「明るい黄土色のマントがたくさん集まっているところだと思います。わたくし、養父様達が到着するまで寮にいるように言われたので、会場に一度も足を運んでいないのです」

ついでに、身長も低いので騎士達に囲まれると周囲は全く見えない。ジルヴェスターは「なるほど。其方なりに安全対策はしていたのだな」と少し満足そうに言いながら歩いていく。

「そこはわたくしではなく、ヴィルフリート兄様を褒めてあげてくださいませ。わたくしは設営に携《たずさ》わるつもりだったのです」

「……其方はもっと自分の安全に気を遣え」

様々な色合いのマントがひしめく中を歩き、エーレンフェストの場所へ到着すると、すでに準備が整えられていた。

「アウブ、ローゼマイン様。こちらへどうぞ」

ブリュンヒルデが席に案内してくれる。そこでジルヴェスターからフロレンツィアの欠席と本日の対応の仕方が伝えられた。

「社交に出られないなど、母上は大丈夫なのですか？」

「明日は出られるかもしれぬ。それほどの心配はいらぬが、今日の社交が失敗に終わればフロレンツィアが気にするであろう。しっかりこなせ」

「はい」

ヴィルフリートとシャルロッテが一緒に座り、わたしはジルヴェスターと一緒だ。ジルヴェスターはわたしの足を叩ける位置に椅子を設置させ、「はたかれたら口を閉ざせ」と言った。

わたし達の後ろにはエーレンフェストの騎士達が並ぶ。ハルトムートとコルネリウスとアンゲリカは父兄の恰好でわたしの近くにいる。

「どうやらダンケルフェルガーが一番にやってきそうですね。こちらを見ながら今にも駆け出しそうな状態に見えます」

周囲を見回していたコルネリウスが警戒するような顔でそう言った。斜め前というか、競技場を挟んで向こう側にダンケルフェルガーの場所があるので観察はしやすい。視力を強化するように集中して見てみれば、確かに他領とのライン上にアウブ・ダンケルフェルガーと騎士達がいて、ハンネローレがアウブの青いマントをつかんで止めようとしているのが見える。

……ハンネローレ様は大変そう。わたし、ダンケルフェルガーの子じゃなくてよかった。

そんな二人のところへ細身の女性が近付いて何か言ったかと思うと、アウブはすごすごとテーブルへ戻って行った。細身の女性は多分第一夫人だと思う。テーブルにはレスティラウトも座っていて、その隣には見覚えのある髪飾りを付けた女性が見えた。婚約者の彼女だろうか。

「あれはフェルディナンド様でしょうか？　アーレンスバッハのマントの中にエーレンフェストの色が見えます」

ハルトムートの声にわたしはダンケルフェルガーの隣にあるアーレンスバッハの場所へ視線を向ける。藤色《ふじいろ》のマントの中に明るい黄土色のマントが固まっていた。フェルディナンド、ユストクス、エックハルトの三人だ。身を乗り出したくなるところを我慢しながら、三人の動きを注視する。

研究の展示がされているところでシュミルのぬいぐるみを持ったライムントが何やら一生懸命に説明をしていて、フェルディナンドがこめかみを押さえているのがわかった。ユストクスが笑いを堪《こら》えるように口元に手を当てている。どうやらシュミルのぬいぐるみはずいぶんと受けが良いようだ。わたしもライムントと一緒にフェルディナンドへ説明したかったけれど、競技場を隔《へだ》てて反対側にあるアーレンスバッハの場所はひどく遠い。

「フェルディナンド様はこちらにいらっしゃらないのでしょうか」

「挨拶には来るであろう。あちらですでに執務に携わっているし、今年は婚約を宣伝する必要があるからな」

わたしの呟きにジルヴェスターから返事が来た。挨拶に来てくれるならば、ハイスヒッツェのマントを渡す機会はありそうだ。リヒャルダが準備している木箱を見て、わたしは頰を緩《ゆる》めた。

「では、これよりディッターを行う！　呼ばれた領地から下へ！」

領地対抗戦はルーフェンによるディッターの開始宣言と同時に始まる。第一位のクラッセンブルルクの宣言があり、一番にディッターを行う領地が呼ばれるのだ。

それと同時にダンケルフェルガーの一群が歩き始めたのが見えた。向かい側なので大きく回らなければこちらに来られないのだが、先頭を優雅《ゆうが》に歩いているのは第一夫人で、少し早歩きになっているハンネローレが同行している。

……あれ？　アウブ・ダンケルフェルガーは？

今にも飛び出しそうだったアウブはどうやらレスティラウトと共に居残りのようだ。席に座らされたままである。

……またディッターって言われたら困るから、かな？

わたしが首を傾げているうちに、側仕え見習い達はダンケルフェルガーの来訪に備えて準備を始め、ジルヴェスターが姿勢を正した。

「ぼんやりするな、ローゼマイン。来るぞ。……こちらの要望は其方に対する求婚をダンケルフェルガーが諦めることと、ハンネローレ様の嫁入りを断ることで間違いないな？」

「はい！」

エーレンフェスト側としてはこれ以上の面倒はもう勘弁《かんべん》なので、ダンケルフェルガーが婚約解消を迫らなければそれで良い、という意見の擦り合わせは報告書や手紙のやり取りでできている。

「ヴィルフリート、シャルロッテ。こちらではダンケルフェルガーを始め、上位領地の相手をする。其方等はそれ以外の客を頼む」

ジルヴェスターの声にヴィルフリートとシャルロッテが大きく頷く。文官達と一緒にハルトムートが紙やインクの確認をし、コルネリウスとアンゲリカは護衛しやすい位置についた。

ダンケルフェルガーとの社交

「ごきげんよう、アウブ・エーレンフェスト」

ダンケルフェルガーの第一夫人が微笑んで前に立った。ハンネローレと同じ赤い瞳が微笑みの形に細められているけれど、その目はこちらをじっと観察していることがわかる。ディッター、ディッターと言い出すアウブ・ダンケルフェルガーとは全く違う怖さがあった。

「ごきげんよう、ダンケルフェルガーの第一夫人ジークリンデ様」

緊張して喉が干上がるのを感じながら、わたしとジルヴェスターは一度立って挨拶をし、席を勧める。ジークリンデとハンネローレが席に着いた。

「印刷のこと、本のこと、儀式のこと……たくさんお話ししたい内容はあるのですけれど、まずは先日のディッターについてお話をいたしましょう」

お互いの領地の将来に大きく関わることですものね、とジークリンデが微笑んだ。

「先日のディッターでは途中で横槍《よこやり》が入ったとはいえ、審判の声がなかった以上、ディッターは継続していました。勝負が決したのはハンネローレが自ら陣を出たことによるものです」

静かな口調でジークリンデはそう言った。表情こそ穏やかだが、ハンネローレの行動を責める響きがあり、わたしは思わずハンネローレに視線を向けた。身の置き所がないように体を縮めて、顔を伏せている。それを見て、わたしは彼女が避難してきた時の状況を説明する。

「ハンネローレ様が自ら陣を出られたのは、護衛騎士もいなくて危険だったからです」

護衛騎士がいない中、上空からの攻撃に一人で怯《おび》えて耐えていたのだ。あまりにも可哀想《かわいそう》だと訴えたけれど、ジークリンデの微笑みは崩れない。

「えぇ。攻撃魔術を撃ってくる敵から宝を守るために騎士は上空へ向かいました。それにもかかわらず、ハンネローレは自ら陣を出たのです。これは守るために戦っていた騎士に対する裏切り行為だと思われませんか？」

あの攻撃魔術が降り注ぐ中、たった一人で耐えろというのはひどいと思う。陣から出て、安全を求めるのが裏切りで責められる行為だという主張にはとても共感できない。

「……わたくしは護衛騎士に守られることが領主候補生の仕事だと教えられて育ちましたから、護衛騎士が周囲にいないことが職務放棄《ほうき》に思えます」

「あら……。エーレンフェストではハンネローレの行動が妥当《だとう》だとおっしゃるのですか？」

ディッターにおける行動として、ダンケルフェルガーの領主候補生として考えるならば、非難される行動なのかもしれない。けれど、エーレンフェストとダンケルフェルガーは別だ。

わたしは反論しようと思ったけれど、隣のジルヴェスターが声を発する方が早かった。

「護衛騎士は領主一族を守るためにいます。そして、ディッターで最も大事なことは宝を守ることです。守れなかったのは騎士の落ち度でしょう」

……そうだ、そうだ！　護衛騎士がいないのが悪いよ。

ジルヴェスターの言葉にわたしは大きく頷いた。ジルヴェスターの発言に、ジークリンデは少し考えを巡らせるように視線を落とす。

「……エーレンフェストではそうなのですか。自ら陣を出たハンネローレに落ち度はない、と」

ジークリンデはアウブ・ダンケルフェルガーと違ってディッターで白黒つけようと言い出してくるわけでもなく、納得したような声を出した。どうやら言葉で理解し合えたようだ。まともに話ができることにわたしが胸を撫で下ろしていると、ジークリンデは唇を笑みの形に歪めた。

「では、これはタルクスがフリュートレーネの力で生まれ育っても、ドレッファングーアのお導きでフェアフューレメーアのところへ向かうようなものかもしれませんね」

残念とも、安心ともつかない息を吐きながらジークリンデがそう言った。

……ん？　どういう意味？

咄嗟《とっさ》に意味が理解できない。まず、タルクスがわからないのだ。ダンケルフェルガー特有の生物か、それとも、神話の零《こぼ》れ話に載っているマイナーな話なのか。

……タルクスが何にせよ、淡水で生まれ育って、時期が来たら海へ向かうってことだから、ここから推測される意味としては……成長すれば自分に合う場所に向かうとか、そんな感じ？

曖昧《あいまい》な笑みを浮かべつつ必死に意味を考えている間、ジークリンデはわたしとジルヴェスターを交互に見つめていた。その赤い目に捕まったような錯覚《さっかく》にゴクリと息を呑む。

「ディッターで決まった以上、ハンネローレはエーレンフェストに嫁《とつ》がせます。ハンネローレのフエアフューレメーアはエーレンフェストのようですから、それでよろしいでしょう」

……ちょっと待って。ハンネローレ様がエーレンフェストに嫁ぐ必要はないですよ、って言う前に嫁ぐことに決まっちゃった⁉

こちらが希望や意見を言う前にハンネローレの嫁入りで完全に丸め込まれたような形になってしまった。ジルヴェスターと顔を見合わせ、慌てて口を開く。

「あの、本人が望んでいるとおっしゃいましたが、ハンネローレ様は本当にエーレンフェストへのお嫁入りを望んでいるのですか？　第二夫人ですよ？」

第二位のダンケルフェルガーの領主候補生にとって、エーレンフェストの第二夫人などあり得ないはずだ。ディッターのことしか考えてなさそうなアウブと違って、ジークリンデは話せばわかる人だと思う。娘にとってどうするのが良いのか、よく考えてほしい。

「自分の意思で陣から出たのです。望みもせずにそのようなことをするはずがございません。ダンケルフェルガーの領主候補生がエーレンフェストの第二夫人として嫁ぎたがるなんて予想外で、こちらも困っているのです」

まるでハンネローレが我儘を言っているようだが、本人は多分一言もエーレンフェストに嫁ぎたいと言ったことはないはずだ。ハンネローレの様子を窺《うかが》ってみるけれど、彼女は目を伏せたままだった。言いたいことも言えずに呑み込んでいるような様子で口を閉ざしている。

……ハンネローレ様。

ディッター勝負を受けたレスティラウトに、反論を封じられた時と同じだ。俯いて小さく震えている。どこからどう見てもエーレンフェストに嫁ぎたいと思っている女の子の姿ではない。

わたしと同じようにハンネローレを見たジルヴェスターが深緑の目をジークリンデに向けた。

「恐れながら、エーレンフェストはやっと八位に上がってきたばかりの成り上がり領地で、その地位に相応しい対応もまだ身についていません。ダンケルフェルガーの領主候補生を迎えられる領地ではありません」

ジルヴェスターの言葉にジークリンデは笑顔で頷いた。

「えぇ。今のエーレンフェストに価値があるとすれば、流行や産業を生み出し、古い儀式にも言葉にも堪能で、領主候補生がこれだけいる中で寮内を上手くまとめ上げられるローゼマイン様だけでしょう。とてもダンケルフェルガーの領主候補生が嫁ぐのに相応しい領地とは言えません」

笑顔で肯定されると、それはそれで腹が立つものである。わたしは提案しただけで、実際にモノを作り出すのは職人達だし、寮内をまとめたり、皆の気持ちを煽って目標に向かわせたりするのはヴィルフリートの方が上手い。それに、社交下手なわたしの代わりにシャルロッテがお茶会に出てくれるから、寮内がまとまっているのだ。

反論しようとした途端、ジルヴェスターに足を軽くはたかれた。「黙っていろ」の合図である。

わたしは不満を胸に抱えながら、仕方がなく口を閉ざす。

ジークリンデはジルヴェスターを見つめながら少し首を傾げた。

「成り上がっている最中のエーレンフェストが、歴史あるダンケルフェルガーの領主候補生を得たいと考えることは理解できますけれど、第二夫人として得たいとおっしゃるのは何故でしょう？」

それにはアーレンスバッハとの確執を説明する必要がある。どこからどこまでをぶちまけて良いのかわからないわたしにはできない。わたしはジルヴェスターに応援の視線を向けた。

「エーレンフェストの事情、としかお答えできません」

「あら、でも、外交を担当する第一夫人は他領から迎えた妻の実家の援助やそれに付随《ふずい》する関係を上手く利用するために迎える存在で、自領の妻は第二夫人として領地内の貴族を取りまとめるために迎える存在ではありませんか。いくらエーレンフェストでもそのくらいはご存じでしょう？」

……それって、ダンケルフェルガー独自の文化じゃなくて全体的にそうなの？　理に適《かな》っているような気もするけれど、わたしは今までそんな話を聞いたことがない。口を噤《つぐ》んでいるわたしの横でジルヴェスターは静かにジークリンデを見ている。

「全く地縁のないハンネローレを第二夫人にして領地外の社交の場に出さず、ダンケルフェルガーとの関係を絶とうというのはどのようなお考えがあってのことでしょう？　お聞かせ願えませんか、アウブ・エーレンフェスト？」

「上位領地のやり方と違うかもしれませんが、こちらにはこちらの事情があるのです」

旧ヴェローニカ派の粛清を行った今、ライゼガングとの間にまで波風を立てることはできない。

「えぇ、そうでしょうとも。けれど、その程度の外交の常識さえ知らず、取り入れようともせず、地位の安定や向上を図ろうともしないエーレンフェストには上位領地の妻を娶る意味がありません。これでも娘が可愛いですからね。何代か前の次期領主予定だった領主候補生に輿入《こしい》れしたアーレンスバッハの姫君のような不幸が、我が娘に降りかかることは避けたいのです」

大領地の姫を迎えておきながら次期領主を上級貴族に落とし、順位を上げるでもなく、アーレンスバッハとの関係を深めるわけでもなく、領地内の貴族を抑えることができなかった当時のアウブの無能さをジークリンデは遠回しに非難した。

「上位領地としての振る舞いを領地の貴族全体が身につけるには代が替わるほどの年月が必要になります。アーレンスバッハの姫君を迎えてから何十年も経っています。エーレンフェストはどのように変わったのですか？」

アーレンスバッハの姫君であるガブリエーレに引っ掻き回されたエーレンフェストの苦労に目を向けることなく、ジークリンデはあくまで大領地の視点で物事を見ている。大領地の見方や思惑は少しわかったけれど、苛立ちは増した。

「今またローゼマイン様を得て、数年間で順位はずいぶん変わりました。けれど、わたくしの目にはエーレンフェストが変わっているようには思えないのです」

それから先はレスティラウトに指摘されていたのと同じような内容を上品に回りくどく言われた。ヴィルフリートと同じような表情で、ジルヴェスターはじっとジークリンデの非難を聞いている。貴族言葉がすぐには理解できないせいで、わたしは半分くらい聞き流したけれど、じりじりと嫌な気分が積み重なってくる。

……これをじっと聞いているのが貴族の社交なの？

「アウブ・エーレンフェスト。この先はどうされるおつもりなのでしょうか？　もう、わかっていらっしゃるでしょう？　ローゼマイン様がエーレンフェストには過分だ、と」

ジルヴェスターに足をはたかれたので我慢して聞いているけれど、わたしがエーレンフェストにとって過分かどうかを他人に判断されたくない。

「ゲドゥルリーヒはメスティオノーラを守るためにその手を離し、シュツェーリアに託されました。心置きなく活躍できる土地へ移られるのがご本人のためにも周囲のためにも良いのではないか、と思いますよ」

ジークリンデは親切そうな顔で優しく言うが、内容は「わたしを手放せ」である。苦々しい思いで心がいっぱいになってきた。ジルヴェスターが「馬鹿馬鹿しい」と呟いてちらりとわたしを見る。

「ダンケルフェルガーがシュツェーリアを買って出る、とおっしゃるのですか？」

「ええ、メスティオノーラとエーレンフェストを守る盾になりましょう。ハンネローレも嫁ぐのですから」

こういう圧力がジルヴェスターにかかるのを回避するためにわたしはディッター勝負を受けたのではなかっただろうか。何故ディッター勝負と関係のない非難を受けなければならないのだろうか。おまけに、いつの間にかわたしがダンケルフェルガーに守られる話になっているのは何故なのか。真綿《まわた》で首を絞めるように上品な微笑みと言い回しで相手の行いを非難しながら、自分の望む方向へ話を持って行くジークリンデに反論したくて仕方がない。

「ねぇ、養父様。首にまとわりつく真綿はハサミで一気に切ってしまった方がスッキリすると思いませんか？」

ふふふ、と笑いながらジルヴェスターを見ると、軽く目を見張ったジルヴェスターが一度目を閉じた後、諦めたように手を振った。

「好きにしろ。後は引き受ける」

ジルヴェスターの許可を得て、わたしはジークリンデの赤い瞳を真っ直ぐに見つめた。貴族らしい優雅な佇《たたず》まいと微笑みは忘れずに。

「ジークリンデ様はエーレンフェストとダンケルフェルガーがどのような取り決めの下、勝負を行うことになったのかはご存じないのでしょうか？」

「もちろん、聞き及んでいますよ」

わたしの反論を見極めようとするようにジークリンデの目が鋭くなる。

「では、何故神聖なるディッターで勝負がついたのに、エーレンフェストが圧力をかけられているのですか？　エーレンフェストが勝てば婚約解消に関する圧力をかけないというレスティラウト様のお言葉を信じてディッターを行ったのです。敗者は黙っていてくださいませ」

これまでの貴族言葉の遠回しな言い方をスパーンと断ち切って、わたしはニコリと微笑んだ。まるで直截《ちょくせつ》すぎて何を言われたのかわからないというような顔で、ジークリンデがわたしを見ている。

「ローゼマイン様……」

ずっと俯いていたハンネローレも驚きに目を瞬きながら顔を上げた。呆然《ぼうぜん》とした表情でジークリンデとわたしを見比べる。

「フリュートレーネの癒しとルングシュメールの癒しが違うように、第三者から見て良い環境と当事者にとって満足できる環境は違うのです。変わらぬ平穏を望む者にグリュックリテートの御加護は不要、とわたくしの師も零されていらっしゃいました」

フェルディナンドの時と同じような余計なお世話はいらない、と言ったところでジークリンデが初めて顔色を変えた。

「……エーレンフェストは一体何のためにハンネローレを求めたのですか？」

「ただただ面倒なディッター勝負を回避したかったのです。ハンネローレ様を第二夫人としていただくと言えば、さすがにレスティラウト様の一存では決められないと考えました。アウブと相談することになって少しは時間を稼いだり、ディッターを回避したりできるのではないか、と思ったのです。結果としてはレスティラウト様の独断で受けられてしまったのですけれど」

ご存じでしょう？　とわたしが問いかけると、ジークリンデは笑顔を消してハンネローレとわたしを見比べた。

「ハンネローレが必要でディッターの対象にしたわけではない、ということですか？」

「えぇ。ハンネローレ様にエーレンフェストへ来ていただくなんて、あまりにも失礼ではありませんか。こちらが勝てばその条件は最初から破棄する予定でした。ハンネローレ様がお望みになったところへ嫁げるように微力ながらお手伝いするつもりだったのです」

「……最初から、ですって？」

レスティラウトとヴィルフリートがディッターの細かい決まりを決めている時に、わたしはハンネローレとエーレンフェストが勝った場合のことを話していたのだけれど、もしかしたら聞いていなかったのだろうか。首を傾げるわたしの隣でジルヴェスターがフッと笑った。敵の弱点を見つけて、そこを攻撃しようとする戦士の笑みだ。

「先程アーレンスバッハの例を出しておっしゃられた通り、エーレンフェストでは未《いま》だ大領地の姫君を受け入れる態勢が整っていません。可愛い娘の幸せを願うのでしたら、こちらの申し出を快《こころよ》く受け入れてください」

ハンネローレが嫁ぐという話はなかったことにしよう、とジルヴェスターが提案した。あれだけエーレンフェストの態勢を非難していたのだ。娘が嫁ぐ必要がなくなってさぞ嬉しいだろう。

しかし、ジークリンデは少し考え込んでいた。別に嫁がなくてもいいよ、と言っているのに快諾しない理由がわからない。

「では、ハンネローレ本人がエーレンフェストに嫁ぐことを望んだ場合はどうされるおつもりですか？　常識に倣《なら》って第一夫人としてハンネローレを受け入れるのですか？　それとも、あくまで非常識な対応を取るのですか？」

「大変申し訳ございませんが、エーレンフェストはまだ上位領地のやり方が馴染《なじ》まぬもので……」

ジルヴェスターがニコリと笑った。非常識と言われようと、優先すべきは粛清で混乱しているエーレンフェストの平定である。貴族達が大騒ぎしそうな面倒事はいらない。

「あくまで第二夫人ということですか……」

「お母様、勝者はエーレンフェストです」

更に何やら口にしそうなジークリンデの袖をハンネローレが震える手でつかむ。手だけではない。全身が小刻みに震えているように見えた。けれど、その目は決意に溢れた強い光が宿り、自分の母親を見上げている。

「これ以上、エーレンフェストに迷惑をかけるのは止めてくださいませ」

「ハンネローレ？」

ハンネローレが別のテーブルで他領の貴族に対応しているヴィルフリートにゆっくりと視線を向ける。柔らかい表情だった。少し細められた柔らかな眼差しに、綻《ほころ》ぶように笑みの形になった唇に、淡い想いが宿っているように見えるのは目の錯覚だろうか。

「わたくし、戦いの場で誰かに守ると言ってもらうのは初めてでした。強要されるのではなく、選択肢を準備されるのも初めてでした。ですから、わたくし、本当にエーレンフェストへ嫁いでも良いと思ったのです」

そう言ってハンネローレは一度目を伏せると、真っ直ぐにジークリンデを見た。立ち向かうべき相手を見つけた強い眼差しに先程の柔らかな表情は見られない。

「けれど、エーレンフェストでは大領地の領主候補生を受け入れる土壌《どじょう》がないと言われました。受け入れる態勢が整っていないと……。でしたら、迷惑になるだけではありませんか。無理やり勝負を迫っておいて、敗者が勝者に更に迷惑をかけるのですか？　せめて、勝者の望みを叶えるべきではありませんか？」

ハンネローレの言葉にジークリンデが困ったような表情になった。計算違いというか、予想外の出来事に戸惑っているような顔をしている。

「ハンネローレ、貴女……」

「お母様、相手が望んでいないことを強要するのは美しくありません。周囲に利を配り、自分の望みを叶える一助とするのがダンケルフェルガーの女でしょう？　今回の交渉でお母様は利を配れませんでした。一旦引いて、エーレンフェストの利を知るところから始めましょう」

そう言って微笑むハンネローレは間違いなくダンケルフェルガーの女だった。わたしはその場で拍手したい気持ちになるほど感心したが、ジークリンデにとってはそうではないらしい。額を押さえて軽くハンネローレを睨んだ後、ジルヴェスターとわたしを見た。

「貴女の意見には概《おおむ》ね同意いたしますけれど、色々なところにずいぶんと食い違いがあるようですね。そちらを確認させていただきたいと存じます」

……食い違い？　大領地とエーレンフェストの常識の違いってこと？

わたしとジルヴェスターはよくわからないまま、先を促す。

「わたくしに上がってきているディッターに関する報告では、ダンケルフェルガーが勝利した場合はアウブ・エーレンフェストと協議し、婚約解消となった暁《あかつき》にはローゼマイン様をダンケルフェルガーの第一夫人に迎える。ダンケルフェルガーが敗北した場合はハンネローレをエーレンフェストの第二夫人として輿入れさせるというものでした」

「そうですね」

わたしが頷くと、ジークリンデは途端に怪訝《けげん》そうな顔になって背後を振り返った。控えていた文官らしき男性が一歩進み出てテーブルの上に紙を一枚広げると、また下がる。それはダンケルフェルガーに送られてきた報告書のようで、ディッターの条件が記載されている物だった。

「先程ローゼマイン様は、エーレンフェストが勝った場合は最初からハンネローレの輿入れという条件を取り止めるつもりだったとおっしゃいましたが、それはいつ決まったことなのでしょう？　こちらには記載がございませんでした」

「ディッターのお話が決まった時です。ハンネローレ様とお話をしている時にわたくしから提案したのですよね？」

わたしがハンネローレに同意を求めると、ハンネローレはこくこくと頷く。

「お兄様の勝手を謝罪した時にローゼマイン様からご提案いただきました」

レスティラウトとヴィルフリートがディッターについて細かい取り決めをしている時に、ハンネローレとわたしが盗聴防止の魔術具を使ってお茶を飲みながら話し合っていた。条件を決めた時の流れを覚えている限りで述べていると、ジークリンデは全てを悟ったような顔になった。

「同じ日に同じ部屋の中で行われていたようですけれど、盗聴防止の魔術具を使ったならば、他の者には話が漏れていないでしょう。お二人で話し合った内容について申告されましたか？」

二人だけの内緒話を勝手に公の話にしたのではないかと疑われ、わたしは慌ててジルヴェスターに視線を向けた。

「わたくしはその日の夕食の時にヴィルフリート兄様へ報告して、エーレンフェストにも連絡しましたよ。ねぇ、養父様？」

「あぁ、細かく経緯が書かれた報告書が届いた」

自分の身の潔白《けっぱく》を証明して、わたしは胸を撫で下ろしていると、ハンネローレも「夕食の席でお兄様に申し上げました」と胸を張る。

「ハンネローレ、夕食の席では間に合わないでしょう？　何故その場でレスティラウトに申告しなかったのです？　細かい取り決めが終わった後にそのようなことを言っても、すでに署名を終えている条件を勝手に書き換えられるわけがないではありませんか」

「え？　署名？」

わたしは「勝ったらハンネローレの嫁入りはなしにしよう」とヴィルフリートに報告して許容されたし、ハンネローレも喜んで頷いていたので話は通じていると思っていた。けれど、それは条件を決める場での話し合いではなかった。

ハンネローレはレスティラウトにわたしの言葉を報告したけれど、細かい取り決めを終えて、レスティラウトとヴィルフリートが合意の署名をした契約の後では、正式なものではないと判断されたらしい。

「嫁取りディッターでは必ずこのような契約書を作るのです。ディッターの後で最初の条件を覆《くつがえ》されることがないように」

「これはダンケルフェルガーへの報告書ではなく、契約書なのですか？」

驚いてよくよく見てみれば、確かにヴィルフリートの署名がされている。予算を割《さ》くためにも必要なのだそうだ。ジルヴェスターが契約書を覗き込んで難しい顔になった。

「細かい条件を決めたことは知っているが、契約書を交わしたという報告はもらっていないぞ」

「わたくしもヴィルフリート兄様から聞いていませんよ」

わたし達がちらりとヴィルフリートの方へ視線を向ける。重要な報告がされていなかったのかと眉を寄せていると、ハンネローレが「もしかしたら、ヴィルフリート様は契約書だと認識していないのかもしれませんね」と呟いた。

「ダンケルフェルガーにとっては当然のものですし、貴族院の予算を使うために必要なのですけれど、アウブ・エーレンフェストもローゼマイン様もこれを契約書だと思わなかったのですよね？」

わたしとジルヴェスターは一度顔を見合わせて頷いた。ディッターの申請書であって、契約書には見えない。もしレスティラウトから何の説明も受けなければ、予算のために必要な書類で契約書だと思わない可能性は高い。

「こちらの説明も足りていないようですね」

ジークリンデが少し顔をしかめた後、ディッター勝負の条件を指差した。

「こちらにハンネローレを第二夫人にするという条件が書かれていますけれど、それを解消するという記述はございません」

「……勝ってからアウブ同士のお話の中で提案すれば良いと思っていました」

「それはエーレンフェストが勝ったら条件を勝手に変更するということですか？　先に条件を決める意味がなくなりますよ」

……確かにそうかも。

こんなふうに厳密に契約書まで作って条件を決めていたことを知らなかったが、勝ったら圧力をかけないという話を覆されて怒っていた自分は同じようなことをダンケルフェルガーに求めるつもりだったのだ。反省で肩を落としたわたしにジークリンデが更に追い打ちをかけてくる。

「それから、ローゼマイン様は、エーレンフェストが勝てば婚約解消に関する圧力をかけないというレスティラウトのお言葉を信じてディッターを行ったとおっしゃいましたね？　けれど、そのような条件もこちらにはございません」

「え？　嫁取りディッターは勝敗が決した時点できっぱりと嫁取りを諦めるのですよね？　わたくし、レスティラウト様からそう伺いましたけれど……」

目を瞬きながら尋ねると、ジークリンデは不思議そうに首を傾げた。

「エーレンフェストはその条件よりもハンネローレを第二夫人として娶ることを優先させたと聞いています。契約書にもハンネローレの件はありますが、求婚を諦めるという項目はございません」

本来の嫁取りディッターではきっぱりと諦めることが条件なのだが、その条件に不服を申し立て、ハンネローレを第二夫人として娶りたいとわたしが言い出した。そのため、諦める必要はなくなったとレスティラウトには認識され、ダンケルフェルガーへ報告されたらしい。

「……諦めるという条件が勝手に外されていたなんて初耳です」

呆然としながらわたしが呟くと、ジルヴェスターが深々と疲れきった息を吐いて、コツンとわたしの頭を小突いた。

「其方が別の条件を付けたのだから、元々の条件が消されていてもおかしくはない。これからは細かい取り決めをしている時に別行動をして勝手な話を進めたり、条件の確認を怠《おこた》ったりしないように気を付けよ。この契約に基づき、エーレンフェストは求婚の取り止めよりもハンネローレ様を第二夫人として取り込む方を優先させているという認識でダンケルフェルガーが動き、エーレンフェストに利をもたらすべく様々な提案をされたのだ」

ただの口約束よりも契約書がある方が正式な決定だと認識されるのは貴族の世界だけではなく、商人の世界でも当然のことだ。契約に準じてエーレンフェストに利をもたらすはずの提案がことごとく意味をなさなかったのは、完全にこちらの落ち度である。

……ああああぁぁ！　なんてこと！

わたしはさっきの自分の言動を思い出して頭を抱えた。ダンケルフェルガーの第一夫人に失礼極まりないことを言った。できることならば、ジークリンデの記憶を消したいくらいだ。

「契約書とは全く違う主張をして、失礼極まりないことをしてしまい、本当に申し訳ございませんでした」

わたしの謝罪にジルヴェスターも続く。

「前提条件にずいぶんと齟齬《そご》があったようです。確認を怠り、申し訳ございませんでした」

「いいえ、謝罪には及びません。嫁取りディッターにエーレンフェストが詳しくないにもかかわらず、説明が杜撰《ずさん》であったり、監視が足りなかったり、こちらの不備も大きかったようです。こちらこそお詫《わ》び申し上げます」

王の許可がある婚約に対してレスティラウトが強引に勝負を持ち掛けたこと、ディッターで暴走しがちなダンケルフェルガーの男達をハンネローレがきちんと監視していなかったこと、ダンケルフェルガーでは当然の前提で話を進めて条件の確認や念押しなどの説明に不備があったことをジークリンデが詫びる。

「ハンネローレも反省なさいませ。勝手に輿入れの話をされて気落ちした中でも謝罪を忘れなかったことは良いことです。けれど、ディッターの話が出たところでは決して殿方から目を離してはなりません。自分にとって優位に進めたがるレスティラウトや興奮が高まっている騎士達を抑えて、細かい説明をするのは貴女の役目でした。友人関係を大事にしたければ肝《きも》に銘《めい》じなさい」

貴女もダンケルフェルガーの女として自覚が芽生えたのでしょう？　とジークリンデがニコリと微笑めばハンネローレの笑顔が固まった。「そんなの無理です」という声が聞こえてきそうな顔になりながらも、ハンネローレは「気を付けます」と頷く。

「では、エーレンフェストが今回のディッターに望んだことを正確に教えてくださいませ。ハンネローレを第二夫人に望んでいるわけではないのならば、ディッターの結果は絶対だと言い張るアウブがやって来る前に話を終わらせましょう」

ダンケルフェルガーの場所に視線を向けたジークリンデの提案にジルヴェスターが姿勢を正す。

「こちらとしてはローゼマインへの求婚を諦めていただきたい。それが一番の望みです。それから、こちらはお願いになりますが、二度とエーレンフェストにディッター勝負を持ち掛けないでいただきたい。嫁取りにかかわらず、です」

毎年ダンケルフェルガーにはディッターを挑まれているが、エーレンフェストの負担が大きくて迷惑だ、とジルヴェスターが貴族言葉で遠回しに言う。

「今回は特に負けるわけにいかなかったので、魔術具や回復薬も派手に使いました。何度もダンケルフェルガーの相手はできません。エーレンフェストはしがない中領地ですから」

ジルヴェスターの言葉に「毎年ディッターを行っていますものね。わたくしの目に入る範囲であれば止めましょう」とジークリンデは約束してくれた。

「ただ、エーレンフェストもすぐに勝負を受けないようにしてくださいませ。一度受けられると、こちらから干渉《かんしょう》することができなくなります」

ジークリンデによると、毎年宝盗《たからと》りディッターを受けるエーレンフェストはとてもディッター好きな領地だとダンケルフェルガーに認識されているらしい。ルーフェンからも「虚弱で騎士コースが取れないローゼマイン様だが、フェルディナンド様と同じように宝盗りディッターを好んでいる」という報告書が届いているそうだ。

……全然正確じゃないよ！

「ローゼマイン様はアウブ・エーレンフェストがおっしゃった条件で不服はございませんか？」

「わたくしにとって大事なものはエーレンフェストにあるのです。ですから、良い条件を出されて心が揺れることがあっても、エーレンフェストを出る決断はできません」

わたしがはっきりと言うと、ジークリンデは少し表情を緩めた。

「ハンネローレ、貴女が知る中でエーレンフェストの利にはどのような物がありますか？」

「お母様？」

「ディッターを好んでいるわけではない領地に毎年迷惑をかけているのでしょう？　これからの領地の関係を良くするために、少しはお詫びの品を準備しなければ。ローゼマイン様個人ではなく、エーレンフェストにとってのお詫びになるものですよ」

ジークリンデの言葉にハンネローレは少し考え込んだ後、ポンと手を打った。

「お兄様の絵を差し上げるのはいかがでしょう？　その、ディッター物語の挿絵《さしえ》をローゼマイン様もヴィルフリート様も欲しがっていらっしゃいました。けれど、お兄様が印刷の過程で他の方の手が入るのは嫌だとおっしゃって、絵のお話は保留になっています。ですから、どのようにお使いになっても構わないという形で差し上げれば、エーレンフェストの印刷に貢献《こうけん》できると思います」

ハンネローレはジークリンデの反応を見ながら説明した。自分の意見を聞かれて、それが通ったことがないと言っていたハンネローレの赤い瞳が誇らしげに生き生きと輝いている。

「ハンネローレはこのように言っているのですけれど、レスティラウトの絵が本当にエーレンフェストの利になるのですか？」

疑わしそうなジークリンデと期待に満ちたハンネローレを見比べて、わたしは大きく頷いた。

「なります！　ディッター物語の売り上げ的に素晴らしい提案だと存じます。ねぇ、養父様？」

わたしは期待と喜びでいっぱいになったが、ジルヴェスターは「馬鹿か」と頭を押さえた。

「……他にもっと有益なものがあるだろう。どうせならばダンケルフェルガーの庇護《ひご》でも願え」

ジルヴェスターのぼやきを「そういえば、秘宝の盾はローゼマイン様に壊されましたね」とジークリンデは笑顔で流し、レスティラウトの絵をお詫びとする方向で話をテキパキと進め始める。

「エーレンフェストとしてはありがたいのですけれど、レスティラウト様の絵を本人の許可なく勝手に出してしまってもよろしいのですか？」

「自分に関わることを他人から勝手に決められる気持ちをレスティラウトが知る良い機会になるでしょう。輿入れ先を勝手に決められたハンネローレに比べればまだ甘いくらいです。……そうですね、あの絵もエーレンフェストに差し上げましょうか」

第一夫人は「寮にはレスティラウトの力作があるのですよ」と何かを企《たくら》むようにクスと笑った。

……あぁ、ジークリンデ様の笑顔にフェルディナンド様と同じような怒りを感じるよ。レスティラウト様、頑張れ。

ディッター勝負のお話にひとまずの決着がつくと、その後は絵のやり取りの契約から印刷の話になった。歴史本やディッター物語をどのくらい準備するのか、どのように売る予定なのかなどを尋ねられ、わたしは次々と答えていく。

「ダンケルフェルガーの本を印刷するために、できればダンケルフェルガーでも印刷をしたいと考えているので、いずれ印刷の魔術具を買わせていただこうかと思っているのです」

「残念ながら、印刷の魔術具を売り出すことはできません」

印刷機は魔術具じゃないからね、と心の中で呟いていると、ジークリンデはゆっくりと頷いた。

「存じています。レスティラウトの報告によると、流出を防ぐために印刷の技術を外に出す予定がないのですよね？　その状態でどのように印刷を広げていくおつもりなのでしょう？」

普通は中央や大領地に売り込んで、上から新しい技術を流していく。エーレンフェストで取り込んでおく理由が知りたいそうだ。エーレンフェストの考え方は常識で測れないと言われてしまった。

もしかしたら、わたしのせいだろうか。

「しばらくは様々な領地から原稿をお預かりして、エーレンフェストで印刷すると決めています。そのやり取りの中で印刷に関する制度がある程度浸透《しんとう》してから広げていく予定なのです」

エーレンフェストの貴族もまだわかっていないのだが、印刷する上での権利やお金の流れを領地内で浸透させ、それを他領にも流していきたいと考えている。

わたしの言葉を受けてジルヴェスターが頷き、ジークリンデに微笑んだ。

「いずれの話になりますが、他領に出すことが決まった時は一番にダンケルフェルガーへお話を持ち掛けるというお約束はできます」

「そうですか。楽しみにしていましょう。それから、こちらが気になっているのはフェルネスティーネ物語のことなのですけれど……一巻を読んだ限りでは、ローゼマイン様がフェルネスティーネのモデルでエーレンフェストに虐《しいた》げられているように読めます」

本当のモデルが誰なのか知っているジルヴェスターは、深刻そうな顔のジークリンデを前に笑い出したりしないようにさりげなく口元を押さえて先を促す。

「貴族院で物語を集め、本の貸し借りを始めたのもローゼマイン様だと知られているため、お話に紛れ込ませたローゼマイン様からの救援を求める声と感じられるのです。領主会議で聞こえてくるエーレンフェストの噂は良いものがほとんどございません。フェルディナンド様を救い出そうと暴走したダンケルフェルガーが、今度はローゼマイン様を救い出すために同じ過ちを犯さないように手綱《たづな》を握らなければならないのです」

……それは非常にありがたいけど……。

さすがにこの場で「フェルネスティーネのモデルはわたくしではなく、フェルディナンド様ですよ」とは言えないし、「王命でアーレンスバッハへ向かうことになって悲嘆《ひたん》に暮れたエルヴィーラが原稿に激情を叩きつけた結果です」とはもっと言えない。

「二巻を読めばそのような感想はなくなると思いますから、他領にお貸しする時には二巻同時に貸し出すことにいたしましょう。親切なご忠告、ありがとう存じます」

「一巻が途中で終わってしまって残念でしたから、そうされると喜ばれる方も多いでしょう。本当に続きが気になって仕方がなくなるのです」

ハンネローレがどれだけ楽しかったのか、告げながらエーレンフェストの本を褒めてくれる。だが、よく考えてみるとフェルネスティーネ物語が三巻完結のお話であることは伝えていなかった気がする。二巻を楽しみにしているハンネローレにわたしはそっと告げた。

「あの、ハンネローレ様。実は、フェルネスティーネ物語は三巻まであるのです」

「そんな……」

頬を押さえたハンネローレが絶望の表情になった。

アーレンスバッハとの社交

早く続きを読みたいけれど、完結まで待つ方が良いのかどうか真剣に悩み始めたハンネローレの横で、ダンケルフェルガーの第一夫人は本の販売方法についてジルヴェスターと話をしている。

……領地対抗戦は領主会議の前哨戦《ぜんしょうせん》って前に聞いたことがあるけど、領主会議もこんな感じで話をするのかな？

周囲の文官達の様子を見ながらそんなことを考えていると、軽やかな声が割って入って来た。

「ずいぶんと楽しそうなところ失礼ですけれど、ご挨拶だけさせてくださいませ」

フェルディナンドとディートリンデが来た。フェルネスティーネのモデルの登場にジルヴェスターの口元がニヨッと動く。いつものフェルディナンドならば「何を企んでいる？」と言いそうだが、今日は何も言わずに作り笑顔でディートリンデの半歩後ろにいるだけだった。

……顔色、悪っ！

フェルディナンドの顔色が明らかに悪くて、寝不足の顔になっている。作り笑顔なのに、隠れていない。穏やかそうに見える作り笑いが怒っているようにも見えるのは、ディートリンデが機嫌を損《そこ》ねるようなことをしたのだろうか。

「婚約者との挨拶で全領地を回らなければなりませんの。わたくし、忙しくて、忙しくて……こちらにダンケルフェルガーの第一夫人もいらっしゃるなんて都合が良いですわ」

……あぁ、フェルディナンド様の笑顔が深まった。

ディートリンデはわたしやジルヴェスターではなく、ダンケルフェルガーの二人と話を始めた。共同研究に関する話だ。

「ダンケルフェルガーとエーレンフェストの共同研究も非常に興味深くてたくさんの人が集まっているようですけれど、フェルディナンド様の弟子によるアーレンスバッハの研究も素晴らしいのですよ。ぜひ見に来てくださいませ」

ディートリンデが共同研究のアピールをしているのをちらりと見た後、フェルディナンドがわたしとジルヴェスターの方へやって来る。わたしはジルヴェスターに一言断って席を立つと、できるだけ優雅さを心がけながら速足で近寄った。

「フェルディナンド様、お久し……いらいれふ！」

再会と同時に頬をぐにっとつねられる理由がわからない。久し振りの痛みに涙目になりながら頬を押さえて見上げると、フェルディナンドの作り笑顔が消えていた。冷え冷えとするような眼差しで見下ろしてくる眉間にはくっきりと皺《しわ》が刻まれている。

……なんで怒ってるの⁉　わたし、まだ怒られるような報告をしてないよね⁉

「君に言いたいことは山ほどあるが、ここでは控えておこう」

「では、頬をつねるのも控えてくださいませ」

「ふむ。以後、考慮する」

わたしがムッとして「考慮するだけではなく、実行もしてくださいね」と睨むと、フェルディナンドはフンと鼻を鳴らした。絶対に次からもつねられる気がする。

「ダンケルフェルガーがこちらにいるのを見て、来たのだ。あのマントを持っているか?」

「もちろんです」

わたしは振り返ってリヒャルダを見ると、すぐに青いマントが取り出された。フェルディナンドがそれを手に取り、ジークリンデの背後に控えている騎士達のところへ向かって歩いていく。

「ハイスヒッツェを呼んでくれないか?」

騎士の一人がオルドナンツを飛ばすと、すぐにハイスヒッツェがやって来た。ディッターをするわけでもないのに興奮気味で非常に嬉しそうな顔をしている。

「フェルディナンド様、この度はご婚約おめでとうございます。神殿より出られたと伺い、こちらまで嬉しくなりました。私が提案し、ツェントに願い出たのです」

……一番余計なことをした人!

婚約を祝うハイスヒッツェに対して内心の怒りを顔に出さないように気を付けながら、わたしは微笑みを浮かべる。わたしだけではない。フェルディナンドもとても柔らかな作り笑いだ。

「あぁ、ダンケルフェルガーを始め、たくさんの者がこれ以上ない環境を得られるように協力してくれたと聞いている。其方等の奮闘のおかげで私はヴェローニカ様の孫娘であるディートリンデ様との縁を得たのだ。とても言葉にはできない思いでいっぱいだ」

「まぁ、フェルディナンド様ったら、わたくしのことをそんなふうに褒めてくださるなんて」

照れた顔になるディートリンデに、周囲からはお祝いの言葉がかかる。そんな中、ハイスヒッツェは一人だけ真っ青に表情を変えた。

……あ、知ってるんだ。フェルディナンド様がヴェローニカ様に嫌がらせをされてたこと。

一人だけ反応が違うことに気付いて、わたしはハイスヒッツェを注視した。フェルディナンドの性格から考えても、自分から嫌がらせを受けていると言うことはないと思う。ユストクスかエックハルト、もしくは、ヒルシュールのような周囲の者から聞いたのかもしれない。少なくとも、彼はエーレンフェストでも一部の者しか知らない情報を得られるくらい近くにいた人なのだろう。

「アーレンスバッハでディートリンデ様を支えねばならぬ私は、今後其方とディッターをできる立場ではなくなったのだ。いつまでも持っていられぬからな。こちらは返却する」

フェルディナンドはにこやかな笑顔のまま、青いマントをハイスヒッツェの手に握らせた。

「これは……」

ハイスヒッツェは自分の手に戻された青いマントとフェルディナンドを呆然とした顔で見比べる。神殿へ入る時には返却されなかったマントをわざわざ返される意味に気付いたのだろう。

「よかったな。大事なマントが戻ってきて」

「奥方もさぞ喜ぶだろう」

ダンケルフェルガーの騎士達がハイスヒッツェの肩を叩きながら笑った。背後から肩を叩いている騎士達にはきっと血の気が引いた彼の顔が見えていない。周囲に「よかった」と言われて顔を強張らせているハイスヒッツェに、フェルディナンドがフッと笑みを向ける。

「長年奪われていたマントが戻ってきたのだ。もう少し喜んではどうだ、ハイスヒッツェ？」

笑顔とは逆にひどくひやりとした声は、まるで「婚約を祝ったように喜んでみせろ」という命令に聞こえた。冷たい声の主を一度見たハイスヒッツェは俯いてマントを強く握った後、ぎこちない笑みを浮かべる。

「まさかこのマントが返ってくると思いませんでした。妻も喜ぶでしょう」

図らずも最悪の状況に追い込む手伝いをしたことを悟ったハイスヒッツェと、謝罪することも許さずに喜んでみせることを強いるフェルディナンドの間にするりと割って入る者がいた。

「あら、何故その方の大事なマントをフェルディナンド様が持っていらしたのかしら？」

緊迫《きんぱく》した空気を全く読む気がないディートリンデが、興味深そうに目を輝かせながらハイスヒッツェを見上げる。すると、周囲の騎士達が先を争うようにして事の発端を話し始めた。

「……というわけで、貴族院時代よりハイスヒッツェはマントを取り戻そうと挑んでいたのです」

「まぁ！　奥方になられる方のマントを取り上げるなんて、なんてひどいのでしょう！　わたくし、フェルディナンド様がそのように冷酷な方だとは思いませんでしたわ」

「あ、いや、フェルディナンド様は返すとおっしゃったのですが、ディッターで勝つまでは、と言ったのはハイスヒッツェなのです」

からかい口調の騎士達の話を真に受けて婚約者を詰《なじ》り始めたディートリンデに、騎士達の方が息を呑んで顔を見合わせる。おそらく彼等の中では笑い話の一環なのだろう。しかし、ディッターのきっかけにするために婚約者のマントを他者に預けるなど、普通は理解できないことだ。

「それでも、心を込めて刺繍《ししゅう》したマントを盗られてしまうなんて……」

「大丈夫です。ダンケルフェルガーの男は何度でも挑戦しますから」

何が大丈夫なのか知らないが、騎士達がディートリンデにディッターのロマンについて熱い口調で説明し始める。フェルディナンドは婚約者の相手を騎士達に任せてさりげなく一歩下がり、スッと背を向けた。

そのままテーブルの方へ戻ると、ジルヴェスターに「騒がせてすまぬ」と謝罪した後、ダンケルフェルガーの第一夫人とハンネローレに挨拶をする。

「フェルディナンド様、こちらをどうぞ」

ディートリンデが話し込んでいる様子を見たブリュンヒルデの指示ですぐにフェルディナンドの席が準備されて、お茶とお菓子が出された。ジルヴェスターのお茶とお菓子も同時に入れ替えられて、ジルヴェスターはそれを一口ずつ口に入れる。

「あぁ、エーレンフェストの味だな」

一口お茶を飲んだフェルディナンドがしみじみとした口調でそう言った。アーレンスバッハでは日常的に飲まれるお茶の種類が違うらしい。フェルディナンドが一番好んでいるお茶の葉入りのカトルカールも準備されているけれど、それはすぐに側近達へ下げ渡す。

「ユストクス、エックハルト。久し振りの故郷の味だ。其方等も味わえ」

「恐れ入ります」

フェルディナンドにとってまだ安心できるエーレンフェストのスペース内にいる間に、二人に束《つか》の間《ま》の休息を与える意味もあるのだろう。ユストクスとエックハルトが下げ渡された皿と共に少し後ろへ下がる。アーレンスバッハから同行してきている護衛騎士を背後に立たせたフェルディナンドはゆっくりとお茶を飲みながらジークリンデへ視線を向けた。

「先程エーレンフェストとの共同研究を拝見しましたが、ダンケルフェルガーにあのような古い儀式が今も尚《なお》残っていることに驚きました。今回の研究で祝福を得ることに成功するようになったのは、実に素晴らしいことだと思います」

古い儀式自体は知っていても、貴族院でルーフェンが教えていることを知らないらしいフェルディナンドの言葉にわたしは首を傾げる。

「フェルディナンド様はダンケルフェルガーの儀式をご存じないのですか？　ルーフェン先生はいらっしゃったのですよね？」

フェルディナンドが簡潔に「知らぬ」と首を振れば、ハンネローレが教えてくれた。

「わたくしも今回の研究の過程で初めて知ったのですけれど、騎士コースの先生の一人が退任されてルーフェン先生が采配《さいはい》を振るようになってから教えられるようになったそうですよ」

「若い世代ならばどの領地でも知っている舞のようですね。見学客は成人している騎士達にも教えて魔獣《まじゅう》狩《が》りを少しでも楽にしたいものだ、と話し合っていました。ダンケルフェルガーの影響力がまた強まるのではございませんか」

フェルディナンドがそう付け加えると、ジルヴェスターも深く頷いた。

「エーレンフェストでも来年の冬の主討伐《とうばつ》までには何とか会得《えとく》したいものです」

ジルヴェスターによると、わたし達から情報が入ってから試してみたけれど、今年は祝福を得るのに成功しなかったらしい。主力の騎士達の大半が舞を覚えるところから始めなければならないので、すぐには祝福を得られないようだ。

「ダンケルフェルガーの寮でも儀式の成功率は八割程度です。領地の成人達はほとんど成功するようになりました。儀式の成功率は奉納する魔力量によるのではないか、と考えられています」

ジークリンデによると、貴族院からの情報で領地でも祝福を得るための儀式が行われているらしい。その度にディッターになるし、効率良く奉納するためには神具を得るのが良いかもしれないと神殿へアウブを始めとした騎士達が大勢で押しかけようとして非常に大変なことになったそうだ。

「それはまた、神殿側の心労が思いやられるな。そうは思わないか、ローゼマイン？　その頃はちょうど奉納式の時期であろう？」

フェルディナンドの言葉に、わたしは自分がダンケルフェルガーの神殿長ならば……と考える。これまで貴族から全く見向きもされなかった神殿、それも奉納式の最中という時期に「神具を寄越《よこ》せ」とアウブを始めとした騎士達が大勢押しかけてくるのである。心臓麻痺《まひ》ではるか高みに続く階段を上がってもおかしくない。

「本当に、あの時は何という大変なことを、とローゼマイン様をお恨みしたい心境でした」

……ごめんなさい。マジでごめんなさい。そんなつもりはなかったの。

少し遠い目をしているジークリンデと、ここにはいないダンケルフェルガーの神殿長にわたしが心の中で謝り倒していると、フェルディナンドに睨まれてしまった。

「ローゼマインを恨むとは？」

「ひっ……。あの、それは……」

「ダンケルフェルガーが暴走しているだけでローゼマイン様は悪いことはしていないのですよ」

思わず固まったわたしの代わりに執《と》り成してくれることに、「さすがハンネローレ様！」と感動していられたのはほんの一瞬のことだった。

「祝福を得られるようになったのは、ローゼマイン様の功績《こうせき》なのです。ダンケルフェルガーで形式だけになってしまっていた儀式をローゼマイン様が真似て、ライデンシャフトの槍で魔力を奉納した途端、祝福の光の柱が立ちました。その時に強力な祝福を得られたため、ダンケルフェルガーが儀式を復活させようと躍起《やっき》になったのです」

……のおおぉぉっ！　ハンネローレ様、止めてぇっ！　フェルディナンド様の目が怖いっ！

「ほぅ？　手紙にはそこまで詳細に書かれていなかったが、ローゼマインは大活躍だったのだな」

「はい。ローゼマイン様が行ったエーレンフェストの奉納式も素晴らしかったです。ツェントもお喜びでした」

……お願い。もう、ホントに止めて。

奉納式に関しては怒られないように当たり障りのない部分しか書いていないのに、夕食前に怒られそうな要素が増えるのは非常に困る。

「フェ、フェルディナンド様！　全ての領地にご挨拶に向かわなければならなくて、大変お忙しいのですよね⁉　これ以上お引き留めしては悪いですし……」

「案ずるな、ローゼマイン。ディートリンデ様が動かぬうちはどうにもならぬ。それよりも、私は君が何をしていたのか知りたい。手紙ではよくわからぬことも多かったからな」

隠していることがたくさんありそうだな、と目が口ほどに物を言っている。ジルヴェスターとハンネローレから話を聞き出そうとするフェルディナンドにすぅっと血の気が引いていく。ジルヴェスターには詳細な報告書を提出しているし、ハンネローレは大半のやらかしに同席しているのだ。

……まずい。誰か助けて！

「こちらは何のお話をしていらっしゃいますの？」

騎士達との話が一段落したのか、ディートリンデがテーブルの方へやって来た。ハンネローレがニコリと微笑んで、「共同研究のお話です」と答えると、深緑の目をキラリと輝かせた。

「アーレンスバッハの研究はフェルディナンド様の弟子によるもので、図書館の魔術具をいかに少ない魔力で動かすかというところに着眼したことから始まっています。政変の後、中級貴族のソランジュ先生お一人では不可能だった魔術具を維持するための研究で、資料の保存という観点から王族にも非常に注目されているのですよ」

……それ、わたしが書いた報告書そのまま。しかも、「個人で図書館を持つためには非常に有益で、なくてはならない研究」って一番大事な部分が抜けてるんだけど。

「恐れ入りますが、ディートリンデ様。わたくし達がお話ししていたのはダンケルフェルガーとエーレンフェストの共同研究についてなのです」

アーレンスバッハの研究については別に聞いてないし、話題に上がっていない、ということをジークリンデに指摘されたディートリンデは「まぁ！」と目を丸くした。

「アーレンスバッハの研究について説明してくださらないと困りますわ、フェルディナンド様」

……はい？

ぽかんとする皆の視線を集めながら、挨拶回りで大変忙しいはずのディートリンデはエーレンフェストの側仕え見習い達に席を準備させると、アーレンスバッハの研究自慢を始めた。

「そういうわけで、声を録音する魔術具もございまして、わたくし、アーレンスバッハの研究で熱い愛を語られているのです。ホホホ……」

熱い愛を語っているのはシュミルのぬいぐるみじゃないですか、と心の中でツッコミを入れてしまうわたしと違って、ジークリンデははっきりと声に出した。

「アーレンスバッハの研究ではなく、エーレンフェストとの共同研究とおっしゃるべきではございませんか？　あまり聞こえの良いものではございませんよ」

「あら、わたくしの婚約者であるフェルディナンド様の弟子による研究ですから、アーレンスバッハの研究に等しいのです」

ジークリンデの笑顔に何とも言えない困惑が混じった。ちらりとわたしを見る目が「研究成果を盗られているのでは？」というものになっている。ダンケルフェルガーとはきっちり交渉したのに何をしているの、と思われているのだろうか。ここでアーレンスバッハにしてやられていますというふうに受け取られるわけにはいかない。わたしはニコリとジークリンデに微笑んだ。

「アーレンスバッハとエーレンフェストの共同研究がどのようなものなのか、ぜひ足を運んでご確認くださいませ。わたくしの側仕え見習いや騎士見習いが頑張ったのですよ」

「……文官見習いではなく？　共同研究ですよね？」

ジークリンデが一層困惑した理解しがたい顔になってしまった。領地対抗戦で展示する研究は文官見習いのものであることが当たり前だが、魔術具を可愛いぬいぐるみにしたのはリーゼレータだし、愛の言葉を吹き込んだのはラウレンツなので、嘘《うそ》は全く吐いていない。

「可愛らしいシュミルのぬいぐるみがエーレンフェストの目印です」

「そうそう、ローゼマイン様の言葉で思い出しました。フェルディナンド様にお願いしてもらおうと思っていたのです」

ポンと手を打ったディートリンデが「フェルディナンド様」と声をかける。ディートリンデの自慢話の相手をわたしとジークリンデに任せ、ジルヴェスターとハンネローレから色々と聞き出し始めたところで声をかけられたフェルディナンドは作り笑いで「何か？」と首を傾げた。

「先程もお願いした通り、わたくし、あのシュミルが欲しいのです。ライムントもフェルディナンド様も、ローゼマイン様の物だとおっしゃったでしょう？　ですから、快く譲っていただけるようにお願いしてくださいませ。わたくしのお願い、叶えてくださるでしょう？」

愛を囁《ささや》くシュミルが欲しくて、ライムントとフェルディナンドに一度頼んで断られた後らしい。フェルディナンドだけではなく、その場にいた全員が目を瞬いてディートリンデに注目する。

「エーレンフェストが準備した展示物、なのですよね？」

ジークリンデに訝《いぶか》しげに確認されて、わたしは誤解されないようにしっかりと頷いた。あれは展示を終えた後、レティーツィアに贈るためのシュミルなので、欲しいと言われても困る。

「大変申し訳ございませんが、あれはもうお譲りする方が決まっているのです」

「では、その方に交渉いたします。どなたにお譲りになるのかしら？」

絶対に譲らない姿勢を見せたディートリンデにハンネローレがおずおずと声をかけた。

「あの、ディートリンデ様。シュミルのぬいぐるみでしたら、ご自身の側仕えに作らせればよいのではございませんか？」

「まさかアーレンスバッハの側仕えにぬいぐるみを作れる者がいない……というわけではございませんよね？」

ジークリンデの追い打ちにディートリンデがツンと視線を逸らして顎《あご》を上げた。

「普通のぬいぐるみならばそうします。けれど、あれは展示品であることからわかるように、魔術具ですもの。設計図や権利を、ローゼマイン様が次期アウブであるわたくしより先にライムントから取り上げたのです。共同研究だからと相談もせずに、本当に困ったこと」

「研究者からの買い取りは本人と行うもので、次期アウブの許可はもちろん、アウブの許可も必要ないではありませんか。わたくしはきちんとライムントにお金を払って買い取りましたし、取り上げてなどいません」

わたしは即座に反論した。否定しなければディートリンデの主張が通ってしまう。ジークリンデの表情が何とも微妙なものになった。周囲の反応をゆっくりと見回したフェルディナンドが一見甘く見える笑みを浮かべる。

「ディートリンデ様。譲る先が決まっている物をそのようにねだられれば、周囲は困惑します」

少しは空気を読んで我儘を控えろという言葉はディートリンデだけに通じなかったらしい。不満そうな顔になって、フェルディナンドを睨む。

「フェルディナンド様、わたくしが欲しいと言っているのですよ。婚約者ならば少しはお願いを叶えてくださいませ」

「……魔術具さえ手に入れば良いとおっしゃるのでしたら、アーレンスバッハで工房を得たら私が作ると約束しましょう。ローゼマイン。悪いが、工房を得たら設計図を送ってほしい」

……魔術具を作るから工房を寄越せということですか。

我儘に応えるように見せかけつつ、自分の隠し部屋兼工房を手に入れようとしているフェルディナンドの意図に気付いて、わたしも笑顔で後押しする。

「フェルディナンド様が工房を得たらご連絡くださいませ。すぐにお手紙で設計図を送ります」

「まぁ、婚約者がわざわざ作ってくださるなんて素敵ですこと。よかったですね」

ハンネローレが微笑んでその場を丸く収めてくれたのに、ディートリンデは嬉しそうな笑顔にはならず、首を横に振った。

「フェルディナンド様が工房を得られるのは星結びの後のことですもの。ずっと先のことではありませんか。わたくし、他の誰かが手に入れるより先に、今すぐ欲しいのです。ローゼマイン様は設計図をお持ちなのですから、作り直せばよろしいでしょう？」

円満に収まりそうだった空気がぶった切られてしまい、フェルディナンドはこめかみを軽く叩きながら溜息を吐き、ジークリンデとハンネローレが気まずそうに顔を見合わせる。

「ディートリンデ様はいつもこのようにエーレンフェストに要求されていらっしゃるのですか？」

「当然ではありませんか。わたくし、アーレンスバッハの次期アウブですもの」

ジークリンデが額を押さえてしまった。その様子を見たフェルディナンドは片方の眉を軽く上げて微笑み、ジルヴェスターも軽く肩を竦める。そんな中、リーゼレータがわたしの背後にしゃがみこんで、わたしだけに聞こえるような声をかけてきた。

「ローゼマイン様、展示中のシュミルはディートリンデ様に差し上げてはいかがですか？　わたくし、また作りますよ」

「リーゼレータ……」

「フェルディナンド様がお困りの姿を見ているのもお辛《つら》いでしょう？」

わたしがコクリと頷いた。わたし一人ではなかなか作れないけれど、リーゼレータが作ってくれるならば、フェルディナンドに困った顔をさせるよりはシュミルを渡す方がマシだ。

「領地対抗戦が終わったら差し上げます。おっしゃる通り、お譲りする分は作り直しましょう」

「まぁ、嬉しいこと」

ディートリンデが華やいだ声を上げて喜び、フェルディナンドは「すまぬ、ローゼマイン」とわたしに詫びる。

「フェルディナンド様はお気になさらないでくださいませ。わたくしの側仕えはとても器用ですから、また新しいのを作ってくれます」

「だが……」

フェルディナンドにそういう顔をしてほしいわけではないのだけれど、上手くはいかない。どうしようかと思っていると、ハンネローレがニコリと微笑んだ。

「わたくしはまだ拝見していませんが、そのシュミルがまたエーレンフェストの新しい流行になるかもしれませんね」

その場を和ませるためのハンネローレの言葉にジークリンデが微笑んで頷き、シュミルから髪飾りへ話題を変える。

「えぇ。エーレンフェストの流行といえば髪飾りですけれど、ディートリンデ様はお使いにならないのですか？　レスティラウトが注文していた髪飾りも今朝拝見しましたけれど、見事でしたよ」

「もちろんフェルディナンド様に贈っていただきました。皆様にお見せするのは明日の卒業式です。今日つけてしまうと、驚きが減ってしまうでしょう？　明日を楽しみにしていてくださいませ」

……いや、驚かせなくていいと思うよ。

「わたくし、次期アウブとして恥ずかしくない装いで卒業式には参りますから」

得意そうにディートリンデが胸を張っているところへオルドナンツが飛んで来た。何人もいるため、誰に向かって飛んできたオルドナンツなのかわからなくて、席に着いている皆が軽く手を差し出す。白い鳥はわたしの手に降り立った。

「ローゼマイン様、これは一体どういうことですの!?　このような言葉が入っているなど、わたくしは報告を受けていませんよっ！　エーレンフェストはアーレンスバッハを騙すおつもりなのですね！」

　キンキンとしたフラウレルムの大きな声がたっぷり三回響いた。耳を押さえながら聞くくらいでちょうど良い声量だ。声は聞こえるけれど、何を言っているのかよく理解できない。

「君は何か報告を怠ったのか？」

「フラウレルム先生には全て報告したはずなのですけれど……何が起こったのでしょう？」

「あの、ローゼマイン様。発言をお許しいただけますか？」

　リーゼレータに許可を与えると、彼女はアーレンスバッハの場所へ一度視線を向ける。

「その、もしかしたら、なのですけれど……シュミルの最後のお言葉ではございませんか？　展示するために今朝ミュリエラが持って行きましたが、最初の一言、二言を聞いただけでフラウレルム先生は最後まで確認していなかったのかもしれません」

「最後に何かあるのか？　私は今朝ライムントから説明を受けて、ずいぶんと馬鹿……変わった言葉を吹き込んだものだ、と頭を抱えていたのだが……」

　つらつらと愛の言葉を語るシュミルのぬいぐるみだと説明されて、最初の一言でフェルディナンドはギブアップしたらしい。全部で十種類あると聞かされ、男の声で語られる愛の言葉を最後まで聞くために魔力を割く気にならなかったそうだ。

「あの愛の言葉は貴族院の恋物語から抜粋《ばっすい》されているものなのです。ですから、最後には貴族院の恋物語を始めとしたエーレンフェストの本の宣伝を入れました」

「本の宣伝？」

わたしが自分で吹き込んだ宣伝文句を述べると、「そのような宣伝がアーレンスバッハの展示品から流れるなんて……」とディートリンデが目を吊《つ》り上げて席を立ち上がった。

「わたくし、失礼いたします！　他の領地にもご挨拶に向かわなくてはなりませんもの！　参りましょう、フェルディナンド様」

なんで最後まで確認しなかったかな？　と思いつつ、憤然と歩き始めたディートリンデの後ろ姿を見ていると、クッと小さく笑い声を漏らしながらフェルディナンドが立ち上がった。

「あれだけアーレンスバッハの研究だと胸を張っていた中でエーレンフェストの本の宣伝が流れたのか。まったく君は……。本当に何をしでかすか予測できぬな」

フェルディナンドが歩き出しざま、「大変結構」とわたしの頭に軽く手を置いた。

王族との社交

ちょっとした思い付きで本の宣伝を入れただけなので棚から牡丹餅《ぼたもち》的な大変結構だけれど、褒められたことに変わりはない。

……大変結構だよ。うふふん。

最後に小さく笑っていたフェルディナンドの表情と頭に軽く乗せられた手の感触を思い出しながら喜びに浸っていると、ハンネローレがわたしを見ながら不思議そうな顔で頬に手を当てた。

「ローゼマイン様はずいぶんと嬉しそうですね」

「えぇ。大変結構をいただけたのですもの。フェルディナンド様は寮内全員の座学初日合格を達成するとか、決して成績を落とさずに最速で講義を終えるといった成果を残さなければ大変結構と褒めてくださることがないのです。アーレンスバッハに行ってしまい、もうお手紙でしか褒めていただけないと思っていたので、本当に嬉しいです」

わたしとしては「それはよかったですね」という微笑ましい感じの反応を期待していたのだが、ジークリンデとハンネローレの表情は引きつった。

「どうかなさいました？」

「……いいえ。大変厳しい指導に驚いたのです」

ジークリンデが困ったように笑いながら、言葉を何とか絞り出すようにしてそう言った。今に始まったことではないので、もはや感覚が麻痺していたけれど、フェルディナンドの指導は「大変結構」ではなく、「大変厳しい」だったようだ。

……あ、もしかしたらまたわたしが虐げられてると思われたかも!?

「あ、あの、厳しく聞こえるかもしれませんが、慣れれば平気ですよ。アーレンスバッハに向かう前は別れを惜しんでくれたのか、課題をこなす度にわたくしが読んだことのない新しい本を読ませてくださいましたもの。フェルディナンド様は実はとってもお優しいのです」

……ちょっと厳しいけど、怖くはないんだよ。

わたしが一生懸命にフェルディナンドの優しさアピールをしていると、ジルヴェスターがククッと笑って軽く手を振った。

「その読んだことのない本を読むことが次の課題ですから、褒美《ほうび》と捉えられるローゼマインでなければフェルディナンドの指導にはなかなかついて行けないでしょう」

……なんと⁉　実技的な課題が終わったら「明日までに読まなければ次の課題が始まるぞ」と言われて渡されていたから、フェルディナンド様からのご褒美だと思ってたのに！　まさかそれが課題だったなんて⁉

初めて知った衝撃の事実に目を見開いていると、黒いマントの集団がこちらに向かって来るのが見えた。先頭にいるのはアナスタージウスだ。去年は一緒だったエグランティーヌの姿が見えないのは、教師としての仕事があるからだろうか。ちょっと寂しい。

「あら、王族がいらっしゃいましたね。ご挨拶を終えたらわたくし達はここで失礼しましょう」

ジークリンデとハンネローレが席を立ち、場を王族に譲ろうとした。その途端、アナスタージウスがスッと手を動かす。

「待て。ダンケルフェルガーの第一夫人にも話しておきたいことがある」

挨拶をしても退席は許されず、ダンケルフェルガーの二人は座り直すことになってしまった。円《まる》いテーブルで、アナスタージウスの右隣にジルヴェスター、左隣がジークリンデである。わたしは左にジルヴェスター、右にハンネローレという席順だ。

「ローゼマイン、すまぬが、あの風の盾を張れるか？　その上で範囲指定の盗聴防止の魔術具を使う。其方等、控えよ」

アナスタージウスが自分の側仕えに魔術具を準備させている傍《かたわ》らで、わたしはシュツェーリアの盾を張る。特に害意や敵意はないのだろう。付近にいた者は誰も盾に弾かれなかった。それでも、お茶やお菓子の準備を終えた側仕え達はもちろん、護衛騎士も盗聴防止の魔術具から出るように、とアナスタージウスは言う。

「護衛騎士も下げるのですか？」

「……あぁ。其方等ならば理由は察せられよう」

先日のディッターに乱入してきた中央騎士団の話だろう。報告がきちんと行われているようで、ジークリンデもジルヴェスターも了承し、側近達を控えさせる。側近達が全員出たのを見て、最初にジークリンデが口を開いた。

「ずいぶんと厳重ですけれど、何のお話でしょう？」

「まずは其方等への苦言だ。私は何度となく注意したつもりなのだが、全く改善が見られぬ。保護者を呼び出すか否《いな》か悩みつつ、領地対抗戦を待っていた。先程クラッセンブルクとの話を終えた時に其方等が一緒にいるのが見えたため、これ以上の機会はないと思ってここへ来たのだ」

……えぇーと、つまり、問題児の保護者呼び出しってこと？　あ、そういえば、去年はターニスベファレンの騒動で呼び出しがあって、養父様じゃなくてフェルディナンド様が来てたよね。なんだか懐《なつ》かしい。

去年のことがはるか昔のことのように思える。懐かしさに浸りつつ周りを見回すと、ジルヴェスターもジークリンデもハンネローレもこれから始まる王族の苦言を前に顔を強張らせ、身体を緊張させていた。周囲の緊迫感に嫌でも自分の場違い感に気付く。わたしも急いで神妙な顔を作った。

「さすがに其方等もわかっているであろうが、ダンケルフェルガーとエーレンフェストが問題を起こしすぎている。いくら貴族院が子供の成長を促すために親の干渉を控える場だとしても、もう少し何とかならないか？　特にローゼマインとハンネローレ、其方等が入学してから問題が毎年のように発生し、年々規模が拡大しているではないか」

わたし達の入学前はダンケルフェルガーとエーレンフェストの間に争いはなかったし、複数の領地を巻き込んだ諍《いさか》いもなかった。ついでに、エーレンフェストも順位を一気に上げることがなかったので、中小領地も今ほど雰囲気がギスギスしていなかったそうだ。

「アナスタージウス王子、質問しても良いですか？」

「何だ？」

話の腰を折るな、と言いたげなグレイの目で見られたけれど、許可は得られた。

「ダンケルフェルガーとエーレンフェストの間の争いというのはディッターのことですか？」

「他に何がある？」

「それを理由にわたくし達が叱られるのは納得できません」

わたしの言葉にジルヴェスターが「ローゼマイン、王族に反論するな」と急いでわたしを抑えようとする。顔色を変えているジルヴェスターと目を合わせながら、わたしは首を横に振った。

「養父様、相手が王族でも上位領地でも、こちらの言い分をひとまず主張しておかなければ相手に伝わらないではありませんか。何を言われても押し黙っているから、無駄に誤解されて悪い噂が広がって、さも真実のように言われるのです。勝手な解釈をされる前に主張するのは大事だと思いますし、これでも一応相手は選んでいるつもりです」

わたしが席に着いているメンバーを見回しながらそう言うと、「相手を選んで、王族とダンケルフェルガーか⁉」とジルヴェスターは悲鳴のような声を上げた。

「はい。アナスタージウス王子は直接意見を交わさずに人を介していたことで、エグランティーヌ様とお心を通わせることができないでいた経験がございますし、ダンケルフェルガーの第一夫人とは先程情報や前提条件の共有の大事さを理解し合ったところではありませんか」

さすがに誰にでもここまでぶっちゃけるわけではない。ジルヴェスターとは基準が違うかもしれないけれど、わたしなりに話をしても大丈夫そうな相手を選んでいるつもりだ。基準が間違っている可能性があることは否定しないけれど。

「ローゼマイン、其方の言い分にも一理あるかもしれぬが、もう少しエーレンフェストの立場を弁《わきま》えてくれ」

「え？　でも、アナスタージウス王子がわざわざ側近を排《はい》してくださったのは率直《そっちょく》な意見が欲しいからでしょう？　立場を弁えて黙っていることを望んでいらっしゃるのでしたら、このような場を準備する必要はありませんもの」

わたしは盗聴防止の魔術具で区切られた空間とシュツェーリアの盾を指差す。アナスタージウスはものすごく頭の痛そうな顔をしながら、同情に満ちた視線をジルヴェスターに向けた。

「アウブ・エーレンフェスト。其方の気持ちは痛いほどよくわかる。だが、ローゼマインの言った通り、私が望んでいるのは率直な意見なのだ。それで、ローゼマイン。叱られることに納得できないというのは？」

「わたくしやハンネローレ様はディッターをしたいと言ったことも、思ったこともございません。そうですよね、ハンネローレ様？」

わたしが同意を求めると、ハンネローレはビクッとした後、「はい。わたくし、ディッターを望んだことはありません」と何度か頷いた。

「一年生の時はアナスタージウス王子がよくご存じでしょう？　シュバルツ達の管理者を巡ってレスティラウト様が突然襲い掛かって来たのです。それをルーフェン先生がディッターで決めれば良いと言い出したではありませんか」

二年目はアウブ・ダンケルフェルガーが原因だ。領地対抗戦でダンケルフェルガーの歴史本の印刷の権利が欲しければディッターをしろと迫って来て、フェルディナンドとハイスヒッツェの一騎打ちになった。印刷の権利は欲しかったけれど、わたしとしてはできれば話し合いで何とかしたかった。

三年目は王の許可を得ている婚約を解消しろ、とレスティラウトが勝負を迫ってきたのだ。勝負を受けなければアウブに上位の大領地として圧力をかけると脅されてこの有様である。

「わたくしもハンネローレ様も基本的に巻き込まれているだけです。叱るならば上位領地という立場を笠《かさ》に着て、断れないエーレンフェストにディッターを仕掛けてくるダンケルフェルガーの殿方を直接叱ってくださいませ」

アナスタージウスが何とも言えない顔でダンケルフェルガーの第一夫人を見ながら、「次からは断れ」と力なく言った。

「はい。今までずっと上位領地には逆らうなと言われていたのですが、先程ジークリンデ様からもディッターをお断りしても良いと許可を得たので、エーレンフェストは二度とディッターをしません。ご安心くださいませ」

わたしが胸を張って「ほら。王族の許可も得ましたから、もう大丈夫ですよ、養父様」と微笑みながら顔を向けると、ジルヴェスターは頭を抱えて固まっていた。王族とジークリンデからの「お断り許可」が出たのだから喜ぶところだと思うのだけれど、何故頭を抱えているのだろうか。

「それから、こちらはエーレンフェストだけではなく、下位領地のためのお願いなのですけれど、王族も講義以外のディッターのために訓練場を貸す許可を簡単に出さないでくださいませ。許可を出す前に事情を聴くくらいの配慮を見せてくださらないと下位領地は断れないのです。事後にお叱り交じりの仲裁《ちゅうさい》をするのではなく、事前に意思確認をしてくださると非常に助かります」

ディッターをしたくて仕方がないダンケルフェルガーが場を整え、最も騎士コースで権力のあるルーフェンが嬉々《きき》として王族に許可を取りに行くのだ。そこに本当は勝負なんてしたくない下位領地の意見が上がることはない。

「アウブ・エーレンフェスト。ローゼマインはこう言っているが、本当に下位領地は事前の意思確認をした方が助かるのか？」

「……それは、確かに助かります。意見を聞いていただけても、上位領地との関係上、正直に言えずに勝負を受ける結果になることもあるでしょう。けれど、少なくとも王族に守られている実感を得るでしょうし、意見を聞こうとしてくださる姿勢に感謝します」

アナスタージウスは「ふむ。参考にしよう」と頷いた。これで少しはディッターの犠牲者《ぎせい》が減るはずである。

「それから、ディッターに中央の騎士が乱入した件は詫びる。あの騎士達はツェントのために王族が聖女を得るべきだと主張して勝手な行動をした。ただ、ダンケルフェルガーに求婚されて困っているローゼマインを助けたいとヒルデブラントが言っていたのは事実なので、ヒルデブラントの願いを王族の命令と拡大解釈したのでは？　という見方もある。もちろん、王命ではない上に、中小領地を巻き込んだので処罰の対象であることに変わりはない。厳罰に処す予定だ」

だが、突然騎士達が三人もそのような暴挙に出た理由がわからない、とアナスタージウスが溜息を吐いた。中央騎士団でも中枢《ちゅうすう》にいて、王が最も信頼している内の三人だったそうで、彼等の暴走に一番ショックを受けたのは王だったそうだ。

乱入してきた騎士達の話題にわたしはジルヴェスターと顔を見合わせた。トルークの話をする絶好の機会だ。

「アナスタージウス王子、トルークという植物をご存じですか？」

「ローゼマイン！　後で良い」

ジルヴェスターはダンケルフェルガーの二人が同席しているのを見てそう言った。けれど、わたしは首を横に振った。

「今しかないと思いますよ。中央騎士団が信用できない中、ユルゲンシュミットで大きな変事が起こった場合、ダンケルフェルガーの騎士達以上に頼れる者はいないでしょう。全てがディッターに繋がるところは困りものですけれど、あの強さは本物で他の領地の追随を許しません」

去年の強襲を受けた時の迅速《じんそく》な対応や舞による祝福を受けられるようになったことから考えても、ダンケルフェルガーには事情を知っていてもらった方が良い。ここにいるのは全てをディッターに繋げるアウブではなく、男達の後始末や事前準備に奔走しなければならないジークリンデなのだ。

「わたくし、トルークに関してはあまり詳しくないので、説明は養父様にお任せいたしますね」

エーレンフェスト内の事情をどれだけ口にしても良いのかわからないので、当たり障りのない理由を口にしながら発言の場をジルヴェスターに譲る。

「トルークなど私は聞いたことがないが、ダンケルフェルガーは知っているか？」

「いえ、存じません。どのような植物なのでしょう？」

ジークリンデとアナスタージウス王子の視線を受けて、胃の辺りを押さえていたジルヴェスターが意を決したように顔を上げた。

「トルークは乾燥させたものを火にくべて使うと、甘ったるい匂いと共に、記憶の混濁、幻覚症状、陶酔《とうすい》感を覚えるような強い作用のある危険な植物だそうです。……ディッターの乱入後、アナスタージウス王子にご挨拶をした際、捕らえられた騎士よりトルークの匂いがしたと騎士見習いの一人から報告を受けました。中央の中枢にトルークを使う者がいる可能性が高いと思われます」

アナスタージウスもジークリンデも大きく目を見開いた。

「トルークについて詳しく述べよ、アウブ・エーレンフェスト！」

勢いよく説明を求められたけれど、ジルヴェスターはゆるく首を振った。

「エーレンフェストも詳しくは存じません。エーレンフェスト内で他領と通じた反逆者が密会の場で使用していて、反逆の証拠となる記憶が取れなかったことがございます。今回気付いた騎士見習いは、両親と共にその密会に呼ばれ、未成年であることを理由にすぐにその場を離れた者でした。夏なのに暖炉をつけていて甘ったるい匂いが部屋中に充満《じゅうまん》していたというその者の証言と、反逆者達の記憶の混濁から文官の一人がトルークではないか、と気付いたのです」

気付いた文官は五十歳を超えていて、彼が貴族院に在学している期間に退任した薬草学の先生に教わったらしい。

「付近にはないので使われることはないだろうけれど覚えておくように、と言われたそうです。原産地もわかりませんし、エーレンフェストには存在しないと言っていました。彼以上の年齢の文官で、特殊な薬草に関する講義を取っていた者から詳しい話を聞くか、中央の膨大《ぼうだい》な資料から調べるなどしてください。エーレンフェストにこれ以上の情報はございません」

アナスタージウスは「そうか」と頷きながら、ジルヴェスターを強い目で見た。

「アウブ・エーレンフェスト、反逆者が他領と通じていたと言ったが、他領とはどこだ？　それが最も重要な情報であろう」

場に緊張が走る。数秒の沈黙の後、ジルヴェスターは口を開いた。

「……私の姉であるゲオルギーネが第一夫人として君臨《くんりん》するアーレンスバッハでございます」

重い沈黙が広がった。

「アナスタージウス王子、私がお伝えできる情報は以上です」

「……協力に感謝する。エーレンフェストの貢献はもはや計《はか》り知れぬな」

フッとアナスタージウスが息を吐いた。それから、先日の奉納式で得た魔力のおかげでいくつもの重要な魔術具を動かせるようになったことを教えてくれる。色々なところに魔力を注いで、ここ数日はツェントも少し休むことができたらしい。

「父上がローゼマインと神事を大事に守ってきたエーレンフェストに感謝していた。望めば来年はずいぶんと順位が上げられるであろうが……アウブ・エーレンフェスト。其方はどう考える？」

アナスタージウスはじっとグレイの瞳でジルヴェスターを見つめる。領主として適切な答えが返せるかどうかを見極めるような静かで厳しい目だ。ジルヴェスターは真っ直ぐに深緑の目で王子を見返しながら口を開いた。

「……領地の順位は現状維持でお願いいたします。王族やダンケルフェルガーから指摘があった通り、エーレンフェスト内にはまだ上位領地として動ける貴族がほとんどいません。エーレンフェストとやや距離を置きながら上位領地と付き合ってきたフェルディナンド、そして、彼に教育されたローゼマインとその側近くらいでしょう」

順位が上がると更に上位領地としての対応を求められるが、今はエーレンフェスト内をまとめるのにも苦慮している状態で、とても外交に力を割く余裕がない。

「エーレンフェストの貢献は、以前の政変でツェントにお力添えできなかった部分を補うという形

に収めていただきたく存じます」

「……悪くない案だ。持ち帰り、ツェントと相談する」

次の領主会議では順位を上げない代わりに、これから先のエーレンフェストを政変の勝ち組領地と同じ扱いにしてほしいというジルヴェスターの願いにアナスタージウスが軽く頷いて了承した。

「それから、こちらは王族からの依頼なのだが、領主会議の期間、ハンネローレとローゼマインを貴族院の図書館に日参させてほしい」

その時期に王族が図書館を訪れる必要があるため、鍵の管理をしているわたし達の協力が欲しいそうだ。

「わたくしは構いませんけれど、中央の上級文官に鍵の管理者を変更するのではないのですか？」

「そうするつもりだったのだが、叛意《はんい》や害意を今更疑う必要もなく、領主会議に加わることがない其方等に任せるのが一番良いという結論に達した。頼まれてくれるか？」

中央騎士団がトルークで操られているかもしれないのだ。次は文官が同じような状態にならないとは言えないのだろう。わたしが「お任せください」と力強く引き受けると、少し考え込んでいたハンネローレもコクリと頷いた。

「わたくしも詳しく調べたい儀式がございますし、ローゼマイン様ほど古い言葉に堪能ではございませんが、王族のお役に立てるならば喜んで協力いたします」

わたし達の返事を聞いて、アナスタージウスは保護者に視線を向ける。ジルヴェスターとジークリンデは了承して頷いた。

「アナスタージウス王子、わたくし、書庫に入っても良いのですよね？」

それが一番重要なことだ。わたしがわくわくしながら尋ねると、アナスタージウスはジルヴェスターをじとっと見ながら「もちろんだ」と頷いた。

「領主会議の期間は、私が其方を摘《つま》み出さなくても保護者がその役目を担《にな》えるであろう」

側近の入れない書庫に籠もって、王子二人に迷惑をかけた件を口にされ、わたしはひぃっと息を呑み、ジルヴェスターは蒼白《そうはく》になって謝罪し始める。

「本しか目に入らぬ馬鹿娘がお二人の王子に大変お手数とご迷惑をおかけしたと伺っています。誠に申し訳ございませんでした。こちらでもできる限り気を付けていますが、エーレンフェストを支える最高神と五柱の大神から一柱が欠けた影響があまりにも大きいのです。ゲドゥルリーヒが欠けて大暴れしているエーヴィリーベを宥めるための知恵をいただきたいと切に願っています」

平謝りするジルヴェスターにアナスタージウスがものすごく苦い顔でわたしを見ながら「これの手綱はフェルディナンドか」と呟いた。

……ん？　どういう意味？

首を傾げるわたしと違って意味が通じ合っているらしいアナスタージウスとジルヴェスターが、わたしを見ながら額を押さえる。

「なるほど。そういうことであれば、其方の言い分もわかるが、そこはもはや如何《いかん》ともし難《がた》い。先にアーレンスバッハへ遣わした文官達によると、アレは一人でずいぶんと執務をこなしているそうだ。領地の状況が上向く日は近いと喜んでいた。フェルディナンドを抜くことで、アーレンスバッハに潰《つぶ》れられるのは困る」

アナスタージウスによると、今のところ、唯一開いている国境門がアーレンスバッハの海にあるそうだ。グルトリスハイトが失われているため、他の国境門を開けることもできず、他国との取り引きはアーレンスバッハが一手に引き受けている。逆に、何かあっても国境門を閉めることもできない。

「他国とも何か問題があるのですか？」

「……ランツェナーヴェとの諍いが起こるかもしれぬ、とは思っている」

言葉を選ぶアナスタージウスの様子に、わたしはフェルディナンドからの手紙でアダルジーザの姫がやって来るという情報があったのを思い出した。

「其方等にはあまり関係がないことかもしれぬが……」

確かにアダルジーザの離宮に姫がやって来ること自体は、わたしにもエーレンフェストにも関係ないだろう。けれど、アダルジーザの実であるフェルディナンドが窓口になるアーレンスバッハにいるのだ。完全に無関係というわけでもない。

「アーレンスバッハにはフェルディナンド様がいらっしゃるのです。エーレンフェストも無関係ではありません。何かあればお知らせくださいませ。わたくし、絶対にフェルディナンド様を助けに参りますから」

「其方が向かえば事態が拡大する様子しか見えぬ！」

何故かアナスタージウスとジルヴェスターの言葉が重なった。

他領との社交

「其方等に話しておくことは以上だ」

話を終えたアナスタージウスは立ち上がると、わたしにシュツェーリアの盾を消すように命じ、盗聴防止の魔術具の範囲外へ出て、側近達に魔術具の回収を行うように声をかける。

側近達が動きだし、エーレンフェストの側仕え達がお茶を淹れ替えようとするのをアナスタージウスは「いらぬ」と制止して、ジルヴェスターに視線を向ける。

「予想以上の収穫《しゅうかく》であった。礼を言う。私は急ぎ戻らなければならぬ。……あぁ、そうだ。アウブ・エーレンフェスト。中央神殿によると、神事の最中に祭壇《さいだん》へ騎士を上げるなどとんでもないことで、神に対して実に不敬であるそうだ。青色神官や巫女《みこ》を同行させるように、と言っていた。領主候補生でさえ青の衣装をまとえるエーレンフェストならば問題あるまい」

アナスタージウスの言葉は、護衛騎士に神官服を着せれば好き放題に連れて行けるぞ、ということに違いない。成人している護衛騎士に青色神官や巫女の服を着てもらって護衛をしてもらえ、と言っているのだ。

……わたしの護衛騎士なら、頼んだら着てくれるよね？

わたしは椅子から降りてシュツェーリアの盾を解除する。魔術具の回収を終え、ジルヴェスター達と挨拶を終えたアナスタージウスはマントを翻《ひるがえ》してさっさと立ち去ってしまった。

「わたくし達も失礼します。ずいぶんと長い時間お邪魔してしまいましたもの」

ジークリンデはそう言って挨拶すると、ハンネローレと一緒に去っていく。青いマントの一群が立ち去ると、次にやって来たのは赤いマントのクラッセンブルクだ。

「アウブ・エーレンフェスト、よろしいか？」

「もちろんです、アウブ・クラッセンブルク」

ジルヴェスターが挨拶を交わし、わたしも初対面の挨拶をする。

「ローゼマインと申します。アウブ・クラッセンブルク、命の神エーヴィリーベの厳しき選別を受けた類稀《たぐいまれ》なる出会いに、祝福を祈ることをお許しください」

「許す。……ダンケルフェルガーやアナスタージウス王子とお話ししている間に共同研究を興味深く見せてもらいました。共同研究とはいえ、ずいぶんと研究内容に差があることに驚きました」

席を勧められ、お茶やお菓子が準備されている間にアウブ・クラッセンブルクは共同研究に参加した文官見習い達からの報告についても教えてくれた。

「本物の神事を経験した、と彼等は口を揃えて言っていました。皆の祈りが一つになり、魔力が引き出され、それによって貴色《きしょく》の柱が立ち上る光景は目の奥が熱くなるほど感動的で見事でございました、と。礎を支える領主一族、ユルゲンシュミットを支える王族への感謝の念が自然と引き出される衝撃的な儀式だったそうだ」

参加したダンケルフェルガーの文官見習いの意見をまとめてくれたクラリッサの報告でも似たよ

うな感想があったけれど、彼女はいつも大袈裟《おおげさ》だから話半分に聞いていた。

……エーレンフェストの上級文官達は魔力が流れ過ぎてへろへろだったし、「あれが神事なのですね」としか言わなかったから知らなかったなぁ。

ヴィルフリートやシャルロッテが祈念《きねん》式や奉納式で各地を回っている話を聞いているせいだろうか。それとも、フェシュピールを弾きながら祝福をしたり、奉納舞で祝福を漏《も》らさないようにするためにはどうすれば良いかと考えたり、採集場所を再生させたり、ディッターの儀式で光の柱がバンバンと立つのを目撃しているせいだろうか。エーレンフェストで参加した上級文官の感想は、これまでの話に対する納得と共感するものがほとんどだった。

……エーレンフェストの学生が変な意味で祝福に慣れちゃったのはわたしのせいか。

「来年も儀式を行うのですか？　文官以外にも経験してみたいという意見は多いのですが……」

「ダンケルフェルガーとの共同研究のために行ったことですから、来年も行う予定はございません。毎年、皆様から貴重な魔力をいただくわけには参りませんもの」

「ずいぶんと効果の高い回復薬をいただいたと伺っています。それがあれば、協力できると存じます。王族を支える一助となるでしょう」

今年はディッターをけしかけたし、自分達の研究に協力してもらうためだったから魔力回復薬も準備した。けれど、恒例行事にするつもりはない。儀式の準備に一体どれだけ読書の時間を削られたか。研究のためでもないのに、どうしてわたしがそんな手のかかることをしなければならないのか。余計なことはくれぐれもするなと保護者だけではなく、王族にまで言われているのだ。

「各地の神殿で集めた魔力があれば、王族もさぞお喜びでしょう。わたくしが儀式を行った目的には、各地の神殿の在り様を見直してほしいという望みもあったのです。アウブ・クラッセンブルクにご理解いただけて嬉しいです」

儀式をやりたかったらそれぞれの領地に神殿があるんだから好きなようにしてください、というわたしの言葉は通じたようだ。アウブ・クラッセンブルクは軽く眉を上げて、ジルヴェスターに視線を向けた。多分「娘を少しは説得しろ」と目で訴えているのだろう。ジルヴェスターは引きつり気味の笑みを浮かべつつ、コホンと咳払《せきばら》いした。

「今回の儀式は共同研究、すなわち、学生の行動なので私は基本的に口出しできません。それに、最奥の間は中央神殿の管轄《かんかつ》です。研究のための一度限りならばまだしも、何度も貴族院で儀式を行っては王族と中央神殿の溝《みぞ》が深まる可能性があります。エグランティーヌ様が王族に嫁がれている今、クラッセンブルクにとってもあまり歓迎《かんげい》できることではないと思われませんか？」

ジルヴェスターは貴族院の行動に親は基本的に口を出さないという建前と、中央神殿と王族の関係悪化を盾に要請を退ける。全く受け入れる気がないことを悟ったらしいアウブ・クラッセンブルクが憮然《ぶぜん》とした面持《おもも》ちで話題を変えた。

「今年取り引きを行った商人からの報告によると、エーレンフェストにはずいぶんと珍しい物が多くあると聞いています。貴族院で流行している新しい本は遠く離れたギーベの土地で作らせているそうですが、街でもずいぶんと目新しい物があるそうですね」

商人達が宿で見つけたポンプや乗り心地の良い馬車の話が出た。一年目はほとんど普及していなかったので、目に付かなかったのかもしれないけれど、二年目はポンプも結構広範囲に普及していたので、一年で大きく変わったことに商人達が驚いたのだろう。

「特に、井戸から水を汲《く》み上げるポンプが画期的だそうだ。ぜひ、クラッセンブルクにも取り入れたいと要望がありました」

要求されたジルヴェスターが背後にいる文官を振り返る。一歩前に出てジルヴェスターに答えたのはハルトムートだった。ハルトムートはわたしと下町の商人達との会合には必ず顔を出しているので、下町の状況にも詳しい。

「残念ながら、ポンプはまだ量産できる態勢が整っていません。大変恐れ入りますが、しばらくの間、お売りする予定はございません。ポンプにはとても細かい部品が必要ですが、それを作ることができる職人が少ないのです」

ポンプは細かい部品をヨハンが製作しなければならず、量産がまだ難しい。何より、他領に普及させるよりもエーレンフェストの下町に普及させたいのだ。街の南側まで普及させようと思えば、まだ他領には売り出せない。ハルトムートの言葉にジルヴェスターが軽く頷いて、アウブ・クラッセンブルクに答えを返す。「ふぅむ」とアウブが唸《うな》るような声を出した。

「エーレンフェストの職人には難しくとも、クラッセンブルクの職人には可能かもしれません」

アウブ・クラッセンブルクの背後にいる文官が自分の主に耳打ちするように声をかける。

「カトルカールのレシピを売りだしたように、ポンプの設計図を売るのならば、受け入れてもらえるであろうか？」

ジルヴェスターが考え込むように腕を組む後ろでハルトムートが「難しいかもしれません」と言いながらわたしに視線を向ける。

「エーレンフェストでは一つ作られる度に設計者であるローゼマイン様と鍛冶《かじ》職人に一定の設計図の使用料が払われるように鍛冶協会によって設計図が管理されています。クラッセンブルクの鍛冶協会に設計図を売り出すことは可能でしょうが、エーレンフェストの鍛冶協会と同じように管理できなければお譲りすることはできません」

ハルトムートはクラッセンブルクのアウブや文官達を見ながらニコリと微笑んだ。

「クラッセンブルクの鍛冶協会に管理できるか否か……。難しいところでしょう。大領地が平民まで目を行き届かせるのは」

……ハルトムート！　すでに商人が結構勝手なことをしちゃってるからクラッセンブルクは信用できないって言ってるのも同じ！　間違ってないけど。

「いずれにせよ、取りまとめができるか否か、一度話し合わねばならないでしょう。詳しいお話はまた領主会議でいたしましょう」

ジルヴェスターがそう言ってアウブ・クラッセンブルクとの話を終わらせた。

クラッセンブルクとの話が終わったら、次はドレヴァンヒェル。その次はハウフレッツェで、それから、ギレッセンマイアーのアウブだ。次から次へとやって来るアウブ達は取り引き枠を増やしてほしいと言ってくる。「今年はまだ難しいかもしれませんね」と判で押したような答えを返しているうちに、四の鐘が鳴って昼食の時間になった。

昼食のために寮へ戻った時にはもうぐったりだ。昼食に戻るのは騎獣《きじゅう》で帰りたいとジルヴェスターに願い出て、わたしは騎獣で寮へ戻った。

「疲れました……」

「次から次へと上位領地がやって来るからな。だが、其方とハルトムートがいて私は助かったぞ」

印刷業や新しく売り出していく本に関する情報はジルヴェスターも文官達も持っているけれど、商人が下町で見ただけのポンプや馬車にはそれほど詳しくない。わたしは上手くサポートしてくれたハルトムートにお礼を言う。

「ローゼマイン様のお役に立てて何よりです。ですが、本来はアウブの文官にこそ必要な知識ですよね？　アウブに献上して一年以上が経っているのに、何故文官達が知らないのですか？」

「詳しく知っている文官をつい最近遠ざけたからだな」

小さく返ってきた答えから、その文官が粛清に巻き込まれたことを悟った。

「うむ。其方だけに任せるわけにはいかぬし、今の下町の状況を知るために私もまた下町に行ってみなければならぬと思わぬか？　フェルディナンドがいなくなったら下町の情報も手に入らぬ」

わたしからの報告やユストクスが集めてきた情報を流してくれていたフェルディナンドはもういない。ジルヴェスターは自分で下町の状況を知るための伝手《つて》を作らなければならないのだ。

「下町の視察は養父様が行うのではなく、わたくしの側近を付けた上で文官達にさせるのが良いでしょう。視察に向かった文官が下町で余計なことをしたら、わたくし、許せませんから。それよりも、グレッシェルを整えて商人を入れられるようにする方が先ではございませんか？」
「今年は其方の魔力があるから、できなくはないであろう。では、取り引き枠を増やしても……」
「ダメですよ。グレッシェルが下町を美しく保てるかどうかは、一年ほど様子を見てみなければわかりませんし、宿を整えたり、接客の仕方を教え込んだりしなければなりません。準備期間は絶対に必要です」

エーレンフェストの下町はグーテンベルク達や兵士達が積極的に街を保つために活躍してくれた。けれど、グレッシェルにそのような繋がりはない。ギーベに任せるしかないけれど、ギーベも下町には命じるだけで相手の意見を聞くという姿勢がなかった。少しは改善されていると思いたいけれど、アウブが無茶ぶりすれば、絶対にギーベではなく平民が苦労することになる。

「商業ギルドやプランタン商会に任せたように、グレッシェルの商人達に任せれば良かろう」
「養父様がグレッシェルですぐに他領の商人を迎え入れろと命じるのは、王が全てのアウブをエーレンフェストの城で今すぐに迎え入れて今の順位に相応しく完璧に持て成せと命じるようなものですよ。無茶を言うなとか、準備期間くらいは必要だと言いたくなりませんか？」

今のエーレンフェストでたくさんの領地を相手に完璧な持て成しを無茶ぶりされてどう思うのかと問えば、ジルヴェスターはもちろん、側近達も押し黙った。

「できるだけ早くエーレンフェストが変わらなければならないことは事実です。グレッシェルには準備期間を与え、受け入れ態勢を整えていきましょう」

ひとまず早めにグレッシェルの下町を整えて、商人達を受け入れられるようにギーベ・グレッシェルと話を進めていくことになった。

そして、昼食の席でジルヴェスターはヴィルフリートに契約書の話をし始めた。署名をする時には気を付けなければ騙されるので、必ず署名をする前に文官と問題がないか確認するように諭す。

「嫁取りディッターでこちらが勝利すれば神に誓って手出しをしない、とレスティラウト様がおっしゃったので、無条件に婚約解消を諦めるものだと思っていました」

「わたくしも同じですよ、ヴィルフリート兄様」

けれど、貴族院における子供同士の口約束と、しっかりとした契約書ではどちらが信用されるのかすぐにわかる。注意は必要だ。

「改めて条件の確認をしなかったことについては今度から気を付けます。ですが、あれは契約書ではないので何の問題もありません」

「わたくしにも一見契約書には見えませんでしたけれど、嫁取りディッターには必須の契約書だそうですよ？」

ディッターの条件や参加人数などが書かれた報告書にしか見えない紙だったけれど、署名がある以上は契約書になってしまう。レスティラウトに良いようにされたのだ。ジルヴェスターとわたしの言葉にヴィルフリートとその側近達が顔を見合わせて首を横に振った。

「そんなはずはなかろう。あれはダンケルフェルガーで寮の予算を使うために必要な書類で、効力が及ぶのはせいぜいダンケルフェルガー内だけだ」

レスティラウトにそう言われたのだろうか。ヴィルフリートはダンケルフェルガー内でしか通用しない、と頑《かたく》なに言い張る。

「ヴィルフリート、だが、其方の署名がある時点で契約は成立するのだ」

「そんなことはあり得ません。他領であるエーレンフェストとの契約は成立しないはずです。公式の契約にはなりません。……そう、其方が私に教えたではないか、ローゼマイン」

ヴィルフリートは「其方は私に嘘を教えたのか」とムッとしたような顔でわたしを睨んでそう言った。わたしは意味がよくわからなくて首を傾げた。

「わたくしが教えたのですか？」

「そうだ。正式な契約には必ず羊皮紙協会の紙を使わねばならない。安価なエーレンフェスト紙が使えるのは、走り書きや報告書の類くらいだ、と。エーレンフェスト紙での契約は正式な契約と見なされぬから気を付けるように、と言ったであろう？」

「あ！」

わたしとジルヴェスターの声が重なり、顔を見合わせる。

……だから、署名があるのに、わたしも養父様も契約書だとは思わなかったんだ。

一見して報告書にしか見えなかったのは、書かれている内容もそうだが、羊皮紙ではなくエーレンフェスト紙を使っていたからだ。

「レスティラウト様は予算に必要な書類だとおっしゃったし、私も一応確認したのだぞ。なぁ、イグナーツ？」

「はい。この書類で本当に予算を得ることができるのか確認しました」

問題ないとレスティラウトは答えたそうだ。あちらはエーレンフェストより優位に契約するつもりだったので、予算を得るためとしか言わなかったのだろう。それに対してヴィルフリートは植物紙で本当に予算が出るのか相手を心配しながらサインしたそうだ。

「一年の時にはエーレンフェストだけが使っていたので、図書館で変わった紙を使っているという目で見られていました。それなのに、今はダンケルフェルガーでも愛用されているのか、と嬉しくなっていたのですが……」

イグナーツはそう言って、ヴィルフリートの側近である己の警戒心のなさに少し落ち込んだ。彼を見ながら、ヴィルフリートは心配そうな顔になる。

「ダンケルフェルガーの文官見習いはエーレンフェスト紙しか持っていないようであったが、もしかしたら公式の契約には使えないとは知らないかもしれぬ」

わたし達は自分の文官にどちらの紙も持たせている。いつ羊皮紙が必要になるかわからないからだ。けれど、ダンケルフェルガーでは植物紙しか持っていなかったそうだ。

「……養父様、羊皮紙協会との軋轢《あつれき》を避けるため、安価なエーレンフェスト紙は正式な契約書としては使えないと領主会議で販売契約の際に注意したはずですよね？」

「あぁ、もちろんだ。相手の羊皮紙協会にとっても大事なことだからな。だが、あちらが契約書として出してきたのならば、ダンケルフェルガーが理解していない可能性も高い」

ジルヴェスターの言葉にわたしは頷く。もしかしたら、取り引きのある領地全てにもう一度注意する必要があるかもしれない。

「ダンケルフェルガーには昼食の間にオルドナンツを送っておきましょう」

さすがに紙の用途を間違っているという指摘の言葉が領地対抗戦の会場で響くのはまずいだろう。

「署名をしたのは私だ。私から送ろう」

ヴィルフリートがイグナーツに命じて、オルドナンツを送らせる。

「私もそこまで考え無しではない。少しは信用しろ」

「申し訳ありません、ヴィルフリート兄様」

しばらくしてオルドナンツが戻って来た。「ヴィルフリート様。わざわざお知らせいただき、ありがとう存じます。以後、注意いたしますね」というハンネローレの声の向こうで「絵を描くのに全て使ったというのはどういうことですか？」というジークリンデの声が聞こえた。


契約書における様々な常識の違いと言動のすれ違いについての話し合いが一段落すると、わたしは共同研究の様子を尋ねた。領主一族は次々とやって来る客人の相手をするだけで精一杯で、とても見に行くことができなかったのだ。

目を輝かせて一番に答えてくれたのはマリアンネだった。ドレヴァンヒェルとの共同研究で、エーレンフェストがどのような研究発表をするのか、グンドルフが見に来たらしい。そして、研究していた内容とは違う展示品があることに驚いていたそうだ。

「ローゼマイン様が出してくださった案で、わたくし達が作った物です、と説明すると驚いていらっしゃいましたよ。元になるアイデアは同じなのに、ここまで魔力を使わない魔術具を作り出すと思わなかった、と」

魔石でエイフォン紙の楽譜をなぞれば音が出ることから、音楽を奏でる魔術具を作るという方向性は同じだが、ドレヴァンヒェルとエーレンフェストでは出来上がりが全く逆方向だった。

「それに、グンドルフ先生の目から隠しつつ、このようなことができるとはエーレンフェストも少しは成長したと褒めてくださいました」

研究内容や重要な情報を垂れ流さずに秘匿《ひとく》するのは研究者にとって当然のことだと言い、それができて自分を驚かせることに成功したことは素晴らしいと成長を喜んでくれたらしい。本が指定の場所に片付く魔術具も、ぜひ自分の研究室にも取り入れたいと言ってくれたそうだ。イグナーツ達も見に来ていたお客の反応を加えて報告してくれる。

「グンドルフ先生はわたくし達のところでずいぶんとグラフについて質問していました」

フィリーネがそう言いながらグンドルフの様子を思い出して苦笑する。今回の共同研究で使ったグラフはそれほど難しいものを使っていない。小学生レベルなので見ればわかると思う。けれど、数値を視覚化することがこれまでなかったらしい。研究内容はそっちのけで、グンドルフはグラフに食らいついていたそうだ。

「フィリーネが共同研究、私がグラフの説明をするようになっていました」

ローデリヒはグンドルフの相手を任されて、ずっとグラフについての説明をしていたらしい。そうすると、次から次へと先生方が寄ってきたそうだ。ローデリヒは先生方や他領の文官を相手に講義をしているような感じになって、とても居心地が悪かったと言う。

「来年のドレヴァンヒェルの研究内容はグラフを使ったものにするそうです。ローゼマイン様とぜひ一緒に研究したい、と言っていましたよ」

「ローデリヒがきちんと説明できてよかったです」

まだグラフにも色々なものがあるので、こちらもじわじわと出していこう。フィリーネとローデリヒが共同研究の説明をしている間、ミュリエラは他領の研究を見て回ってくれていたらしい。

「ダンケルフェルガーの研究発表では、ディッターの最後に儀式の実演が行われるそうですよ。大半の領地の大人がディッターの儀式を知らないので、実際に舞って皆に見せることになったとクラリッサ様から伺いました」

学生達のディッターが終わった後、ダンケルフェルガーの成人騎士達が実際に儀式をして、速さを競うディッターを行い、最後の魔力の奉納まで見せるのだそうだ。アウブ・ダンケルフェルガーがとても張り切っているらしい。

「それは見栄《みば》えがしそうですね」

ダンケルフェルガーの学生達の舞も素晴らしかった。成人騎士達の舞も見事だろう。

「そうそう。わたくし、ヨースブレンナーのリュールラディ様と少しお話しいたしましたよ。御加護を得られたお礼をローゼマイン様にしたかったそうですが、社交がお忙しいので残念がっていらっしゃいました」

十位のヨースブレンナーは前半に動く領地で考えると、最下位といっても過言ではない。王族や上位領地ばかりが群がっているところにはとても入れなかったそうだ。

「わたくしがお教えしたせいもあるのですけれど、アーレンスバッハでシュミルの魔術具を最後まで再生させて、愛の言葉を楽しんでくださったそうです。最後の宣伝を聞いて、本が欲しくて仕方がなくなったとおっしゃっていました」

もしかしたらリューールラディがアーレンスバッハで本の宣伝を響かせたのだろうか。大変結構、とフェルディナンドに言われたことを思い出して、わたしも「リューールラディ様、大変結構」と呟いてみる。

「でも、ヨースブレンナーは取り引きしていないので、本を購入することができません。リューールラディ様があまりにも残念がっていたので、お話を書いて自分で本を作ればどうでしょう？　とお勧めしてみました。これで新しい本が増えるかもしれません」

なんとリューールラディは乗り気になってくれたらしい。わたしは笑顔でミュリエラを褒める。

「よくやりました、ミュリエラ」

作家を増やすのは大事なことだ。リューールラディは上級文官見習いなので、エルヴィーラのような作家になってくれるかもしれない。新しい作家の誕生を感じながら、わたしは昼食を終えた。

フレーベルタークとの社交

「ローゼマイン様、今年はやはり祝福をいただけないのでしょうか？　今年もフラウレルム先生の妨害があるかもしれません」

午後からディッターを行う騎士見習い達を代表して、レオノーレが一歩前に進み出てそう言った。去年のフンデルトタイレンに苦戦していた皆の姿が思い浮かび、同時に、不安そうな目ですがるように自分を見てくる騎士見習い達が見える。けれど、もう祝福を与えるつもりはない。わたしは首を横に振った。

「祝福などない訓練中の模擬《もぎ》戦でも六位だったのでしょう？　実力で問題ありませんし、わたくしに頼りすぎるのは皆の成長のためになりません」

レオノーレは「かしこまりました」とあっさりと引き下がった。一応言ってみただけという様子のレオノーレと違って、コルネリウスは「何故今年は祝福をしないのですか？」と首を傾げる。

「ダンケルフェルガーが祝福を得られるならば、こちらも祝福をした方が良いと思われます。ローゼマイン様の祝福があるのとないのとではずいぶんと違いますよ」

「ダンケルフェルガーでは皆で協力し合って自力で祝福を得ることができるようになったのです。エーレンフェストだけがいつまでもわたしの祝福をあてにしているようでは困ります」

……それに、エーレンフェストの順位は上げない方針になったみたいだし。

盗聴防止の魔術具が使われている中で言われたことだし、皆の士気に関わるので口には出さず、わたしは心の中だけで付け加える。

「今日のディッターの最後にはダンケルフェルガーの成人騎士達によって実演が行われるでしょう？　それを見れば他領でも真似ます。皆が自力で得られるように努力する方向に進むのですから、エーレンフェストも同じように頑張ってほしいと思っています。そうでなければ、御加護を得るための研究をしたエーレンフェストの騎士見習いが一番御加護を得られないという結果になる可能性もありますから」

卒業式の後で希望者には御加護の儀式をやり直すと王が約束していたし、エーレンフェストに戻れば儀式のやり直しはできる。けれど、いくらやり直したところでお祈りや魔力の奉納が足りなければ意味がないのだ。

「魔力の奉納量が成功の鍵です。自分達で祝福を得られるようになってくださいませ」

「はっ！」

力強く騎士見習い達が頷くのを見ていたアンゲリカが「ローゼマイン様、その儀式をすればわたくしも強くなれるでしょうか？」と呟いた。皆が自力で祝福を得て強くなるというところに興味を引かれたらしい。

「祝福を得られればその時は強くなります。ダンケルフェルガーの儀式では複数の神々からの祝福を得ますから。それに、何度も儀式を真剣に行えば神々の御加護を得やすくなります。けれど、御加護を得るためには神々の名前を覚えなければなりませんよ、アンゲリカ」

「覚える……。シュティンルークに代わってほしいです」

神殿での勉強がよほど嫌だったのだろう。アンゲリカが憂鬱そうに息を吐きながら腰に下げられたシュティンルークの魔石を撫でる。相変わらず短剣のような短い鞘《さや》だ。これが長剣とは一見しただけではわかるまい。

「たくさんの御加護を得られれば、魔力の消費量が減りますし、シュティンルークがもっと成長します。シュティンルークを扱うアンゲリカこそ神々の御加護はなるべくたくさんあった方が有利に戦えるはずなのですけれど……」

「え!?　消費する魔力が少なくて済むのですか？」

初めて聞いたような顔でアンゲリカがわたしを見た。どうやら神々の名の覚え直しは研究の一環で、自分にとってどのような利があるのか全く理解していなかったらしい。

「ダームエルが説明していたではないか、アンゲリカ！」

「もしかしたら、聞いていたかもしれません。わたくし、これから全力で神々の名前を覚えたいと存じます」

「アンゲリカがやる気になってくれてよかったです」

「……もう少し早くやる気になっていたらダームエルの苦労は半減したと思うぞ、アンゲリカ」

コルネリウスが「可哀想に」とダームエルに同情の言葉を漏らす。やる気のない彼女に教えるのはとても大変だったらしい。わたしはコルネリウスやハルトムートからダームエルの苦労話を聞きながら、領地対抗戦の会場へ向かった。

午前は上位領地が基本的に移動して、仲が良い領地や関係を深めたい領地に挨拶をする。だが、エーレンフェストは午前中に全く移動できていない。これで午後も待機していたら他領を見て回ることができなくなる。

「エーレンフェストは挨拶に回らなくても良いのですか？」

それぞれの領地で午後からの準備をしているのを見回しながらジルヴェスターに尋ねると、ジルヴェスターはじろりとわたしを睨んだ。

「上位領地としての振る舞いを求められている時に下位領地と同じように午後から挨拶回りをするのか？　午後から上位領地ともう一度商談をしたいと、そういうわけか？」

急いでふるふると首を振って否定する。別に上位領地と商談なんてしたくない。ただ、ちょっと他領の研究や社交場がどんなふうになっているのか覗きたかっただけだ。

「其方はディッターを観戦しながら休憩《きゅうけい》していろ。すでに王と面識を持った其方が今年も表彰式を欠席するわけにはいかぬからな」

「でも、下位領地が挨拶に来るのですよね？　休憩になるのでしょうか？」

午前と同じことの繰り返しになり、とても休憩をしていられる余裕などなさそうだ。

「……去年の様子から考えれば少しはディッターを見る余裕もあると思いたいが、共同研究の儀式の影響がどのようになっているのかによると思うぞ」

「うぐぅ……」

共同研究には協力者として儀式参加者の名前を載せているのだが、王族と並んで名前が載るような大規模な研究はこれまでほとんどなかったようで、かなり反響があったらしい。特に領主候補生がいなくて、上級文官見習いが代理で参加した領地では、領主候補生でも得られなかった栄誉《えいよ》扱いになっているそうだ。

「逆に、シュツェーリアの盾に阻まれた領地にはずいぶんと怒りや恨みを買っている可能性も高い。さすがにこれだけ警戒された場所で何かが起こるとは思わぬが……」

ジルヴェスターはあちらこちらで警戒をしている中央騎士団を見ながら呟く。強襲を警戒している騎士団の前で騒ぎをわざわざ起こせば、去年のインメルディンクよりもよほど厳しい罰を与えられるだろう。

……二年連続で騒ぎが起きたら、王からも無能と思われるだろうし、中央騎士団も必死だよね。

「では、これよりディッターの後半戦を再開します！　後半戦は少々趣向《しゅこう》を凝《こ》らしてみました。皆様、どうぞお楽しみください！」

ルーフェンの声によって午後の部の開始が宣言された。後半戦は去年のエーレンフェストがフンデルトタイレンにてこずったことを踏まえて、敵に趣向が凝らされることになったそうだ。珍しい魔物と遭遇《そうぐう》した時にどのように対処するのかも大事だからというのが、その理由だ。

「これはエーレンフェストがかなり有利ですね。去年のフンデルトタイレンに引き続き、フラウレルム先生の嫌がらせがあった場合を想定して、全員がかなり勉強していましたよ」

「次回は我が身と考えて、魔物について自発的に勉強している領地はあるのでしょうか？」

コルネリウスの言葉にわたしは少し首を傾げる。ダンケルフェルガーならばしていてもおかしくないけれど、彼等は光の柱を立てる儀式の成功率を上げるのに必死だったはずだ。

「アーレンスバッハ！」

後半戦の最初に戦うことになったのはアーレンスバッハで、ヒルシュールが魔獣を召喚する役目らしい。ヒルシュールが一体どんな魔物を出すのか気になって仕方がない。

「養父様、わたくし、前で見て来てもよろしいですか？」

「……構わぬ。重要な客が来れば呼び戻すから、騎士見習い達と一緒に見ていろ」

許可を得たわたしは自分の護衛騎士達と一緒にディッターが見やすい位置に移動した。リヒャルダが去年と同じように台を準備してくれる。それに上がると、去年よりも視界が高くなっているのがよくわかった。

……おおぉぉ、わたし、大きくなってる！

去年よりもよく見える競技場を見下ろすと、藤色のマントが開始位置に待機していて、ヒルシュールがシュタープを出して魔法陣に魔力を流し込んでいくのが見えた。魔法陣がカッと光り、そこに小山のようなタルクロッシュが現れた。

「タルクロッシュ!?」

「ローゼマイン様はご存じなのですか？」

アンゲリカの問いかけにわたしは「えぇ、まぁ……」と曖昧に頷く。ユレーヴェの素材回収で遭《そう》遇《ぐう》したことがあるでっかい蛙《かえる》だ。素材回収をしていたことは秘密なので詳しくは述べられないけれど、タルクロッシュとは戦ったのでよく覚えている。あれも攻撃をすると分裂するのだ。ブリギッテと共に呑み込まれかけたり、ボトボトと小さい蛙が降って来たりした情景を思い出して、ぞわっと全身に鳥肌が立つ。

「去年のフンデルトタイレンと似たような特徴を持っているのです」

見たことがない敵を相手にアーレンスバッハの騎士見習い達が戸惑っているのがわかった。けれど、これは速さを競うディッターだ。まごついていては時間がどんどん過ぎていく。

騎士達が意を決したように様子見の攻撃を加えるが、一定以上の攻撃でなければボヨンと跳ね返されるようで、あまり攻撃が効いているようには見えない。

「行くぞ！」

「おぅ！」

埒《らち》が明かないと悟ったのだろう。二人の騎士見習いがぐっと魔力を溜めて剣を虹色に光らせ始める。大魔力を叩きつけるのだろう。他の者達は衝撃に備えて盾の準備を始める。二人が剣を振り抜けば、虹色のような複雑な色合いの攻撃が飛び出した。

虹色に光る魔力が二つ、捻《ねじ》れあいながらタルクロッシュにぶつかり、ドォン！　とものすごい音がして、周囲に衝撃を撒《ま》き散らしながら爆発する。

「やった！」

「……まだだ！　魔法陣は光っている！」

完全に敵を倒せば消えるはずの魔法陣の光がまだ消えていない。あれで終わったわけではない、と一人の騎士見習いが注意した瞬間、小さくなったタルクロッシュが競技場内に降り注いだ。

「う、うわっ！」

「一匹残らず倒せ！」

騎士見習い達が降って来る小さなタルクロッシュに右往左往しながら倒し始める。小さくなっているのですぐに倒せるけれど、小さくて広範囲に散っているのでどこにいるのか発見するのも大変だ。

「去年のエーレンフェストと全く同じような状況ですね。……ヒルシュール先生なりの仕返しでしょうか？」

「フンデルトタイレンと違って触れただけで再度合体するわけではありませんし、最小まで細かくしなくても倒せるのですから、かなり楽だと思いますよ」

レオノーレの言葉にユーディットも頷く。

「どうせ仕返ししてくれるのでしたら、フンデルトタイレンをそのままお返ししてくれればよかったと思います。あれは本当に面倒でしたから」

「フンデルトタイレンはアーレンスバッハに生息しているので、同じような特性を持ちながら、彼等が知らない魔獣を出したのでしょう」

マティアスの言葉に「なるほど」と皆が納得しながら競技場を見下ろす。全てのタルクロッシュを倒すにはまだまだ時間がかかりそうだ。そう思っていると、リーゼレータがやって来た。

「ローゼマイン様、アウブがお呼びですよ。フレーベルタークの領主夫妻がお越しです。社交場に戻ってくださいませ」

わたしは自分の護衛騎士達を連れて席に戻ろうとしたところで、ハルトムートの姿がないことに気が付いた。ぐるりと周囲を見回してもいない。

「あら？　ハルトムートの姿が見えませんね」

「クラリッサの親のところへ挨拶に行きました」

わたしがディッターを見ているうちに、ダンケルフェルガーへ向かったらしい。

「無事にクラリッサの両親を説得できるかしら？」

「心配はいりません。午前中にディッターはアナスタージウス王子とダンケルフェルガーの第一夫人から禁止されましたし、話し合いの焦点《しょうてん》になるのはクラリッサが勝手にエーレンフェストへ押しかけて来た時の対処方法だそうですから」

どのように連絡するのか、送り返すにはどうすれば良いのか、引き取りに来てもらうにしてもどのような待遇が必要なのかなど、結婚が許されなかった場合はクラリッサが押しかけてくることを念頭に置いて決めてくるのだそうだ。

「恋愛感情ではなく、ローゼマイン様に入れ込んでいる時点でご両親も対処に困ると思いますよ」


テーブルへ向かうと、ジルヴェスターと一緒にフレーベルタークの領主夫妻が待っていた。

「ローゼマイン、アウブ・フレーベルタークとコンスタンツェ姉上だ」

……この人がコンスタンツェ様か。

ジルヴェスターの二番目のお姉様であるコンスタンツェは、貴族院の恋物語でジルヴェスターの恋を取り持つ役割で活躍している。そのため、初対面だけれど人柄は知っているという珍しい人だ。

顔立ちはゲオルギーネやディートリンデよりジルヴェスターに似ている。興味深そうにわたしを見ている視線が少し楽しそうでジルヴェスターとの初対面を思い出した。もしかしたら、先代のアウブに似ているのだろうか。けれど、髪の色が金髪で瞳が水色のような色合いなので、ジルヴェスターとも雰囲気が全く違って見える。

彼女の隣にいるアウブ・フレーベルタークは、シャルロッテと並んだら確実に親子に見える顔立ちだった。見るからに優しそうな顔をしている。わたしは二人の前に跪いて初対面の挨拶をする。

「ローゼマインと申します。命の神エーヴィリーベの厳しき選別を受けた類稀なる出会いに、祝福を祈ることをお許しください」

「許します」

挨拶を終えて席に着くと、二人はわたしを見て小さく笑う。

「毎年、領地対抗戦に来ているのですが、こうして言葉を交わすのは初めてですね」

「リュディガーもローゼマイン様とほとんど接触がなかったと残念がっていました。神殿や神事について色々とお話をしたかったようです」

わたしも従姉弟会に参加できるように声をかけてくれたり、神殿へ行って収穫を増やしたりしていたらしいリュディガーの印象は悪くない。奉納式でエーレンフェストへ戻らなければ、従姉弟会ではきっとディートリンデよりもリュディガーと話をしていただろう。

「フロレンツィア様のお姿が見えないようですけれど、具合がよろしくないのですか？」

コンスタンツェが周囲に気を配りながら小さな声で問いかける。アウブ・フレーベルタークはフロレンツィアのお兄様なので、社交の場に妹の姿が見えなければ心配にもなるだろう。

「まだ公表できることではないのですが……義兄上《あに》と姉上にはお知らせしておいた方が良いかもし

れません。実は懐妊《かいにん》の兆《きざ》しがあったため、大事を取らせています。様子を見て、明日は参加させる予定ですが……」

「えっ⁉」

思いもよらなかった新情報にわたしが目を見開くと、ジルヴェスターが「静かに」と軽く睨んだ。貴族は洗礼式を終えるまで子供の誕生を伝えることは少ない。このような社交の場で口にすることは本来ないのだろう。新しい弟か妹ができるのは嬉しいけれど、この場で喜びの声を上げるわけにもいかない。ちょっとお尻をもぞもぞさせながら、わたしは余計なことを言わないように口元を押さえる。

……弟か妹！　これはまたしても赤ちゃん用の白黒絵本を作らなきゃ！　そうしなきゃ！

脳内で赤ちゃんフィーバーが始まったわたしと違って、コンスタンツェは呆れたようにジルヴェスターを見た。

「この時期にご懐妊だなんて……。貴方は本当にフロレンツィア様以外を娶らないつもりなのですか？　もうそのようなことを言っていられる年でも順位でもないでしょう？　フロレンツィア様に一途《いちず》なのは結構ですけれど、少しは周囲も見なさい。いつまでたっても貴方は……」

コンスタンツェの口調が弟を諭す姉のものになる。小声でお小言を受けたジルヴェスターは拗《す》ねたように反論した。

「別に意図したわけではなかったのですが、結果的にはそうなりました。これもおそらく第二夫人は娶らなくても良いというリーベスクヒルフェの御加護の賜物《たまもの》でしょう」

「またそのように調子の良いことを……」

コンスタンツェが額を押さえると、アウブ・フレーベルタークが苦笑した。

「領地の順位が上がってもフロレンツィアを大事にしてくれていることがわかって安心したよ」

どんどんエーレンフェストとフレーベルタークの順位に差ができる中、フロレンツィアの扱いが悪くなっているのではないか。第二夫人や第三夫人を迎えることになれば大変なことになるのではないか。彼は妹の立場を心配していたらしい。

「フレーベルタークではリュディガー様が神事に参加していると伺いましたけれど、領地の様子はいかがですか？」

今年のフレーベルタークはダンケルフェルガーとのディッターを見合わせたようで、貴族院の奉納式には参加していなかった。他に比べて自領で神事に参加しているフレーベルタークの様子を聞きたくて、わたしは質問する。

「リュディガーが神殿の神事を行ってから目に見えて収穫量が増えたことから、他の領主候補生や側近も同行したり、自分の土地を少しでも肥《こ》やすためにギーベが積極的に小聖杯を満たしたりしています。ダンケルフェルガーとの共同研究のおかげで、もっと効率的に神事を行えそうです」

「それは素晴らしいですね。でも、領主候補生が神殿に出入りして、神事に参加することには反対も多かったのではございませんか？　わたくしは今回貴族院で儀式を行ったことにより、神殿がずいぶんと忌避《きひ》されていることを知りました」

わたしの言葉にコンスタンツェが「フレーベルタークでも同じでしたよ」と微笑んだ。

「ただ、試してみる価値のあることは何でもやってみなければならない状況だったのです」

アウブ・フレーベルタークが「最初にリュディガーの言葉を受け入れたのはコンスタンツェです」と微笑んだ。

「領主候補生を神殿長や神官長に任じたり、我が子を神殿の神事に参加させたり、エーレンフェストの血を引く者は時々驚くような決断をするのですよ。次から次へと新しいことを行うローゼマイン様は、実にエーレンフェストの領主候補生らしいと思います」

今、フレーベルタークでは貴族が出入りできるように、それから、少しでも領地の皆が楽になるように急速に神殿を改革しているそうだ。

「王族が同席して神事を行ったことで、少しは神事に対する忌避感が薄れたでしょう。この機会に政変で敗北した領地の貴族達に祈念式や収穫祭へ参加した方が良いことを教えてあげた方が良いかもしれないと思いました」

これまではフレーベルタークが何を言っても聞き入れられることはなかったらしい。けれど、皆が神事に興味を持った今ならば、耳を傾けてくれる領地もあるだろう、とコンスタンツェが言う。

「来年は領主候補生が直轄地を回って、祈念式や収穫祭に参加するようになって起こった収穫量の変化についてフレーベルタークと共同研究をいたしませんか？　二年連続で増えているので、広く知らせる価値がある研究だと思うのです。どうです、ジルヴェスター？」

今はフレーベルタークとエーレンフェストにしか領主候補生が直轄地を回ったデータがない。コンスタンツェの言葉にジルヴェスターは「研究を行うのは学生ですよ、姉上」と苦笑する。

「いかがでしょう、ローゼマイン様？」

水色の瞳が期待に満ちている。領主候補生が直轄地を回って神事を行うことで収穫量が増えた例があれば、神殿の改革に乗り出す領地が増えるかもしれない。別にフレーベルタークと共同研究をするのは構わないけれど、わたしはどちらかというと図書館の魔術具に時間を割きたい。

「わたくし、貴族院にずっといられるのは今年だけの予定なのです。ですから、神殿長のわたくしではなく、ヴィルフリート兄様やシャルロッテの文官が主導となって行う方が良いでしょう。わたくしもできるだけ協力させていただきます」

「では、ヴィルフリート様やシャルロッテ様にお話をしてまいりますね。ローゼマイン様、どうぞよろしくお願いします」

フレーベルタークの領主夫妻はヴィルフリートとシャルロッテのテーブルへ向かう。その背中を見ながら、わたしはジルヴェスターに呟いた。

「これまではリュディガー様が神殿に出入りしていることを他領に漏らさなかったのですよね。それなのに、王族によって神殿の儀式が見直されると同時に自分達にしかできない研究を持ちかけてくる辺り、順位を落としていても元上位領地ですね」

「政変で順位を落としていてもアウブ・フレーベルタークは優秀だったからな。収穫量が安定して貴族の数が増えれば、すぐに順位を上げてくるだろう」

こちらこそ順位を落とさぬように貴族の意識改革が必要だ、とジルヴェスターが呟いた。

ディッターとダンケルフェルガーの実演

「アウブ、次がエーレンフェストです！」

早目に観戦準備をしなければ、と騎士見習い達が呼びに来た。わたし達は席を立って騎士見習い達の戦いを見るために前へ向かう。踏み台に上がれば、ギレッセンマイアーのこげ茶のマントが駆け回っているのが見えた。どんな魔獣と戦っているのかと思えば、黄色くて尖った丸いのが五つ、競技場内でビチビチ跳ねている。

ジルヴェスターが競技場を見下ろして「何だ、あれは？」を眉を寄せた。

「タウナーデル……ですね」

お魚解体をした時に毒まみれで食べられなかった苦い記憶がある。しっぽがついている黄色のウニかハリセンボンのような魔魚《まぎょ》だ。

「どう見ても競技場では碌な攻撃ができないだろう。あれならば楽勝ではないか？」

「そうでもありませんよ。全身にある長くて細い毒針を周囲に飛ばして攻撃してくるのですから、対処方法を知らなければとても危険です」

わたしの言葉にディッターを見ていた周囲の騎士見習い達が大きく頷いた。

「あの辺りに倒れている騎士見習い達は最初の攻撃にやられました。海に生息しているので遠巻きにして死ぬまで待つことも、風の盾で囲んで毒針を完全に吐き出させることもできますが、どちらも時間がかかります」

タウナーデルに苦戦するギレッセンマイアーを見ながら、騎士見習い達の顔が緊張に染まって行く。自分達が知らない魔獣が出たら非常に困る。知識の部分を担当しているレオノーレが強張った顔で競技場を見つめていた。

「わたくし達の時には何が出るのでしょう？　領地対抗戦のディッターでこれほど緊張するとは思いませんでした」

レオノーレが小さく不安を漏らした時、ルーフェンの声が響き渡った。

「ギレッセンマイアー、終了！　次はエーレンフェスト！」

エーレンフェストの騎士見習い達が騎獣に乗って競技場へ降りていく。ぐるりと競技場内を一周した後、明るい黄土色のマントが位置につくと、グンドルフが進み出てきた。どうやら今年はフラウレルムではないようだ。さっきもオルドナンツを飛ばしてきてキンキンと響く声で怒鳴っていたのだから、彼女が担当だったらきっと面倒な魔獣が当たったに違いない。

「今年はフラウレルム先生ではないのですね。少し安心いたしました」

「いや、グンドルフ先生も安心はできないと思うぞ。色々な魔獣に詳しいはずだ」

「ヴィルフリート様のおっしゃる通りです。共同研究で魔木《まぼく》から魔紙が作られていることがわかった後は、魔木についての情報を少しでも多く集めようとしていました」

エーレンフェストにはどのような魔木があるのか、イグナーツはグンドルフからたくさん質問をされたらしい。あまり答えられなくて「本気で研究する気があるのか」と呆れられたそうだ。

「それにしても、今年はずいぶんと観戦している者が多いな」

ヴィルフリートの言葉にわたしはぐるりと観戦席を見回した。自領の出番でもないのに身を乗り出すようにしてディッターを見ている人が多い。ダンケルフェルガーは殊更《ことさら》に人数が多くて鈴なりになっている。一体どんな魔獣が出てくるかわからないせいだろうか、マイナーな魔獣のせいで番狂わせが続出するからだろうか、観客が去年に比べてずいぶんと興奮しているように見えた。

「成人している騎士達でも、他領のそれほど有名ではない魔獣を見る機会はございません。初めて見る魔獣をどのように倒せばよいのか、盛り上がっているのでしょうね」

そうこうしている間にグンドルフがシュタープで魔法陣を起動させる。カッと一度強い光を放ち、その光が落ち着くと魔法陣の上にわさわさとたくさんの葉が生い茂る大きな木が現れた。

「あれは魔木かしら？」

「魔木でしょうね。ここで普通の木を出せばグンドルフ先生が非難されますよ」

けれど、ナンセーブのようにその場から動くわけでもない。エイフォンのように叫ぶわけでもない。トロンベのように辺りの魔力を吸い尽くすタイプでもないようだ。見た目も普通の木で、リュエルの木のように見るからにファンタジーというようなものでもない。

……うーん、この木、何の木って歌いたくなるような木だね。

全く動きがないため、本当に魔木なのか疑ってしまうくらいだ。

「初めて見る魔木ですね。何でしょう？」

面白い紙を作れないか試すため、わたしはエーレンフェストにある魔木についてギーベ達に尋ねて回ったことがある。けれど、他領の魔木には詳しくない。心配になったわたしは目を凝らし、騎士見習い達の中心にいるレオノーレを見つめる。レオノーレにはあれが何かわかるのだろうか。

「ユーディット以外は全員、トロンベを狩る時に扱うのと同じ、枝を払うための武器に変更してください！　上級騎士は順番に魔力を溜めてもらいます！　アレクシスは準備を」

自分のシュタープをハルバードに変化させ、魔力を溜め始めながら指示を出すレオノーレの声からは確かな自信が感じられる。どうやら知っている魔木だったようだ。

「ユーディットは合図に合わせて最も威力の高い魔術具をグミモーカに打ち込んでください。皆も知っているように、一定以上の威力の攻撃と同時に葉に隠れている細い枝がたくさん出てくるはずです。ピンと伸びるのはほんの数秒。その間にできるかぎり多く、その枝を払ってください。ただし、枝に触れないように。枝の先端には棘《とげ》があり、ひどく痺《しび》れるそうです」

……グミモーカ？　それってゴムの木じゃない？

トロンベみたいな魔木で近くにはない、といつだったかフェルディナンドに教えられた気がする。

「イグナーツ、マリアンネ。あのグミモーカをグンドルフ先生が出したということは、ドレヴァンヒェルに生息しているのでしょうか？　それとも、たまたま知っていただけで別の場所に生息しているのかしら？　素材が手に入らないかどうか質問してみたいのですけれど……」

わたしはグンドルフと交流のあったイグナーツとマリアンネに質問してみた。けれど、二人も知らないようだ。

「またグンドルフ先生に伺ってみます」

……これが先生方の魔力で作り出される試合用の魔木じゃなかったら「素材回収を優先して！」って叫んでるところだったよ。おおぅ、ゴムが欲しい！

ゴムがあったらできることを思い浮かべてグミモーカを見つめていると、そっとリーゼレータがわたしの肩を押さえた。

「ローゼマイン様、身体が少し前のめりになっています。グミモーカの情報を欲して、うかうかとグンドルフ先生のところへ向かわないようにお気を付けくださいませ」

その様子ではどんどんと情報を盗られる恐れがあります、と注意された。確かに危険かもしれない。でも、わたしは初めて見たグミモーカに心惹《ひ》かれているのだ。

「ローゼマイン様、グンドルフ先生に尋ねる前にまずレオノーレに尋ねてくださいね。一目で名前と対処方法がわかるくらい調べているのです。生息地くらいは知っているでしょう」

「そ、そうですね」

出現させたグンドルフに尋ねることしか頭になかったけれど、レオノーレならば生息地くらいは知っているだろう。希望が見えた。

「たとえ生息地がわかっても、他領にしか生息しない特殊な魔木だった場合は入手を諦めてください。採集のために何人も騎士を連れて向かうのは無理ですから」

エーレンフェストの素材が欲しいと他領の騎士がやって来たら困るでしょう？　とコルネリウス

に諭された。わたしはダンケルフェルガーの騎士達が団体で素材を採りに来る情景を思い浮かべて納得する。そんなことをされたら非常に困る。

「では、素材の取り引きならばどうでしょう？」

「ローゼマイン様の場合、自分が欲しい物のためならば相手に何を要求されても呑んでしまいそうな危うさがあるので賛成いたしかねます」

わたしの提案はコルネリウスにバッサリと切り捨てられてしまった。側近達は「エーレンフェスト内で収まることならばともかく、他領との取り引きになりますから」とコルネリウスに賛成する。

……欲しい物のためには手段を選んでいられないと思うんだけどな。

周囲に諭され、わたしはやや諦め気味にグミモーカを見つめる。

競技場ではトロンベ退治の時にも見たハルバードのような武器にシュタープを変化させた騎士見習い達がすでにグミモーカの周囲に散開していた。どの程度枝が伸びるのかわからないので、やや警戒気味に距離を取っているようだ。上級騎士見習い達は指示された通りに魔力を溜めていて、それぞれが虹色のように武器を光らせている。

「誰でもあのような攻撃ができるのですか？」

「はい。自分が持っている魔力を武器に集めて叩きつけるだけなので、少し訓練すれば誰でもできます。ただ、魔力量と属性数によって威力が全く変わるので、下級や中級騎士にはあまり意味はありません。上級に近い魔力量の者ならば中級騎士でもできる者はいるでしょう」

全身の魔力を集めて叩きつける攻撃になるので、完全に倒せるという目算があるか、回復薬と回復中にフォローしてくれる者がいなければ使えない技だそうだ。今回は奉納式で配った残りの回復薬も持っているので、多分大丈夫だろう。

「ユーディットは葉が生い茂っているところに、上級騎士は順番に幹《みき》の上の方、少し色が変わっているところがあるでしょう？　わたくしが名を呼んだらその部分に攻撃を！」

「はっ！」

皆が構えたのを見て、レオノーレが高く上げていた手を振り下ろす。

「ユーディット！」

「たぁっ！」

ユーディットがスリングで投げ飛ばしたのは、ダンケルフェルガーとのディッターで使っていた魔術具の残りだ。わさわさと茂っている葉の部分に当たると、大きな爆発音がした。

まるで驚いたようにグミモーカが揺れ、たくさん茂った葉の陰から細い枝がシュッと素早い動きで伸びる。その数は三十から四十くらいだろうか。レオノーレが言った通り、揺れる葉の間から飛び出した枝の先端部分には鋭い棘がついていた。

「やぁ！」

「はぁっ！」

騎獣に乗った騎士見習い達がハルバードを振り回し、ピンと伸びた細い枝を次々と刈っていく。しかし、細い枝がピンと伸びていたのはほんの数秒のことだった。すぐに葉の中に引っ込み、今度は触手のようにゆらゆらうねうねと動きながら、周囲の騎士見習い達を捕らえようとする。こんも

りと葉が茂る部分からうごめく触手が出ている様子はクラゲのように見えた。

……枝に触れたら痺れるってことは、つまり、木クラゲ！　グミモーカは木クラゲ。かなり危険。よし、覚えた。

「その枝は伸びていない時は斬れません！　一度下がって！　わたくしが打ち込みます！」

騎士見習い達を一度下がらせたレオノーレは自分が溜めている魔力をグミモーカの幹に叩きこむ。気合いの入った掛け声と共に大きく振られたハルバードから虹色の光が放たれ、幹の上の方の少しだけ色が薄く見えるところに飛んで行く。

着弾と共にグミモーカがバサッと大きく葉を揺らした。まるで魔力の全力攻撃が効かなかったかのように、周囲にはいつものような衝撃がやって来ない。予想外のことに目を見張っていると、その直後に細い枝がシュンと伸びた。

「やれっ！」

伸びた一瞬を見逃さず、ハルバードを振り回して危険な枝を切り落とす。レオノーレは「ナターリエ、魔力を溜めて！」と指示を出し、回復薬を飲みながら騎士達の動きをじっと見つめていた。

このまま魔力の全力攻撃を続けるのだろうか。本当に効いているのだろうか。心配になりながらわたしはレオノーレを見つめるけれど、指示の出し方には全く迷いがない。

「アレクシス！」

「はあぁぁぁぁっ！」

レオノーレの指示にアレクシスが今度は魔力を叩きこむ。かなり大きな光が撃ち込まれたけれど、やはり周囲への衝撃はない。飛び出した細い枝を刈り、枝がまた引っ込むのを見て、騎士見習い達はさっとグミモーカから距離を取る。そうしたら次の攻撃だ。

「トラウゴット、準備を！　ナターリエ！」

命じられた通りにトラウゴットが武器に魔力を溜め始め、ナターリエが魔力を打ち込む。溜められた魔力量や属性によって威力に違いがあるというコルネリウスの言葉がよくわかった。色々な魔力が混ざり合った複雑な虹色でもそれぞれに色合いが違うし、威力が全く違う。

「細い危険な枝はほぼ刈り取られたのではありませんか？　ほとんど出て来なくなりました」

ナターリエの攻撃で伸びた枝がほとんどなくなった、とアンゲリカが呟いた。ちょっとうずうずしているように見えるのは、自分も参加したいからかもしれない。

「ユーディット、奥の手で葉を払います！　全員距離を取って！　マティアス、魔力を！」

「はいっ！」

次のレオノーレの指示は魔力を溜めていたトラウゴットではなく、ユーディットに向けられた。ユーディットは素早く魔術具を入れているウェストポーチの中から拳大の大きさの魔術具を出して、スリングで投げ飛ばす。

こんもりと茂っていた葉の中にユーディットの投げた魔術具が吸い込まれるように飛んで行く。次の瞬間、虹色の魔力を当てても響かなかったほどの大音量で爆発音がし、たくさんの葉が一気に燃え上がった。

「な、何ですか、あれは⁉」

「速さを競うディッターでこのような魔術具を使用するのですか⁉」

コルネリウスとアンゲリカが驚きの声を上げた。競技場内でもどよめきが起こる。そういえば、速さを競うディッターになってから魔術具を使用する領地はほとんどない、とマティアスが言っていたような気がする。

「ダンケルフェルガーとのディッター用にハルトムートが作製した魔術具です。勿体《もったい》ないので、領地対抗戦で使おうということになったのですけれど、予想以上の威力ですね」

「あれをダンケルフェルガー相手に使う予定だったことに驚きました。容赦《ようしゃ》ないですね」

「……本当に負けそうになった時の奥の手ですよ」

生い茂っていた葉が完全に焼かれてなくなったけれど、グミモーカは倒れていなかった。幹の上の方は炎に包まれても全く焼けていないようで、少しだけ薄かった部分はそのままだ。

……どれだけ強いの、グミモーカ⁉

そう思っていると、色の薄かった部分より更に少し上、枝分かれしている幹の最上部が淡く光り始めた。同時に、枝の一部がゆらりと動き始め、また触手のような枝が作り出されようとしている。

「伸びる前に終わらせます。トラウゴット、マティアスは上から攻撃！　全員、盾の準備！」

「はっ！」

レオノーレの指示に合わせてトラウゴットとマティアスがお互いの動きを見ながら、高く、高く騎獣を駆って行く。虹色に光る武器が描く軌跡《きせき》が非常に綺麗だった。

「やあぁぁぁぁっ！」

「はあああぁぁぁっ！」

二人がハルバードを振り抜きながら落下するように突っ込んでいく。トラウゴットとマティアス、二人分の虹色の光がまるで落雷《らくらい》のように真《ま》っ直《す》ぐグミモーカに突き刺さった。ドドンともズズンともつかない着弾音は、グミモーカの生木が裂かれるメリメリという音に掻き消される。

直後、グミモーカと魔法陣の光は消えた。けれど、全力の魔力を打ち込んだ衝撃は消えていない。盾を構える騎士見習い達が必死に衝撃に耐えている中、「エーレンフェスト、終了！」というルーフェンの声が響いた。


「よくやった。素晴らしいディッターだったぞ」

騎士見習い達が競技場から戻って来ると、ジルヴェスターが興奮気味に皆を褒める。マイナーな魔獣ばかりが出てきて、騎士見習い達が戸惑い、時間がかかっている中で何の迷いもなく次々と攻撃を繰り出せるエーレンフェストの騎士見習い達はとても際立《きわだ》って見えた。

「ここまで他領の魔物に通じている者がいるとは思わなかったぞ、レオノーレ」

「恐れ入ります。けれど、グミモーカについて知っていたのはわたくしだけではありません。誰でも戦えるように、そして、大事な情報を受け継ぐために騎士見習い全員で覚えたのです」

レオノーレは誇らしそうにそう言いながら騎士見習い達を見回す。

「今年はわたくしが指揮する立場にありましたから、わたくしの活躍が目立ったでしょう。でも、誰が指揮を執ることになったとしてもエーレンフェストの騎士見習いはグミモーカを倒すことができました。これから先、わたくしが卒業した来年でも再来年でも、魔物に関する知識が失われることはございません」

皆で知識を共有できるように本棚にはレオノーレが知る魔物についてまとめた資料がある。それを読んで覚えれば良い。この先もずっと知識は受け継がれていく、とレオノーレは微笑んだ。

「私はアウブとして其方等の努力を誇りに思う」

ジルヴェスターの褒め言葉に頷きながら一歩前に出たのは、カルステッドの代わりにジルヴェスターの護衛についている騎士団の上層部の一人だった。

「其方等の努力が表れているのは知識だけではない。指示に従い、上級騎士達の攻撃で飛び出した細い枝を刈り取っていく中級や下級騎士の動きも実に素早く、連携《れんけい》も見事であった。成人後のトロンベ討伐にも今から参加できそうなほどの戦いぶりであったと思う。其方等は本当に強くなっている。このまま精進《しょうじん》してほしい」

「はっ！」

騎士団からも褒め言葉をもらい、騎士見習い達は嬉しそうに顔を見合わせて笑い合う。力を合わせた。結果を出せた。そんな達成感に満ちた笑顔だ。

「騎士見習い達はこの後、シャルロッテとローゼマインを守りながら他領のディッター観戦をしていてくれ。ヴィルフリートはこちらだ」

ジルヴェスターはヴィルフリートを呼び寄せると、わたし達にはディッターを見ているように、と言って社交場へ戻って行く。わたしは一緒にいなくていいのかな、とジルヴェスターとヴィルフリートが自分の側近を率いて社交場へ戻って行くのを見ていると、シャルロッテがクスリと笑った。

「お姉様、そのように心配そうなお顔をしなくても大丈夫ですよ。お兄様を社交に慣れさせるため、それから、多分わたくしの輿入れに関する申し入れへの対処ですから」

シャルロッテはそう言いながらわたしの手を取り、台のところへ誘導《ゆうどう》する。周囲をぐるりと側近と騎士見習い達に囲まれて、本当に誰も近付けないような状態になった。

わたしの隣に立ったシャルロッテが競技場を見下ろしながら微笑む。

「上位領地からの指摘がたくさんあったように、今はまだお姉様お一人の功績で順位を上げているだけです。エーレンフェストの内情が安定するまでは、順位が確定したとは言えません。エーレンフェストの貴族達の意識改革ができなければ、わたくしの輿入れ先も決められないのです」

エーレンフェストを上位領地として扱って良いのか、すぐに順位を落とすと考えた方が良いのか、他領はまだ見極められていない。だからこそ、シャルロッテに寄せられている求婚は非常に幅広いのだそうだ。

「……相当な意識改革が必要だと思うのですけれど、わたくしが卒業するくらいまでには周囲からも上位領地らしいと認められるようになってほしいですね」

そうすれば、相手を決めるのがずいぶんと楽になります、とシャルロッテは言った。エーレンフェストとある程度釣り合う相手がお互いのためには良いのだけれど、釣り合う基準が今は決まらないらしい。

「ねぇ、シャルロッテ。これまでのエーレンフェストはあまり切羽詰《せっぱつ》まった感じがしませんでした。政変を中立で切り抜けたため、敗北して打ちのめされた領地と違い、大きな変化は必要ありませんでした。けれど、粛清によって否応《いやおう》なく大きな変化が起こるはずです」

旧ヴェローニカ派が粛清され、処罰を受ける者が続出したことで、内政は大混乱に陥《おちい》っていると思う。その大混乱に乗じて、色々と効率化し、意識を改めなければならないのだ。

「けれど、そのようなお話は領地に戻ってからでも良いでしょう。今は領地対抗戦を楽しみましょう、シャルロッテ」

「はい、お姉様」

ディッターでは見たことがない魔物が次々と出現した。勉強をした騎士見習い達の解説による正しい攻略方法を聞きながら観戦するディッターはとても楽しかった。

コルネリウスが感心したように「皆、よく勉強しているな。レオノーレが教えたのだろう？」と褒め、レオノーレが嬉しそうにはにかんでいる。その様子は、久し振りに会った恋人同士というのが一目でわかるもので、ダームエルがいなくてよかった、とちょっと思った。

「そういえば、アンゲリカはトラウゴットの成長を見に来たのでしょう？　どうでしたか？」

ここにも恋物語に発展しそうな、もとい、何とか発展してもらえないものかと周囲が固唾《かたず》を呑んで見守っている者がいる。「せめて、コルネリウスより強い人でなければ」と言うアンゲリカの目にトラウゴットはどのように映ったのだろうか。

皆の注目を集める中、そっと頬に手を当てたアンゲリカは「……ボニファティウス様の強さを再確認いたしました」と微笑んで言った。どうやら周囲の期待通りには進まないようだ。

「これで全てのディッターが終わりました。ここでダンケルフェルガーの騎士達による儀式を披露《ひろう》したいと思います」

ルーフェンの声に合わせ、「おおおぉぉ……」と雄叫《おたけ》びを上げながらダンケルフェルガーの青いマントが騎獣に乗って一斉に競技場へ降りていく。学生達がディッターを始める前に競技場を一周するのと同じようにぐるりと競技場内を巡った後、ダンケルフェルガーの騎士達は騎獣を消して、競技場に飛び降りた。

アウブ・ダンケルフェルガーを中心にした円形に騎士達がざっと並ぶ。実に慣れた動きだ。立ち位置も完全に決まっていることがわかる。他の誰もまだシュタープを出していないのに、アウブ・ダンケルフェルガーだけはしっかりと右手にライデンシャフトの槍を握っていた。ダンケルフェルガーの神殿から奪って、いや、借りてきたのだろう。奉納式直後の時期なのに穂先の魔石が青い。おそらく領地対抗戦のためにアウブが自ら魔力を補充したのだろう。

ドンと槍の石突《いしづき》を地面に打ち付け、アウブが口を開いた。

「成人している騎士達の中には貴族院でルーフェンより習っておらず、儀式の舞を知らない者も多かろう。研究発表を見聞きしたところで、どのような効果があるのかはわからないと思われる。そのため、ダンケルフェルガーの騎士団による儀式の実演を決定した。長い時の中で少しずつ変質し、忘れられていくはずだった本物の神事と神具をお見せしよう！」

おぉ、と驚嘆《きょうたん》の声が予想以上に大きく響いたことにビクッとして、わたしは競技場内を見回した。どの領地も興味があるようで、ほとんどの観客が前の方へ詰め寄ってダンケルフェルガーの儀式を見ようとしている。

「本来ならば、戦いの前日に儀式を行って祝福を得、複数の祝福に体を慣らし、戦いに備えて魔力を回復させる必要がある」

祝福が多いと、エーレンフェストの騎士見習い達が自分の体を上手く扱えなかったような事態に陥るし、普通の回復薬を使ってもすぐには回復しないからだ。

「けれど、ダンケルフェルガーの騎士達にはもはやそのような時間は必要ない。事前に何度も儀式を行って、祝福を得るために必要な魔力量をおおよそ計算し、儀式の人数を増やすことで一人当たりの負担を減らすことができたからだ」

回復薬がなくても実演ができるようにわざわざ調整してきたらしい。驚きの入れ込み具合である。ジークリンデがわたしを恨みたくなる気持ちがちょっとわかった。

「そして、これは神殿よりお借りした本物の神具、ライデンシャフトの槍である」

アウブ・ダンケルフェルガーはそう言いながら、両手でガシッとライデンシャフトの槍をつかんだ。そのままグッと魔力を込めていく。ライデンシャフトの槍が穂先だけではなく、全体が青に染まって行き、バチバチと放電するような光をまとい始めた。

「な、何だ、あれは⁉」

「神殿の神具があのようになるのか⁉」

神殿に赴《おもむ》くことも神具を直接目にすることもない貴族達が、青い光をまとったライデンシャフトの槍に驚きの声を上げるのが聞こえる。

「戦いに臨《のぞ》む我らに力を！」

青く光る槍を手に、アウブ・ダンケルフェルガーが吠《ほ》えるように叫んだ。それと同時に、シュタープを出していた騎士達が一斉に「ランツェ！」と槍に変化させる。

「我は世界を創《つく》り給《たま》いし神々に祈りと感謝を捧げる者なり」

わたしにとっては耳慣れた祈りの言葉と共に、一度槍がドンと大地に打ち付けられた。

「勝利を我が手に収めるために力を得よ。何者にも負けぬアングリーフの強い力を。勝利を我が手に収めるために速さを得よ。何者よりも速いシュタイフェリーゼの速さを」

歌いながら槍を回転させ、石突を地面に打ち付ける。槍を持ちかえれば、魔石でできた鎧《よろい》部分とぶつかった金属的な音が拍子《ひょうし》のように響くのも以前見たものと同じだ。それなのに、見習い達よりも成人達の儀式の方が手慣れている。動きが揃っているだけではなく、猛々《たけだけ》しい動きなのに流れるような優雅さも兼ね備えている。そのせいで同じ儀式なのにずいぶんと違って見えた。

「戦え！」

アウブ・ダンケルフェルガーがライデンシャフトの槍を高く掲げ、周囲の騎士達も「おぉ！」と雄々しい声を上げて天を突くように一斉に高く持ち上げる。

同時に、青の光の柱がドンと立ち上がった。祝福の光が降り注ぎ、一部がどこかに飛んで行く。貴族院で儀式を行えば起こる当然の光景なのだが、やはり領地では起こらない現象なのだろう。

初めて見る光の柱にダンケルフェルガーからも驚きの声が上がった。そして、エーレンフェストの成人達も初めて見る光の柱に信じられないものを見た顔になっている。

「これが、光の柱か……」

報告書で読んでいても、実際に見なければわからない現象だろう。いつの間にか後ろに立っていたジルヴェスターの言葉にわたしとシャルロッテが頷いた。

「貴族院で儀式をすると必ず起こるのです。不思議ですよね」

学生でも光の柱を見たことがある者の方が少ない。ダンケルフェルガーとエーレンフェストの学生以外では奉納式に参加した領主候補生と上級文官くらいだ。それから、ダンケルフェルガーと比較的近い寮の者くらいだろうか。

「なるほど。当たり前の顔でこのような現象を起こすのであれば、聖女だの、女神の化身だのと言われるわけだ」

ダンケルフェルガーの騎士達はルーフェンによって作り出された魔物を撃破する。素早さも、攻撃の力強さも、複数の祝福を受けても即座に動ける強靭《きょうじん》さも、学生達とは雲泥《うんでい》の差があった。

最後はハンネローレが出てきて、神々に勝利を捧げる儀式を行い、授かっていた祝福を神々に返す。シュタープをフェアフューレメーアの杖《つえ》に変化させ、頭上で円を描くようにゆっくりと回す。ざざん、ざざんと波の音がして、騎士達の体からゆらりと魔力が陽炎《かげろう》のように揺らめき集まり、空へ向かって高く上がっていった。

「以上がダンケルフェルガーに伝わる神事である」

青の光を失ったライデンシャフトの槍を手にしたアウブ・ダンケルフェルガーの声が響く。観客席から感嘆と興奮の声が上がった。

初めての表彰式

「この後は表彰式が行われる。五の鐘が鳴ったら学生は競技場に降りるように」

ダンケルフェルガーの儀式に興奮して、ざわざわとしている観客席に届くように声を増幅《ぞうふく》させる魔術具を使い、ルーフェンがこれから先の指示を出した。

「片付けを始めなければなりませんね」

去年と同じように五の鐘が鳴るまでの短い間に簡単な片付けが行われる。文官見習い達は研究発表のために出していた大事な魔術具などを、側仕え見習い達は客人に出していた茶器やお菓子を次々と片付けていく。皆が忙しく動いている間、わたしは椅子に座ってしばらく休憩だ。ディッターを観戦するためにずっと立っていたので、もう足が痛くなっている。

……でも、体調が悪くなったわけでもないし、わたし、ホントに丈夫になったな。

カラーンカラーンと五の鐘が鳴れば、皆が片付けを切り上げて、表彰式のために競技場へ降り始める。色々な色のマントが翻り、次々と騎獣で降りていく様子はなかなか壮観《そうかん》だ。

「ヴィルフリート兄様、シャルロッテ。皆の誘導をお願いしますね」

全領地の学生が一斉に競技場へ降りるのだから、下手をすると混乱でちょっとした喧嘩《けんか》や小競《こぜ》り合《あ》いになることもあるらしい。去年と同じように皆を誘導してもらえるようにお願いすると、ヴィルフリートは快く引き受けてくれた。

「うむ。其方は父上と一緒にそこで座っていると良い。この後、叔父上《おじうえ》のお説教が待っているのだ。休息は必要であろう」

「お褒めの言葉と言ってくださいませ！……お説教の前に褒めてもらうのですよ、わたくしは」

固く決意だけはしているけれど、再会と同時に頬をつねられた記憶も新しい。ヴィルフリートからもお説教確実と思われているならば、何か対策が必要かもしれない。

……お説教しようと口を開いた瞬間にコンソメスープをフェルディナンド様の口に突っ込むとか、対抗してわたしもお小言シュミルと一緒にお説教を始めるとか、どうだろう？

考え込んでいると、ジルヴェスターに頬を軽く突かれた。顔を上げてジルヴェスターを見れば、何かを思い出すように少し懐かしそうな表情になっている。

「難しい顔をする必要はないぞ、ローゼマイン」

「養父様？」

「壇上で王からお褒めの言葉を賜ればそれだけで良い。それを誇ればアレは叱れぬ。其方はこれで三年連続最優秀だというのに、こちらの都合で初めての表彰式だからな」

ジルヴェスターの言葉に、わたしはフェルディナンドの貴族院時代の話を思い出した。父親に褒めてもらえる貴重な機会が最優秀を取ることだったと言っていたと思う。

「やり過ぎは多々あるが、それでも其方は頑張っている。今日くらいはフェルディナンドから褒められてもよかろう。報告書を読んでいないので其方がやらかしたことを詳しくは知らぬはずだ」

其方への説教はエーレンフェストに戻ってからでもよかろう、とジルヴェスターは言うけれど、わたしにはその心遣いがちょっと痛い。

「あの、養父様。わたくし、お手紙で色々と書いてしまいましたが、大丈夫でしょうか？」

「検閲を受けても大丈夫な分だけであろう？　其方が自分から余計なことを言わなければ問題ないのではないか？」

光るインクで裏側に大量に余計なことを書いた気がします、とは言わなかったけれど、わたしが口を噤んだことでジルヴェスターは何かを感じ取ったようだ。

「そうか。ならば、それは其方の責任だ。しっかり叱られろ」

「あうぅ……」

「それよりも、そろそろ行け。王からの言葉は、大変光栄です、と受けておけば良い。くれぐれも余計なことは言うな。するな。良いな？」

何度も念押しされながら、わたしはジルヴェスターに送り出された。側近達に周囲を囲まれながら競技場へ騎獣で降り立つ。上から見ればマントの色で自分がどこに向かえば良いのか一目瞭然《いちもくりょうぜん》であるところが嬉しい。

競技場に降り、エーレンフェストの並んでいるところで整列する。先に降りていたヴィルフリートやシャルロッテと「今年もエーレンフェストからたくさんの成績優秀者が出ると良いですね」と話をしているうちに学生が全員揃ったのだろう。王族が入って来た。

周囲を警戒する黒のマントを翻した騎士団に囲まれ、大きく羽を広げた王族の騎獣が次々と降り立って壇上に上がって行く。王と第一夫人。そして、ジギスヴァルト、アドルフィーネ、ナーエラッヒエ、アナスタージウス、エグランティーヌが続く。

……こうして見ると、ほとんどの王族が奉納式に来てたんだね。

王の妻が誰もいなかっただけで、次代は全員が奉納式に参加していたのではないだろうか。今になって思えば、わたしはとんでもない儀式をしたのかもしれない。

「命の神エーヴィリーべの厳しき選別を受ける冬、其方達もまた厳しき選別を受け、ここに集《つど》った」

去年と同じ王の挨拶から表彰式が始まった。音を増幅させる魔術具が朗々《ろうろう》とした声を競技場に響かせる。奉納式の時よりも声に元気があるように感じられる。気のせいでなければ嬉しいものだ。

「では、今年のディッターの表彰をします。三位までは代表者が前に出るように」

中央の貴族だろう。黒いマントを羽織る男性からそんな説明があり、上位三位が呼ばれる。

「上位領地一位、ダンケルフェルガー」

自分達で祝福を得ることができるようになっている上に、魔物研究も怠らないダンケルフェルガーが堂々の一位だった。文句のつけようもない速さだったし、周囲もさすがダンケルフェルガーという納得の雰囲気である。

「二位、クラッセンブルク」

クラッセンブルクも魔物の知識が豊富だったようで、何の迷いもなく攻撃に移っていた。やはり長年の知識の蓄《たくわ》えがあるのだろう。それに加えて、グミモーカのようにしぶとくて倒しにくい魔獣でなかったことが幸いして倒すのは非常に速かった。クラッセンブルクは運が良いと思う。

「三位、エーレンフェスト……。以上は前へ！」

エーレンフェストが呼ばれた瞬間、競技場内がざわりとした。模擬戦では六位のエーレンフェストが三位につけたのだ。それに、エーレンフェストの歴史で考えても、領地対抗戦で三位につけたことはこれまでなかった。

「知っている魔物だったからでしょう。エーレンフェストとドレヴァンヒェルの研究では魔木がとても重要でしたもの」

「きっとグンドルフ先生にこのような魔物を出してほしい、とお願いしたのでしょうね」

そんな声が前の方から聞こえた。クスクスと悪意に満ちた笑い声がざわざわとした空気の中に広がる。心無い声にレオノーレやマティアス達の表情が固まった。

わたしとしては「そんな根回しができるくらいに要領が良ければ、エーレンフェストは外交が下手だなんて言われるわけがないでしょう。ディッターは実力です」と反論したいのだが、前方から聞こえるということは、相手は上位領地だ。呑み込むべきか、言っちゃうべきか、迷っていると、また別の領地から声が上がった。

「どの先生がどの領地の魔物を担当するかは直前に決まるのに、そんな根回しができるわけがなかろう。自分の領地の騎士見習いが不甲斐なかったからといって、他領を貶《おとし》めるのはどうかと思う」

「どの魔物が当たるかは運次第で、エーレンフェストは去年も難しい魔獣だったのだ。エーレンフェストの実力は見る者が見ればわかる」

……そう！　わたしもそう言いたかったんだよ。

一緒に講義を受けたり、ディッターをじっくり観戦したりしている騎士見習い達にはグミモーカを倒すのが大変だったこともわかったようだ。いくつかの領地の騎士見習い達が援護してくれて、すぐに批判の声が小さくなっていった。

「……わかってくださる方もいるのですね」

レオノーレが口元を綻ばせると、エーレンフェストの騎士見習い達が嬉しそうに頷く。エーレンフェストの騎士見習い代表として、レオノーレとアレクシスが前に出て行った。

……わたしが一年の時なんて連携は穴だらけで、ダンケルフェルガー相手にひどい戦いぶりだったもんね。皆、ホントによく頑張ったよ。

騎士見習い達はもちろん頑張った。不足を教えあって勉強し、派閥の壁を乗り越えて協力し、厳しい稽古《けいこ》に耐えてきた。けれど、領主一族の護衛騎士を優先して稽古していたボニファティウスやカルステッドの奮闘も忘れてはいけない。教育課程の変化による騎士達の実力の低下を危険視して、鍛《きた》えてくれる先生がいたからこそ強くなれたのだ。

「素晴らしい戦いぶりであった。これからも精進し、ぜひ中央騎士団に入ることを考えてほしいものだ」

騎士見習い達を褒めるのは中央騎士団長ラオブルートだった。メダルのような記念品をもらって戻って来る。青く澄み切った魔石のようだ。

「このような記念品をいただくのは初めてです」

「皆を鍛えてくださったおじい様にお見せしましょう。きっと喜んでくださいます」

「えぇ」

ざわめきが小さくなると、次は文官達の研究発表に対する表彰である。こちらも最も影響力が大きく、中央貴族が素晴らしいと思われる研究が表彰されるらしい。

「一位、ダンケルフェルガーとエーレンフェストによる儀式と御加護の関係」

「二位、ギレッセンマイアーによる魔力増幅の魔術具」

「三位、アーレンスバッハとエーレンフェストによる魔術具の省魔力化」

代表者は前へ、と言われて、わたしは困った。二つとも代表はわたしだ。

「あの、ヴィルフリート兄様。ダンケルフェルガーの研究の代表者として出ていただいても良いですか？　わたくし、アーレンスバッハとの共同研究に出なければならないのです」

「いやいや、ちょっと待て。ダンケルフェルガーの共同研究も其方が中心になって行ったものではないか。一位と三位ならば、一位を優先してそちらに出るか、両方出るかどちらかだ」

ヴィルフリートに「妹の成果を奪うようで嫌だ」と言われ、わたしは護衛騎士であるレオノーレと一緒に仕方なく前に向かう。

「エーレンフェストの代表者はヴィルフリート兄様でなくて良いのでしょうか？」

「こちらの研究をしていたのはローゼマイン様ですからね」

ダンケルフェルガー側の代表者はレスティラウトだった。もしかしたら、お昼にずいぶんとジークリンデから叱られたのかもしれない。無表情を取り繕《つくろ》っているが、雰囲気は少しどんよりとしているし、わたしと目を合わせようとしない。さすがに何も言わずに無言を貫《つらぬ》くわけにもいかないだろう。

「まさか一位になるとは思いませんでしたね、レスティラウト様」

「……私はなると思っていた」

レスティラウトはちらりとわたしを見た後、溜息混じりにそう言って少し背筋を伸ばした。その途端、どんよりとした雰囲気は微塵《みじん》も感じられなくなり、ダンケルフェルガーの領主候補生らしい佇まいになる。

「ローゼマイン、其方は……」

「わたくし達の研究がまさか三位になるなんて思いませんでしたわ。ねぇ、ローゼマイン様？」

「……え？　ディートリンデ様？」

レスティラウトの言葉を遮ったのはディートリンデだった。何故ディートリンデが晴れがましい顔で代表者として前に出ているのかわからない。ぽかんとしながら、わたしはディートリンデの背後にライムントの姿を探した。けれど、ライムントの姿はどこにもない。

「あの、アーレンスバッハの代表はライムントではございませんの？　彼以外が研究に関与している様子は全くなかったのですけれど……」

わたしの疑問をディートリンデはホホホと笑って吹き飛ばす。

「ライムントが前に出るのを嫌がったのです。仕方がありません。それに、わたくしの婚約者の研究ですから、わたくしが代表したところで問題ないでしょう」

この勢いで押し切られてライムントには断り切れなかっただけではないだろうか。

……もう！　こういう時にしっかりと顔を売らなきゃダメなのに。

他者の手柄を横取りするディートリンデに憤慨しつつ、わたしはレスティラウトの隣に立った。

「レスティラウト様、先程何かおっしゃいましたよね？」

「いや、良い」

王族の脇に控えている団体の中から見たことがない男性が進み出てきた。先程騎士見習い達に声をかけたのが騎士団長だったから、多分彼は中央の文官代表だろう。

「第一位、ダンケルフェルガー、エーレンフェスト。其方等が行った研究では、廃《すた》れていた神事の見直しが行われ、神々からの御加護を得るための条件が明らかにされた。御加護を得ることで魔力の消費量が変わるというところは非常に興味深いものであった。王族が参加したことからも、これから先のユルゲンシュミットにおいて非常に重要な研究であるといえよう」

研究のどのような点に感心したのかなどが述べられる。一番評価されたのは、神々の御加護の数によって魔力の消費に変化がみられるという部分だったようだ。これからの学生達がたくさんの御加護を得られるように研究を続けてほしい、と言われた。

……でも、続けるような研究ってそんなにあるかな？

「こちらを本日の記念とする。これからもユルゲンシュミットのために励《はげ》むように」

レオノーレが受け取ってきたディッターのメダルと違って、こちらのメダルは淡い黄色の魔石だ。ずしっとした重みが手の中にある。わたしはレオノーレにそのメダルを持っていてもらい、中央の文官代表が二位のギレッセンマイアーに声をかけている間に、ディートリンデの隣に並び直した。

「第三位、アーレンスバッハ、エーレンフェスト。其方等が行った研究では大量の魔力が必要な魔術具をより少ない魔力で動かすことができるようになった。今までにあった魔力の削減方法より、ずっと優れた部分が多く、展示されていた魔術具だけではなく、非常に応用ができる研究だ。これからも更なる改良に取り組むことを願っている」

中央の文官達は魔術具そのものよりも、ライムントの研究の根底である魔力の節約に大きく着目しているようだ。よく考えてみれば、表彰された研究はどれもこれも魔術具の消費魔力を節約したり、自分の魔力を増やしたりするものばかりだ。今のユルゲンシュミットにとってどれだけ魔力が不足していて大事なのかがよくわかる判定基準である。

二つのメダルを持って戻ると、次は来客数と応対について表彰が始まった。こちらには残念ながらエーレンフェストは入っていなくて、領地の順位通りだった。クラッセンブルクが一位で、ダンケルフェルガーが二位、ドレヴァンヒェルが三位である。

「今年のエーレンフェストはとても良い感じだと思ったのですけれど……」

わたしが結果を聞いて唇を尖らせると、ブリュンヒルデは仕方がなさそうに首を横に振った。

「エーレンフェストの場合、対応できる側仕えや領主候補生が少ないのです。どうしてもお客様を待たせてしまいますから、満足度は下がるでしょう。こちらで上位を目指すのは難しいですね」

お菓子や流行の数々、商取り引きの前哨戦など客を引き付ける要素はたくさんあるのに、対応できる人数がいない。元々の人数が多い大領地でなければとても対応しきれないそうだ。「突然、側仕え見習いの人数を増やすことはできませんから」というブリュンヒルデの言葉にわたしは納得するしかなかった。

……中領地の割に人数が少ないんだよね、エーレンフェストは。

少しでも貴族の人数を増やせるように考えていかなければならないだろう。

領地対抗戦の表彰が終わると、今度はいよいよ貴族院の成績優秀者の表彰である。これまでの表彰が領地に与えられるものだとすれば、こちらは個人に与えられるものだ。

「これから今年の成績優秀者の発表を行う。呼ばれた者は前に出るように」

そんな声と共に最終学年から成績優秀者が発表されていく。最終学年の最優秀はドレヴァンヒェルの上級文官だった。領主候補生ではないのかと驚いていると、領主候補生コースの最優秀としてディッター物語の絵を描くことに夢中になっていたはずのレスティラウトの名が呼ばれた。

……レスティラウト様って領主候補生の最優秀になれるくらい成績が良かったんだ。初めて知ったよ。

お絵描きに夢中にならずにもっと真面目にしていれば学年の最優秀も夢ではなかったのではないだろうか。そんなことを考えている間に、レオノーレとアレクシスが優秀者として名を呼ばれた。

「アレクシス、よくやった」

「レオノーレ、おめでとう」

「ローゼマイン様のおかげです」

レオノーレとアレクシスが皆の祝いの言葉を受けながら前へ向かう。それを見送っていると、次は五年生が呼ばれ始めた。最優秀が呼ばれ、その後は領地の順位ごとに名が呼ばれていく。

「エーレンフェストより……ブリュンヒルデ、ナターリエ、マティアス」

「ブリュンヒルデ、マティアス。二人共、おめでとう」

マティアスは去年も優秀者に選ばれていたけれど、ブリュンヒルデは初めての優秀者だ。驚きに飴色の目を軽く見開いていたブリュンヒルデがじわりと目を潤ませて微笑む。

「……わたくし、初めての優秀者です」

「えぇ。ブリュンヒルデは上位領地を相手にとても努力していたもの。それが評価されて、わたくしも嬉しいです」

「恐れ入ります、ローゼマイン様」

嬉しそうに頬を少し上気させ、ブリュンヒルデが微笑む。華やかさが増して、とても綺麗な笑顔だった。

「優秀者、ですか」

そんな呟きを耳にして、わたしはマティアスを見上げた。ブリュンヒルデと違ってマティアスは優秀者になっても嬉しそうに見えない。もっと上を目指していたのかもしれないけれど、中級貴族が優秀者に選ばれることは滅多《めった》にないのだ。もっと喜んで良いことだと思う。

「もっと嬉しそうに誇ることですよ、マティアス。主であるわたくしは誇らしいのですから」

わたしの言葉にマティアスが何度か目を瞬いた後、その場に跪いた。青い瞳で真っ直ぐにわたしを見つめながら、わたしの手を取ると、甲に彼は自分の額を当てる。貴族の最上級の感謝だ。

「え？　マティアス、何を……」

「ローゼマイン様が我々を救済することを考えてくださらなければ、この栄誉はなかったのです。私の栄誉と感謝を我が主に捧げます」

……お願い、止めて！　この感謝、すごく心臓に悪いから！　それに目立つから！　ものすごく目立ってるから！

「わ、わかりましたから、マティアスは早く前へ。皆が待っていますよ」

わたしは慌てて手を引っ込めると、マティアスに早く前へ向かうように言った。ブリュンヒルデとマティアスとナターリエの三人が前へ向かった頃には四年生の発表がされていた。ラウレンツとイグナーツが優秀者として呼ばれている。

「私もローゼマイン様に跪いて感謝したいのですが、よろしいですか？」

少しからかうような響きを含ませてそう言ったラウレンツを軽く睨んで、わたしは早く前に向かうように言う。

「お祝いに夕食のお肉を大盛りにしてあげますから、感謝は人の少ないところでお願いします」

「かしこまりました」

ラウレンツは笑いを堪えるように口元を押さえ、ヴィルフリートからお祝いの言葉をかけてもらったイグナーツと前へ向かう。

「三年生、最優秀。エーレンフェストの領主候補生ローゼマイン」

その後、領主候補生の最優秀、文官の最優秀でもわたしは名を呼ばれた。何度も呼ばれる同じ名前に周囲から「おぉ」という感嘆の声と共に、「またか」という声も交じり始める。そのまま優秀者も呼ばれていき、「エーレンフェストよりヴィルフリート」という声が響いた。

「おめでとう存じます。初めての表彰式ですね。さぁ、ローゼマイン様。前へ」

わたしよりもフィリーネやリーゼレータの方がよほど嬉しそうに見える。

「ローゼマイン、手を」

側近達に笑顔で送り出され、ヴィルフリートにエスコートされて、わたしは前へ出る。周囲の囁きでものすごく自分が注目されているのがわかった。

「あれがエーレンフェストの……。奉納式で王族を招いた領主候補生か」

「二年連続で表彰式を欠席していた領主候補生だろう？」

……わたし、何か変なところで注目されてる!?

周囲の声に上がっているのは、成績ではない部分ではないだろうか。こうして第三者にひそひそと言われると、今年も欠席した方が良かった気分になってきた。

「背筋を伸ばせ。ここから先は其方一人だぞ」

優秀者が並んでいるところでヴィルフリートは足を止める。

ヴィルフリートに手を離されたわたしは、なるべく優雅に見えるように気を付けて歩き、ゆっくりと壇に上がった。壇上から見渡せば、下に並ぶ学生達からも上の観客席の保護者達からも注目されていることがよくわかる。視線を重たく感じながらも、頭が下がらないように背筋だけはピンと伸ばして、できるだけ笑顔を浮かべた。

……うあぁ。緊張する。やっぱり欠席した方が良かったかも。

王族がずらりと並ぶ前を歩いていると、エグランティーヌがニコリと微笑んでくれた。その笑顔に少し励まされながら、わたしは王の前に跪く。跪いたわたしを見下ろす王の顔色は奉納式の時に比べてずっと良くなっている気がした。こちらを見下ろしてくる目は優しくて、語り掛けて来る声は穏やかで優しい。

「エーレンフェストの領主候補生、ローゼマイン。其方は三年連続で非常に優秀な成績を収めた。特に今年はダンケルフェルガー、ドレヴァンヒェル、アーレンスバッハとの共同研究を行い、その成果においてユルゲンシュミットに多大な貢献をした。其方の努力と貢献は称賛《しょうさん》に値する」

面倒事を引き起こしてばかりだと叱られることの方が多かったせいだろうか。「貢献した」「役に立った」と王から褒められて、じわりと喜びが湧いてくるのを感じた。社交辞令《しゃこうじれい》ではなく、本当にそう思ってくれているのが伝わってくる。

……わたし、ちゃんと役に立てたんだ。

「ツェントのお役に立てたこと、大変光栄に存じます」

大きな拍手が響き、わたしは王の許しを得て立ち上がる。振り返ると、下に並ぶ学生達だけではなく、観客席の大人達も拍手してくれているのがわかった。エーレンフェストの観客席ではジルヴェスターを始め、騎士達や保護者が拍手している。

そのままくるりと視線を反対側に向ければアーレンスバッハの藤色の中に明るい黄土色のマントが見えた。目を凝らせばフェルディナンドとエックハルトとユストクスが揃って拍手してくれているのがわかる。

……あ、養父様もフェルディナンド様もちゃんと喜んでくれてる。

自分の貴族院の成果を喜んで褒めてくれる人が大勢いる。それはこれまでにあまり実感しなかったことだった。緊張よりも喜びが大きくなって、胸の奥が温かくなって、何だかとても嬉しくて幸せな気分になってきた。

……うん、来年も頑張ろう。

自然とそう思える表彰式だった。

フェルディナンドとの夕食

「食事を保存するための魔術具はこちらに置いていていただければよろしいのではないかしら？　そうすればワゴンが問題なく通れます」

「あちらからいらっしゃる側近の人数に変更はありませんね？」

領地対抗戦から戻って来た側近達がお茶会室の準備を入念に整える。わたしはお茶会室を見回して一つ頷いた。準備は完璧である。ジルヴェスターとヴィルフリートもいて、フェルディナンドの到着を待っている状態だ。

「貴方達学生はそれぞれ夕食のための準備があるでしょうから、一度自室にお下がりなさい」

お茶会室の準備の采配を振っていたリヒャルダがそう声をかけると、その場にいた学生達は自分達の食事のために下がっていく。残ったのはリヒャルダのような成人の側仕えとジルヴェスターの側近、それから、夕食の間、わたし達の護衛をしてくれる騎士団の人達だ。

扉の向こうでチリンと小さくベルの鳴る音がした。

「フェルディナンド様がいらっしゃいました」

扉の前に控えていたジルヴェスターの側仕えが扉を開けた。ユストクス、フェルディナンド、エックハルト、それからもう一人、見知らぬ人が大きな保存の魔術具をのせたワゴンを押しながら入ってくる。彼がアーレンスバッハで付けられた側近だろう。

「おかえりなさいませ、フェルディナンド様」

わたしがそう声をかけると、フェルディナンドは少し驚いたように瞬きした後、「……あぁ」と答えた。

「フェルディナンド様。あぁ、ではなく、ただいま戻りました、と言ってくださいませ。挨拶は大事なのでしょう?」

「……今、戻った」

渋々という顔で躊躇うようにそう言いながらわたしから視線を外し、フェルディナンドはジルヴエスターとヴィルフリートに挨拶を始める。

「無理を言ってすまない。今夜一晩、世話をかける。ユストクスとエックハルトはヴィルフリートも知っているであろう？　こちらの彼はゼルギウス。アーレンスバッハでわたしに仕えてくれている側仕えで、レティーツィア様の筆頭側仕えの息子だ」

アーレンスバッハの側近だが、ゲオルギーネ派ではないということだろう。わたしはゼルギウスを見上げた。青緑の髪に黄緑の目をした側仕えらしい穏やかそうな笑顔の人である。

「よろしくお願いします」

アーレンスバッハからやってきた側近の紹介と挨拶が終わると、ジルヴェスターがフェルディナンドに席を勧めた。わたしやヴィルフリートにも席に着くように言いながら、ジルヴェスター自身は退室の準備を始める。

「私は学生達と夕食を摂るので一度下がらねばならぬが、今日くらいはあまりローゼマインを叱るのではないぞ、フェルディナンド」

ジルヴェスターは「食事を終えたらこちらに戻って来る」と言い残し、すぐにお茶会室を出て行った。慌ただしく去っていくジルヴェスターの背中を見ながら、フェルディナンドがぽつりと呟く。

「後でこちらに来るならば、わざわざ私を待っていなくても良かったのだが……」

「時間がない中でも会いたいと思っていたのでしょう。……それはそうと、フェルディナンド様。わたくし、言われた通りに最優秀を取りました。それに、共同研究でも表彰されたのですよ。さぁ、褒めてくださいませ」

　お説教の前にまずは褒め言葉をいただきたい。それがあれば、後のお説教はいくらでも聞く。最優秀を取ったことを誇れば褒めてもらえるとジルヴェスターから教えてもらったので、わたしは胸を張って最優秀を誇ってみた。そうしたら、ペチッと額を叩かれた。解《げ》せぬ。

「どうして叩かれるのですか⁉」

「褒める前に問い詰めねばならぬことや叱ることがたくさんあると思うのだが？」

　そう言いながらスッと伸びて来た手に頬をつねられそうになったので、わたしは急いで両方の頬に手を当ててつねられないようにガードする。

「今日くらいは叱るな、と養父様もおっしゃったではありませんか。叱るのは後回しにして、まずは褒めてくださいませ。お説教をたっぷりと聞く心構えはできています」

「説教に対する心構えより、叱られると思うことを最初からしないための心構えが肝要であろう」

　やれやれ、と首を横に振りながらそう言われて、わたしはむぅっと唇を尖らせる。おかしい。最優秀を誇ったのに、フェルディナンドの口からは一言も褒め言葉が出てこない。

「だから、お説教は後にして、まず褒めてくださいと言っているではありませんか。最優秀でも褒めてもらえなければ、どうすれば褒めてくださるのですか？」

　わたしが不満を爆発させると、フェルディナンドは「……大変結構」とすごい棒読みで褒めてくれた。

　……違うっ！　これはわたしの望んだ褒め言葉じゃないよ！

「全く心が籠もっていませんよ⁉　これならば、領地対抗戦のシュミルのぬいぐるみを……」

「あれについてはすまなかった、ローゼマイン。誰かに譲る予定の魔術具を奪う彼女を止められなかったのは、私の落ち度だ」

あの時のように褒めてほしい、と訴えるはずの言葉を遮るようにして出てきた言葉は何故か謝罪だった。フェルディナンドの苦い顔はヴェローニカの話をする時に共通した表情で、わたしのぬいぐるみを取り上げるディートリンデが彼女の祖母に被って見えたことを如実《にょじつ》に表していた。

……うあぁ、妙なトラウマを刺激したみたい。

「えーと、フェルディナンド様。わたくし、謝ってほしいのではなくて、褒めてほしいのです。しかも、それはフェルディナンド様が謝ることではないでしょう？」

「だが……」

「何があったのだ？」

別のテーブルで社交をしていたヴィルフリートにわたしは「大したことではありませんけれど」と前置きをしながら事情を軽く説明する。

「確かに叔父上の責任ではないであろう」

「ヴィルフリート兄様もこう言っていますし、褒め言葉も謝罪ももういいです。お部屋を案内いたしましょう」

いつまでも謝りそうな雰囲気のフェルディナンドの言葉を遮ると、わたしは席を立って「リヒャルダが頑張ってくれたのですよ」と奥の衝立に向かって歩き始める。

「フェルディナンド様が少しでも寛げるように、と姫様が張り切っていらっしゃいましたからね」

雰囲気を明るくしようとしたのだろう。リヒャルダがクスクスと笑いながら説明を始めた。フェルディナンドに見せるため、同時に、側仕え達に対する説明でもある。

「こちらにフェルディナンド様が休むための場所を準備しました。さすがに天蓋は無理ですけれど、衝立があれば少しは気を休めることができるでしょう？」

荷物を置く場所、日常生活で使う魔術具の配置なども説明される。どちらかというと側仕え同士の話なので、わたしはフェルディナンドの袖を軽く引いて、長椅子を指差した。

「フェルディナンド様、こちらは今日のためにエーレンフェストから運ばせたのですよ」

「できたのか？」

「はい。他の長椅子に比べれば、とても寝心地が良いと思います。座ってみてください」

フェルディナンドは興味深そうに座って、座面を何度か手で押して確かめ始めた。座っていると顔が近くなる。正面から見れば、その顔色の悪さがよくわかった。満足そうに「あぁ、これは良いな」と言っているけれど、少しの表情の変化で隠せるような疲労ではないようだ。

……激マズ薬、飲みまくり？

「ローゼマイン。何だ、この長椅子は？」

フェルディナンドの顔色をじっと見ていると、マットレスの置かれた長椅子を初めて見たヴィルフリートが小声で尋ねてきた。

「わたくしがグーテンベルクに新しく作らせた物です。フェルディナンド様が注文されていたのですけれど、長椅子ができあがるより先にアーレンスバッハへ移動しましたから」

できたばかりなのですよ、とヴィルフリートに説明すると、フェルディナンドが「気になるならば触ってみても良いぞ」と自慢するようにマットレスを撫でた。ヴィルフリートが好奇心に満ちた目で長椅子に近付いていく。ヴィルフリートの側近であるオズヴァルトも同じだ。

「こちらでゆっくり休めば、疲れの溜まったお顔が少しは晴れるでしょう。フェルディナンド様がここまで疲れた顔をしているのは久し振りではありませんか？　奉納式で拝見したツェントと同じような顔色になっていますよ。アーレンスバッハでは一体どのような生活をしていたのです？」

わたしの言葉にヴィルフリートが怪訝な顔でフェルディナンドを見て、不可解そうに首を傾げる。

「普段とあまり変わらぬと思うが……。其方、よく叔父上の顔色などわかるな」

「ヴィルフリート兄様とフェルディナンド様はあまり顔を合わせる時間がないでしょうから仕方がございませんよ」

ただでさえ貴族は感情を読ませないように隠すものだが、ヴェローニカに悟られまいとしていたフェルディナンドは隠し方に年季が入っている。よほど親しくなければわからない。

ヴィルフリートにまじまじと見られると居心地が悪いのか、フェルディナンドは少し顔を顰《しか》め、わたしに向かって手を伸ばしてきた。

「ローゼマイン、其方も決して顔色は良くないぞ。領地対抗戦から表彰式の間、全く休めていないであろう？　無理をしたのではないのか？」

余計なことを言うな、と軽く頬をつねられた後は、いつも通りの健康診断だった。額や手首に触れて体温や脈が確認される。ひた、と当てられる手の感触が何とも懐かしくて、わたしは軽く目を閉じた。

「フェルディナンド様のおかげでずいぶんと丈夫になりましたよ。今日は途中で倒れませんでしたから。最近は寝込む回数も減りましたし、寝込んでも二日で治るようになってきたのです」

「だが、少し熱が上がり気味に思える。領地対抗戦から戻ってから薬を飲んだか？　このままでは明日に差し支えるぞ」

首筋に当てられた手が少しひやりとしていて心地良く感じるのは、もしかしたら少し熱があるせいかもしれない。

「優しさ入りを飲んだので、大丈夫だと思いますけれど……」

「ならば、良い。定期的な運動をして体力をつけるようにしなさい。まだ補助の魔術具に頼っているのであろう？」

一通りの確認を終えたフェルディナンドが手を離す。「なるべく頑張ります」と答えながら目を開けると、ヴィルフリートが驚いたような顔でこちらを見ていた。

「どうかなさいましたか、ヴィルフリート兄様？」

「いや、少し驚いただけだ」

何に驚いたのだろうか、と思ってヴィルフリートを見れば、その手はマットレスを押している。コイル入りのマットレスに驚いたに違いない。

「このような長椅子はまだ量産はできませんし、改良点もたくさんあるようですけれど、結構心地良いでしょう？」

「う？　うむ。そうだな……」

ヴィルフリートが取り繕ったような笑顔で何度もマットレスを押しつつ、わたしとフェルディナンドを交互に見る。

「何ですか？」

「いや、何でもない。何でもないのだ。そろそろ食事の準備を始めてくれないか、オズヴァルト」

ヴィルフリートの指示にオズヴァルトもこちらを気にしながら動き始めた。側仕え達によって大きな保存用の魔術具がエーレンフェストの寮からも持ち込まれる。この中に本日の夕食とフェルディナンドに持ち帰ってもらう料理の数々が入っているのだ。

ちなみに、この保存の魔術具はエルヴィーラにお願いして貸してもらったものである。「フェルディナンド様においしい料理を届けたい」というわたしの願いは快く受け入れられ、馬車で神殿へ運んでくれたらしい。

「ユストクス、保存するためのお料理を確認するのに時間が必要でしょうから、わたくし達が食事をしている間に行うと良いですよ」

「恐れ入ります、姫様。エーレンフェストの料理はフェルディナンド様の食があまり進まない時に重宝《ちょうほう》しました。ここで補充できると思わなかったので、非常に助かります」

ユストクスの言葉から察するに、仕事漬けだったのは間違いないようだ。じろりとフェルディナンドを睨めば、「仕方がなかろう」と不満そうに返された。

「ゼルギウス、給仕は其方に頼む」

「かしこまりました、フェルディナンド様」

そして、食事は始まった。今日は基本的にフェルディナンドの好みのメニューだ。領地対抗戦であまりにも忙しい寮の料理人にも、フェルディナンド用の保存食を準備してもらうのに大忙しのお城の料理人にも手間暇《てまひま》のかかるダブルコンソメを作ってもらいたいとは到底《とうてい》言い出せなかった。そのため、今日の料理は神殿の料理人に作ってもらって、エルヴィーラの保存の魔術具に入れて城に運んでもらったのである。

「む？　今日はタオヒェンの肉を使っているのか？」

あまり数が獲《と》れないため、寮の食事に上がることはないタオヒェンにヴィルフリートが目を丸くした。わたしは「他の皆には内緒ですからね」と囁く。わたし達の食事は神殿で作られた分なので、食堂で他の皆が食べているのとは別メニューである。ちょっと珍しかったり、高かったりする素材がふんだんに使われているのだ。

「フェルディナンド様はコンソメとポメで煮込んだタオヒェンがお好きだから、と神殿の料理人が今日のメニューを決めてくれたのです」

フェルディナンドの好みに合わせてメニューや味付けを工夫していた神官長室の専属料理人達は、ハルトムートを通しての依頼に見事に応えてくれ、今回の料理を準備してくれた。

「自分好みの味を準備してくれる料理人が懐かしいでしょう？」

「……そうだな。とても満足したと彼等に伝えてくれ」

タオヒェンのポメ煮込みを味わうフェルディナンドの表情はとても穏やかで、純粋に食事を楽しんでいることがわかる。食事の間の話題は主に領地対抗戦のことで、ヴィルフリートが対応していた他領のお客様の話が中心だった。

「ダンケルフェルガーとの共同研究がずいぶんと注目されていたな。来年の共同研究を申し出てくる領地も多かったぞ。断っても問題のなさそうな領地の申し出は全て断らなければならなかったのだ」

「ほぅ……。そのような話を聞くと、私の在学中に比べてエーレンフェストの順位が上がってきたことを実感するな」

感心したようなフェルディナンドの言葉にヴィルフリートは苦笑する。

「次はもう順位を上げないようにすると父上はおっしゃいました。これ以上順位を上げてもエーレンフェストがついて行けないから、と」

「……君がやりすぎたのであろう？」

フェルディナンドにじろりと睨まれて、わたしは「まぁ、そうですね」とひとまず肯定《こうてい》する。確かにちょっとやりすぎた部分はある。

「でも、今年の功績はエーレンフェストが勝ち組領地と同じ扱いを受けられる方向で収めてもらうようですから、順位自体は上がらないですよ。それに、元々は養父様があまりにも悪口を言われるのにカッとして、出来心で……」

「少し報復《ほうふく》したくなる気持ちはわからないわけではないが、君は出来心で事を大きくし過ぎだ。常に報告、連絡、相談を忘れぬように言っておいたはずだが、全くできておらぬ。違うか？」

フェルディナンドの言葉をわたしは少し項垂《うなだ》れて聞く。お説教もストレス発散の一助になっているようなので止めるつもりはないけれど、せめて、食事が終わってからにしてほしい。

「叔父上、ローゼマインは王族と関わるなと言われていたにもかかわらず、次々と関わりを持つのです。もっとしっかり叱ってください」

ヴィルフリートをフェルディナンドはじろりと睨んだ。

「其方こそもっとしっかりローゼマインを抑えろ。ずれたことをしている時に叱るなり、誘導するなりしなければローゼマインは覚えぬ。それに、私はあまり叱るなとジルヴェスターに言われたところではないか」

……何ですと？

嫌そうな顔でそう言ったフェルディナンドに本気で驚いた。

「褒めてもくれず、お小言ばかりなのにフェルディナンド様は養父様の言葉を聞いているおつもりだったのですか？　これまでのお小言は一体何だったのです？」

「ただの注意だ。叱ってはいないであろう？　本気で叱るのであれば、このようなぬるい言葉では済まさぬ」

今までのお小言はフェルディナンドにとって「叱る」の範疇《はんちゅう》に入らなかったらしい。

「君も、ヴィルフリートも……いくらでも叱れるぞ。これでも最小限に抑えているのだ」

フェルディナンドにとても綺麗な笑顔で言われて、わたしとヴィルフリートは揃ってぶるぶると首を左右に振った。これで最小限ならば、最大限がどうなるかなんて考えたくない。

お小言交じりの食事を終えてお茶を飲む頃にはユストクスも保存の魔術具に料理を詰め終わったようで、ゼルギウスと給仕を交代する。その頃にはわたしやヴィルフリートの側近達も食事を終えて戻ってきた。代わりに、リヒャルダ、オズヴァルト、護衛をしてくれていた騎士団の人達が食事を摂るために一度下がる。

「それはそうと、今年の冬の狩りはどのような状況だ。無事に終わったのか？」

「狩りは終わったようですよ。わたくし達は貴族院にいたので、詳しくは存じません。後で養父様に尋ねてみると良いと思います」

わたしが粛清に関する質問に答えていると、ヴィルフリートが少し険しい顔になって腕を上げた。

「ローゼマイン、叔父上はすでに他領へ行っているのだ。エーレンフェストの内情を易々と話すものではない」

ゲオルギーネの情報を得るためにアーレンスバッハへ向かって、そこからエーレンフェストを守ろうとしてくれているのだ。情報はある程度交換していなければ、フェルディナンドも困るだろう。

「ヴィルフリート兄様、フェルディナンド様は……」

「ローゼマイン、止めなさい」

けれど、わたしがそのような説明をするより先に、フェルディナンドがゼルギウスのいる側近用の衝立の方へ視線を向ける。

「ヴィルフリートの言う通りだ。私に伝える情報はよくよく吟味《ぎんみ》しなければならない。以前とは違うのだから」

「それはそうでしょうけれど、共有する情報も大事ですよ」

フェルディナンドがアーレンスバッハで孤立する恐れを感じてわたしが不満顔になると、フェルディナンドは仕方がなさそうに肩を竦めた。

「エーレンフェストの内情についてはジルヴェスターと話をする。君とは……そうだな。シュミルのぬいぐるみの話でもしよう。あれは誰に譲るつもりだったのだ？　償《つぐな》いが必要であろう？」

「ですから、フェルディナンド様の謝罪は必要ない、と……」

「ローゼマイン様」

わたしを止めたのはリーゼレータだった。発言の許可を求めた後、ニコリと微笑んで小声でそっとわたしに囁いた。

「謝罪をお受けになってはいかがでしょうか？　償いをした方がフェルディナンド様の気が楽になるのでしたら、償いをしていただけば良いと思いますよ」

悪いのはディートリンデだと思っていたので、フェルディナンドの謝罪を受ける気はなかったけれど、それで気が楽になるならば謝罪を受ける分には構わない。

「でも、償いと言われても……」

「フェルディナンド様に新しく録音の魔術具を作っていただくのはいかがですか？　フェルディナンド様にとっても贖罪《しょくざい》となりますし、ローゼマイン様へのお言葉を吹き込んでいただければ、ローゼマイン様も嬉しいでしょう？」

リーゼレータはそう言ってバサリと転移陣が描かれた布を広げた。そこから調合鍋や素材を次々と取り出し始める。どうやら調合室にもう片方の陣を広げて鍋や素材を置いて準備していたようだ。見る見るうちにお茶会室の一角が調合スペースに変化していく。

「調合台はさすがに準備できませんから、こちらのテーブルをご使用ください。フェルディナンド様、これでローゼマイン様のために録音の魔術具を作ってくださいませ」

調合スペースができる様子を唖然《あぜん》としたように見ていたフェルディナンドが、リーゼレータの頼みを聞いて楽しそうに唇の端を上げた。

「確かに新しい物を作れば償いになろう。あまり時間がない。助手を頼めるか、ローゼマイン？」

「何度も作りましたもの。お任せくださいませ」

フェルディナンドがいそいそと素材を手に調合を始める。償いという建前であっても調合が楽しくて仕方がないみたいだ。暗い疲れた顔をしていたフェルディナンドの目が生き生きとし始めたのを見て、わたしはリーゼレータにとびっきりの笑顔を向けた。

「其方達も手伝え。文官見習いならば調合の下準備くらいはできるであろう」

フェルディナンドはわたしやヴィルフリートに指示を出しつつ、わたし達の側近の文官見習い達にも仕事を割り振っていく。彼自身はテーブルで設計図を描き始めた。ライムントから報告されているので、作り方は完全に覚えているらしい。

「さて、ローゼマインのために作れと言われたわけだが、いくつの魔術具が必要なのだ？　元々の贈り先にも必要ではないか？」

複数の文官見習い達によってヴァッシェンで調合用の器具が洗浄されていく中、フェルディナンドに問いかけられて、わたしはうーんと考え込んだ。

「本当はレティーツィア様に差し上げるつもりだったのですよ。フェルディナンド様が厳しいので励ましの言葉とか、これ以上叱らないでくださいという言葉を入れるつもりだったのです」

「あぁ。確かにそれは必要かもしれぬ。ローゼマインと一緒に叔父上の講義を受けた時にも思ったが、課題は多いし、要求される基準が厳しいからな」

わたしが眠っていた二年間、課題を積まれたらしいヴィルフリートが文官見習い達と一緒にヴァッシェンをしつつ、少しばかり遠い目になる。

「ヴィルフリート兄様もそう思いますよね？　褒め言葉は必須と思うのですよ」

わたしはレティーツィア用の魔術具に録音しようと思っていた言葉の候補を並べていく。それを聞いていたフェルディナンドが嫌な顔をして、ユストクスが「レティーツィア様のお手紙ですね」と小さく笑い声を漏らした。手紙の内容を把握《はあく》しているらしいユストクスの言葉にわたしは頷く。

「ゼルギウスがレティーツィア様の筆頭側仕えと関係が深いのでしたら、新しく作った魔術具はゼルギウスの魔力で登録した方が良いかもしれませんね。レティーツィア様は養女となるためにご家族と離れていらっしゃるでしょう？　できることでしたら、ドレヴァンヒェルのご両親の言葉を録音してあげてほしいのです。家族の声は何よりの励みになるでしょうから」

「……なるほど。では、君の声を入れる分とレティーツィアの家族の声を入れる分、私から君に渡す分、予備にもう一つで四つほどあれば事足りるか」

この通りに素材を量れ、と紙を渡された文官見習い達が量り始める。わたしとフェルディナンドは量られた素材を調合しやすいように刻んだり、属性を分離させたり、次々と下準備をしていく。

「うぅ、下準備の速さが段違いです」

「今までの調合でこんなに細かく準備をしたことはありません。素材の品質を合わせるところが高度すぎます」

回復薬の作り方を教えられる時にハルトムートは結構普通にこなしていたけれど、フィリーネとローデリヒではとてもお手伝いにならない。それはイグナーツ達上級文官見習いでも同じことで、フェルディナンドの調合を初めて見たせいか、驚愕《きょうがく》の顔になっている。

「え？　これを一度に行うのですか？」

「えぇ。わたくしは時間短縮に便利だと教わりましたよ。こうすれば一度に素材の品質が揃うのですって。……できました、フェルディナンド様」

わたしは自分に任された分の素材の品質を揃えてフェルディナンドに渡す。ユストクスが同じ作業をしながらイグナーツ達に微笑んだ。

「肝心なのは慣れです。其方達には調合回数と工夫が圧倒的に足りていないのでしょう」

「わたくしは回復薬を自作しますから、必然的に調合回数が増えただけですもの」

ユレーヴェ作りも含めて、同い年の文官見習い達よりは調合経験が多いと思う。それに最初に調合を教えてくれたのがフェルディナンドなので、効率的で合理的な無茶ぶりが多かったせいもある。

「フェルディナンド様の調合は講義で教えられる調合と違い、効率的に調合するために様々な工夫がされていますから、見るだけでも勉強になると思いますよ」

イグナーツ達が真剣な眼差しで見つめる中、フェルディナンドはシュタープを変形させ、最初から時間短縮の魔法陣を使いつつ調合を進めていく。

……うーん、わたしはまだ最初から時間短縮の魔法陣が使えないんだよね。

調合では少しずつ変化していく素材の様子を見ながら次の素材を加えていくのだが、時間短縮の魔法陣を使うとその変化が一瞬で終わってしまう。そろそろかな？　と思っているうちに頃合いが過ぎてしまうので、失敗する可能性が非常に高くなるのだ。わたしが時間短縮の魔法陣を使えるのは全ての素材を入れ終えて、ひたすら魔力で練っていく時だけなのである。

……まだまだ精進しないとフェルディナンド様には追いつけないな。

全ての素材を入れ終えて魔力で練るだけの段階になると、フェルディナンドが「ユストクス、時間短縮の魔法陣の重ねがけだ」と呟いた。文官見習い達からどよめきが上がる中、フェルディナンドのすぐ近くに控えていたユストクスは「かしこまりました」と答え、調合鍋の上に時間短縮の魔法陣を描き始める。

時間短縮の魔法陣を使うと長時間かけて使う魔力を一気に使う形になるので、制御がちょっと難しくなる。それを二重にかけるのは初めて見る。調合がどんなふうに変化するのか、ドキドキしながらユストクスが慣れた感じで二重に魔法陣を描いているのを見ていると、フェルディナンドがわたしをちらりと見た。

「ローゼマイン、ユストクスが描き終わったら、君ももう一つ描け」

「三重にするおつもりですか？　え？　大丈夫なのですか？」

「時間がないと言ったであろう？　君は私ができないと思っているのか？」

「思いません」

フェルディナンドは勝算があることしか手を出さない。それくらいは知っている。知っているけれど驚くだろう。現に、調合を見守っている文官見習い達は何が何だかわからないというような愕然とした顔になっている。領主候補生コースの予習時に何度か規格外の調合を見せられているヴィルフリートだけが「相変わらずわけがわからぬ」と言いながらも当たり前のものを見る顔をしていた。

「では、姫様。どうぞ」

呆然としている文官見習い達の視線を受けながら、わたしはユストクスと交代し、シュタープで時間短縮の魔法陣を描いていった。二重でかかっている時間短縮の魔法陣に合わせて魔力を注いでいくため、フェルディナンドの全神経が調合鍋と魔法陣完成の瞬間に集中していることがわかる。

完成の瞬間、フェルディナンドは混ぜ棒を握る手にグッと力を込めた。時間短縮の魔法陣を三重にかけたせいで一気に魔力が必要になっているのだろうけれど、調合鍋の様子を見つめて挑戦的な笑みの浮かんだ口元からは難易度が上がるのを楽しんでいるようにも見える。

「……完成だ」

普通に行けば一つにつき鐘一つ分ほどかかる調合を短時間で四つ分一気に終わらせたフェルディナンドは達成感に満ちた顔で録音の魔術具を取り出した。満足そうで何よりだ。

「片付けを。さすがに、このまま調合器具を放置しておくわけにはいくまい」

転移陣を使って取り出した調合セットは転移陣で調合室に返さなければならない。

「転移陣を調合室に準備していますか。どなたか、あちらで取り出してくださいますか？」

リーゼレータは送り出すための転移陣を広げてヴァッシェンした調合器具を転移陣の上に置き始める。テキパキと片付けを始めた側仕え達の姿を見た文官見習いの一部がハッとしたように受け取りのために調合室へ向かった。

「調合器具の片付けは文官見習いがします」

「わかりました。よろしくお願いいたします」

残った文官見習い達がリーゼレータの手から調合器具を受け取り、ヴァッシェンして転移陣の上に置いていく。魔法陣が光るたびに上に置かれた器具や素材が消えていくのが少しばかり面白い。

文官見習い達がバタバタと片付け始めた様子をしばらく見ていたフェルディナンドが、片付けられたテーブルに向かい、ゆっくりと息を吐いた。調合の間に食事を終えていたらしいゼルギウスがすぐにお茶を淹れ始める。わたしとヴィルフリートも同じように座って、自分の側仕えにお茶を淹れてもらった。

「まさかこの短時間で四つも魔術具ができると思いませんでした」

わたしはテーブルの上に並べられた録音の魔術具を見た後、フェルディナンドを振り返って微笑んだ。

「では、フェルディナンド様。録音の魔術具を作ったのですから、四つ分の設計図使用料をお支払いくださいね」

「私は自分で設計図を覚えていたのだから、君の設計図を使用していないぞ」

「でも、わたくしが買い取った設計図ですし、ライムントのため、未来において活躍する研究者の利益確保のためにも必要なのです」

わたしとしては作ってもらったという意識が強いので別にお金なんて必要ない。けれど、「自分の研究がお金になるほど素晴らしいものだ」とライムントに理解してもらうためには必要なお金だし、知的財産権を周知していくにも大事なことである。わたしが印税と同じように広げていきたいと考えている知的財産権について話をすると、フェルディナンドは「君の考えることは相変わらず突飛《とっぴ》だ」と言いながら、ユストクスに命じてお金を払ってくれた。

「印刷協会や鍛冶協会では結構上手くいっているのですけれど、魔術具の特許料に関しては貴族にも強制力を持つ機関の設置が必要かもしれませんね」

「それに関しては貴族から原稿を買い取り、本の売れ行きによって印税を支払うというのが定着してから研究者についても考えなさい。一度成功しているやり方を取り入れる方向にした方が皆にも受け入れられやすかろう。一度に何もかもしようとするのではない。君の悪い癖だ」

わたしが個人的に買い取った設計図の特許料を支払うという形で研究者にそういうやり方があることを周知したり、売れた本の印税が確実に支払われるという実績を重ねたりすることが肝要だ、とフェルディナンドに言われた。

……確かに地道な努力は必要だよね。

片付けを終えた文官見習い達がお茶会室に戻ってきた。口々に「すごい調合を見た」「どうすれば良いのか」と興奮気味に言っている。フェルディナンドは彼等の質問に笑顔で応じているけれど、何だか非常に疲れているように見える。達成感もある心地良い疲労を通り越して、これまで溜まっていた疲労が一気に圧し掛かってきたような感じではないだろうか。

「この後は養父様とお話し合いもあるのでしょう？　癒しが必要ではございませんか？」

「……あると助かる」

そう言われて、わたしはお茶会室の中を見回した。フェルディナンドだけではなく、ユストクスもエックハルトも疲労の溜まった顔になっている。ゼルギウスもちょっと疲れた顔だし、突然の調合に振り回された側近達もややお疲れだろう。

わたしは席を立つとシュタープを出して「シュトレイトコルベン」と唱えた。フリュートレーネの杖に変化させると、お茶会室にいる全員にまとめて癒しをかける。

「何だ、これは……」

せっかく癒しをかけたのに、何故かもっと頭が痛くなったような顔でフェルディナンドがこめかみを押さえた。

「……あれ？　もしかして、効きませんでした？」

「規格外に磨きがかかっている。たった季節一つ分で何故ここまで……」

「え？　え？」

そんなに頭を抱えられるようなことだっただろうか。いつもやっていることをしている気分だったわたしは、フェルディナンドが何に対してこめかみを押さえているのかわからない。トントンと指先でテーブルを叩き、「座りなさい」と言った姿からはお説教の始まりが窺える。

わたしはフリュートレーネの杖を消すと、椅子に座る振りをしながらちょっとだけ椅子をフェルディナンドから遠ざけた。

「さて、ローゼマイン。癒しをかけるのに何故わざわざフリュートレーネの杖を出した？」

「複数人に一度にかけるのに便利だからです。指輪の場合は、一人一人にかけていかなければならないでしょう？　でも、フリュートレーネの杖を使うと大人数でも一気にかけられるのです。貴族院で行った奉納式の時も重宝しました」

わたしの説明にフェルディナンドは深い溜息を吐いた。ヴィルフリートが「ローゼマイン、余計なことは……」と言いかけたので、わたしはニコリと笑う。

「これは領地の内情でも何でもありませんよ、ヴィルフリート兄様。奉納式に参加した人ならば誰でも知っていることではありませんか」

「それはそうだが……。其方は何でも喋りそうでハラハラする」

ヴィルフリートにそう言われながら、わたしは誰でも知っていることで、尚且《なおか》つ、フェルディナンドのお説教を回避できそうな情報を伝える。

「フェルディナンド様がいらっしゃらない間にわたくしだって成長しているのです。シュタープで神具も同時に二つ作れるようになりましたもの」

「……書き間違いや解釈の違いではなかったのか」

検閲を受けても大丈夫なように、貴族らしい言い回しをフル活用して書いた手紙の内容はフェルディナンドに明確には伝わっていなかったようだ。

「騎士達が剣と盾を作るのと同じようなものですよ。王族の方々もそう納得していらっしゃいました。わたくし、そのうちフェルディナンド様のように複数の盾を作ることもできるようになりますから、期待していてくださいませ」

自分の抱負を語って微笑むと、フェルディナンドが頭痛を堪えるようにきつく目を閉じた。

「明らかに違うだろう」

「何が違うのですか？」

「いや、よい。ここで今更何を言っても無駄だ。私は他領の人間になるのだ。後はエーレンフェストで何とかするしかあるまい」

フェルディナンドがパタパタと手を振ると、ヴィルフリートが驚いたような顔になった。

「そういえば、奉納式でフェルディナンド様が教えてくださった魔力だけが大幅に回復する回復薬を配ったのですけれど、かなり価値が高いようです。王族の方々も驚いていらっしゃいました」

「……それが何だ？」

もう何も言う気力がないというような顔でフェルディナンドがわたしを見た。

「ディートリンデ様が何かやってご不興を被《こうむ》った時の連座回避とか、フェルディナンド様の貢献として高く売れそうだと思ったので、ご報告です。奥の手として温存しておくと良いですよ」

そう言うと、フェルディナンドはわたしを見る目に力を入れた。

「ローゼマイン、君は彼女が何かやると思っているのだな？　事前に止められることならば教えてくれ」

「ヴィルフリート兄様、髪飾りとピカピカ奉納舞については内情に入りませんよね？」

「……うむ、そうだな」

わたしはひとまずヴィルフリートに同意を求めた上で、ディートリンデが明日の卒業式で髪飾りを王族よりも豪華にする可能性が高いこと、それから、魔石を光らせる電飾《でんしょく》奉納舞を行う可能性があることを説明した。

「王族に対する不敬を見逃すわけにはいかぬ。髪飾りについては無理やりでも取らせる。だが、その、ピカピカ奉納舞とは何だ？」

「御加護を得る儀式を終えた直後の魔力の制御ができなかった時にローゼマインが奉納舞のお稽古で魔石を光らせてしまったのが事の発端です」

ヴィルフリートの説明にわたしは慌てて口を開いた。

「でも、祝福は飛び出さなかったのですよ。魔石が光っただけで終わらせることができたのです。これは褒められる案件ですよね？」

フェルディナンドには一瞥《いちべつ》されただけで流され、ヴィルフリートは「何故褒められると思えるのかわからぬ」と頭を振って話を続ける。

「奉納舞のお稽古ではローゼマインがとても目立っていて、ディートリンデ様も成人式の奉納舞で真似たい、とお茶会の時におっしゃったのです」

「ローゼマイン、君は本当に……」

「わ、わたくしのせいだけではありません！　お稽古の時は不可抗力でしたけれど、ヴィルフリート兄様が、魔石の質を落とせば簡単に光らせられるのではないか、と助言したのですから」

助言に従って自分に合わせた魔石を準備して稽古しているのであれば、わたしよりもヴィルフリートの方がよほど責任は大きいだろう。わたしの告げ口に、フェルディナンドはじろりとヴィルフリートを睨んだ。

「其方、ずいぶんと余計なことをしてくれたようだな」

フェルディナンドがヴィルフリートを叱り始めると、ブリュンヒルデがそっとわたしの肩を叩いた。

「ローゼマイン様、もうじき七の鐘が鳴りますよ。レティーツィア様に贈られる魔術具をゼルギウス様に託されるのでしたら早めにお願いしなければなりません」

できあがった録音の魔術具から意識が完全に離れていることが心配でならない、とブリュンヒルデが呟く。ヴィルフリートをお説教から助け出すためにもちょうど良い。わたしはフェルディナンドの袖を軽く引っ張った。

「フェルディナンド様、この魔術具の一つをゼルギウスに託せば、レティーツィア様のご家族から励ましのお言葉をいただけますか？」

わたしがフェルディナンドの側近であるゼルギウスに直接尋ねるわけにはいかない。フェルディナンドはヴィルフリートに対する説教を止めて、ゼルギウスに視線を移した。

「どうだ、ゼルギウス？　レティーツィア様のご両親と連絡が取れるか？」

「取れます。私はドレヴァンヒェルで育ちましたから」

ゼルギウスはドレヴァンヒェル育ちで、レティーツィアが養女としてアーレンスバッハへ向かう時、親に同行したそうだ。そのため、ドレヴァンヒェルには自身の知り合いも多いらしい。

「では、こちらの魔術具はゼルギウスの魔力で登録しましょう。よろしければ、わたくしからの励ましのお言葉も届けていただけますか？」

「もちろんです。ローゼマイン様のお心遣い、必ずレティーツィア姫様にお届けいたします」

ゼルギウスは優しい笑顔で黄緑の目を少し細めた。わたしはテーブルの上に並んだままの魔術具をフェルディナンドからゼルギウスに渡してもらって、ゼルギウスに使い方を教える。

その魔術具にわたしからレティーツィアへ贈る言葉を登録してもらった。「レティーツィア様は大変よく頑張っていらっしゃいます」と「フェルディナンド様、あまり厳しいお言葉はダメですよ」と「たまにはよくできたと褒めてくださいませ」の三つである。

「何を入れているのだ、君は？」

「レティーツィア様がこの魔術具を出してきた時には、きちんと褒めてあげてくださいませ。わたくしに言ったような棒読みではダメですからね」

フェルディナンドに睨まれても怯《ひる》まずにそう言い返し、わたしはゼルギウスに後を託した。

「シュミルのぬいぐるみにするには時間がないので、それはレティーツィア様の側仕えにお願いしてみてくださいませ」

「ゼルギウス、これからドレヴァンヒェルにオルドナンツを送ってみてはどうか？　できれば、明日、録音できるのが一番だと思うのだが……」

「恐れ入ります。では、少し失礼いたします」

ゼルギウスが側近に与えられた衝立の向こうへ姿を消すと、フェルディナンドは残った三つの魔術具を少しばかり嫌そうな顔で見た。

「それで、君に贈る魔術具には一体どのような言葉を入れるのだ？」

「もちろん褒め言葉をお願いいたします！」

できればそれをレッサーパンダのぬいぐるみにするのだ。そんなわたしの野望はリーゼレータによって打ち砕かれる。

「そうですね。一つくらいは褒め言葉も欲しいところですけれど、ローゼマイン様がフェルディナンド様に贈られるお言葉と同じようなものが必要だと存じます」

「読書を止めるようにお願いするお言葉ですとか、休息を取るようにお願いするお言葉などですよね」

リーゼレータの隣ではブリュンヒルデも大きく頷いている。側仕え達の提案にわたしの側近だけではなく、ヴィルフリートも「お叱りの言葉の方が必要であろう」と賛成した。

「叱る言葉を入れるのは一向に構わぬが……」

「わたくしは褒め言葉が欲しいですよ？」

「そんなことはどうでもよろしい。それより、私に贈る言葉というのは何だ？」

「ローゼマイン様はこちらをフェルディナンド様に贈るために準備されていたのです」

リーゼレータがさっと紺色シュミルのぬいぐるみを取り出して、わたしの前にそっと置く。きっとわたしの部屋に取りに行ってくれていたのだろう。側仕えの気遣いが痛い。

「違います、リーゼレータ。こちらはユストクスに渡す予定なのです。フェルディナンド様にお渡ししても箱の中に詰められたままになって、きっと使ってもらえませんから」

わたしはテーブルの上の紺色シュミルを手に取ると、ユストクスに向かって差し出した。

「ユストクス、フェルディナンド様があまりにもお仕事ばかりして言うことを聞かない時に使ってくださいね」

「どのような言葉が入っているのですか？」

「ユストクス、後で！　後で確認してくださいませ！」

血の気が引くのを感じながらわたしがフェルディナンドの様子を窺うと、フェルディナンドはフッと笑った。

「最後まで確認しておかなければなるまい。領地対抗戦のようになっては大変だからな」

「フェルディナンド様、そちらの木箱にシュバルツ達の研究資料が入っていますよ！　そちらの確認をいたしましょう！　ね？」

「後でする。ユストクス、再生せよ」

主の指示に従って、ユストクスが魔術具を再生していく。

「フェルディナンド様、きちんと休んでいらっしゃいますか？　お仕事はほどほどになさいませ」

「どんなに忙しくてもご飯を食べなければ力が出ませんよ。お薬に頼りすぎず、きちんとご飯を食べてくださいね」

「エーレンフェストの料理がなくなったら連絡してくださいませ」

いくつか再生したところで、フェルディナンドにギュウと頬をつねられた。

「痛いですっ！」

「さもありなん。ユストクス、再生はもう良い。それは私が預かろう」

フェルディナンドがとても綺麗な作り笑顔でユストクスに向かって手を差し出した。このままでは絶対に封印されてしまう。

「ダメです。ダメです。ユストクス、フェルディナンド様に渡すくらいならば返してくださいませ！」

「何を騒いでいる？」

呆れたような口調でそう言いながらジルヴェスターが入って来た。側近や護衛のための騎士が増え、一気にお茶会室が狭くなったように感じられる。

「養父様！　フェルディナンド様がユストクスにあげようとした魔術具を取り上げようとするのです」

「……これは例の魔術具か？　一体どのような言葉が入っているのだ？」

ジルヴェスターはひょいっとユストクスの手にあった紺色シュミルのぬいぐるみを手に取って、魔石の部分に触れる。流れてくるわたしのお小言を聞いて大笑いしたジルヴェスターがユストクスにポンと投げた。

「ローゼマインの小言をアーレンスバッハで流すぞ、と脅すだけでもフェルディナンドは仕事の手を止めよう。持って行け」

「恐れ入ります、アウブ・エーレンフェスト」

ユストクスが楽しそうに笑いながら紺色シュミルを側近の荷物を置く場所へ持って行く。

「それはそうと、これから先は大人の時間だ。其方等はもう自室に戻れ」

お酒の準備をしたジルヴェスターの側仕え達によって茶器が並んでいたテーブルはすぐに片付けられて、酒器が並び始める。ジルヴェスターにパタパタと手を振って退室を促されたわたしとヴィルフリートは就寝の挨拶をするとお茶会室を出た。

……結局、フェルディナンド様に褒めてもらうことはできなかったね。しょんぼりへにょんだよ。

別れと成人式

領地対抗戦の翌日は成人式と卒業式だ。二の鐘が鳴るより少し前にグレーティアが起こしに来た。

「ローゼマイン様、起きてくださいませ」

「グレーティアが起こしに来るのは珍しいですね。リヒャルダに何かあったのですか？」

わたしはもぞっと布団の中で寝返りを打って、グレーティアを見上げた。

「少し早い時間ですが、二の鐘からフェルディナンド様と朝食をご一緒するように、とアウブより連絡がございました。リヒャルダはお茶会室で朝食の準備をしています」

グレーティアの言葉に、わたしは勢いよく飛び起きた。朝食後のお茶会室の片付けが忙しいので、当初は朝食を一緒に摂ることはできないと禁止されていたのだ。

「フェルディナンド様はアウブとお酒を飲み、色々とお話をした後でまだ研究資料に手を伸ばしていらっしゃったそうです。ローゼマイン様達が朝食に伺うことで起こしてほしいそうですよ」

早めに起こして時間までにフェルディナンドを送り出せ、とジルヴェスターが命じたらしい。領主候補生三人の側近が同行すればお茶会室の片付けが速く終わるという目算もあるそうだ。

……わーい！　養父様、ありがとう！

グレーティアとブリュンヒルデに手伝ってもらい、わたしはいそいそと着替え始める。今朝、部屋の中にリーゼレータやレオノーレの姿が見えないのは二の鐘に合わせて朝食を摂りに行っているせいだ。卒業生は両親がやって来るまでに朝食と湯浴みを終えなければならない。

「卒業生は支度が大変ですからね」

アンゲリカがあまり準備をしていなくて、リーゼレータと両親の三人がかりで準備させていた二年前を思い出してクスクスと笑いながら、わたしはオルドナンツを出した。

「おはようございます、フェルディナンド様。準備ができたので、これからお茶会室へ朝食に向かいますね」

部屋を出ると、シャルロッテも準備を終えていた。階段を下りるとヴィルフリートもいる。皆でお茶会室へ向かえば、準備をしてくれていた側仕え達が出迎えてくれる。お茶会室に作られていた側近達のスペースはすでになく、長椅子はこれから卒業生が迎えを待てるように配置が変更されていた。荷物を置くための木箱はどうやらフェルディナンドのスペースに運び込まれているようで見当たらない。

「すでにずいぶんと片付いていますね」

「えぇ。こちらに朝食の準備が整っていますよ。さぁ、姫様方はこちらへどうぞ。貴方達は食堂で朝食を終えていらっしゃい」

お茶会室まで同行してくれた未成年の側近達は食堂へ向かい、わたし達領主候補生はリヒャルダに案内されてテーブルへ向かう。到着の声が聞こえたのだろう。フェルディナンドも衝立の向こうから出てきた。服装は整っているけれど、まだ寝足りないような顔をしている。

「おはようございます、フェルディナンド様」

「あぁ、おはよう」

「何だか目が覚めていないようなお声ですけれど、研究資料の読み過ぎですか？」

二年前にヒルシュールと徹夜で研究の話をしていた時のような顔をしている。ぼーっとしているフェルディナンドは非常に珍しい。

「……それもあるが、あの長椅子は予想以上に寝心地が良かった」

「フェルディナンド様がよく眠れたのでしたら、わざわざ運び込んだ甲斐がありましたね。春に荷物を運ぶ時、一緒にお運びしましょうか？」

急な知らせによりアーレンスバッハへ向かったので、フェルディナンドは本当にすぐに必要な生活必需品と最低限の結婚祝いの品々しか持って行っていない。季節が変わった後に使う生活用品やこの冬に各地の貴族達から送られてきた贈り物の数々はまだエーレンフェストにある。

「今はまだ客室にいるので必要ない」

「春になって、星結びの儀式が終わってからのお話ですよ？」

「……私が自室を得たら、その時に考えよう」

先々のことまで考えるフェルディナンドにしてはどうにも煮え切らない返事だが、確かに部屋を得る前に持ち込まれても困るのだろう。わたしが「必要になれば教えてくださいね」と答えると、フェルディナンドは頷きながら席に着く。そして、わたしを手招きした。

「ローゼマイン、こちらへ。熱は下がったのか？」

「今朝は調子が良いように思いますけれど……」

わたしはおとなしくフェルディナンドの前に立つ。熱や脈を測るフェルディナンドの様子にシャルロッテが「お姉様は体調を崩されていたのですか？」と驚きの声を上げた。

「領地対抗戦で疲れて、少し熱っぽかっただけです。きちんとお薬を飲みましたし、今朝は熱も下がっていますから」

「うるさい、ローゼマイン。口を閉じろ。脈が測りにくい」

「申し訳ございません」

いつも通りの診察を終え、「熱は下がっているが、あまり無理をしないように」というお言葉をいただき、わたしも席に着く。

「最近はお姉様が寝込むことも少なくなっていたので、体調を崩されていらっしゃるとは思いませんでした」

「初めての表彰式に感激したせいもあるでしょうね。昨夜の夕食の様子はどうでしたか、シャルロッテ？　養父様はこちらのお部屋にいらっしゃると同時に、大人の時間だとわたくし達を退室させたので、様子を聞くことができなかったのです」

朝食を摂りながら、わたし達は参加できなかった食堂での夕食の様子をシャルロッテに尋ねる。優秀者を多数輩出《はいしゅつ》したことで学生達も盛り上がっていて、楽しい夕食だったようだ。

「そういえば、わたくし達が寝た後、フェルディナンド様は養父様とどのような話をしたのですか？　久し振りにお酒を酌《く》み交わしたのですから、お話が弾んだでしょう？」

わたしはフェルディナンドに話題を振ってみたが、フェルディナンドは少し考えるように目を伏せた後、「後でジルヴェスターから聞けばよい」と詳細を教えてはくれなかった。

朝食を終えてテーブルの上が片付けられると、ユストクスが何やら色々と並べ始める。録音の魔術具が二つ、それから、革袋が一つだ。フェルディナンドが魔術具を一つ、ずいっとわたしの前に押し出した。

「こちらが録音の魔術具だ。君の側仕えの要望に従い、注意する言葉を延々と入れている」

「フェルディナンド様、わたくしの要望はどうなったのですか？」

「さて……」

「ひどいです」

むぅっと頬を膨らませながら、わたしは渡された魔術具を再生してみる。フェルディナンドの言葉通り、最初から「食事の時間だ。何をしているのか知らぬが、速やかに手を止めなさい」というお小言が入っている。

……他は何だろう？

「ローゼマイン、この場ではなく、せめて、自室で聞きなさい。同じ部屋の中で自分の声がするのは妙な気分だ」

顔を顰めたフェルディナンドに止められてしまった。この場で全部聞きたかったけれど言うことを聞かなければ取り上げられそうなので、自室に持ち帰ることにする。それから、魔力を通さない革の袋を渡された。開けてみると、もう一つの魔術具と紙が入っている。

「君は昨夜ゼルギウスの魔力を登録した魔術具に声を吹き込んだので、こちらが余ったであろう？　私としてはこの研究を更に進めたいと思っている。こちらの魔術具はここに書かれている通りに使って、結果を教えてほしい。結果は手紙で良い」

元々共同研究だったものだし、研究を続けると言われれば断りようもない。わたしは「わかりました」と革袋を受け取った。

「それから、予備として残っている分は私がもらっても良いか？　次の冬までに使い方を色々と考えてみたいと思っている」

「フェルディナンド様が作り、お金も払ってもらった物です。もちろん構いませんよ」

ジルヴェスターの命令通り、フェルディナンドを起こして一緒に朝食を摂った。わたし達のお仕事は終了だ。この後、フェルディナンドは正装に着替えてディートリンデを迎えに行くことになる。わたし達は着替えや片付けの邪魔になるので、多目的ホールに移動しなければならない。

「ローゼマイン、リヒャルダ。二人がこの部屋を誂《あつら》えてくれたとジルヴェスターより聞いている。一晩、とても寛いで過ごせた。礼を言う」

フェルディナンドがわざわざ礼を言ってくれるほど寛いでくれたことがよくわかった。リヒャルダとどうしたら心地良く過ごせるのか考えていたのが認められたのだ。昨夜褒められなかったせいか、殊更に嬉しい。嬉しいのに、また離れなければならない別れの挨拶であることを実感して、すごく寂しい。

「そういう時は、ありがとうってきちんと言ってくださいませ」

寂しい気分を少しでも振り払いたくて軽口を叩く。いつも通りの皮肉な笑みや一言で流してくれると思っていたら、フェルディナンドは今まであまり見たことがない優しい笑みを見せた。

「……ありがとう、ローゼマイン、リヒャルダ」

それだけを言うと、本当に時間がないようでフェルディナンドはさっさと衝立の向こうへ姿を消す。あまりにも珍しいフェルディナンドの素直なお礼の言葉に目が潤んだのはわたしだけではなかったようだ。リヒャルダも目を潤ませながらわたし達に声をかける。

「さぁ、多目的ホールへ向かってくださいませ。フェルディナンド様はお召し替えをしなければなりませんから」

玄関ホールには講堂の準備に行く在学生が集まっているのが見える。わたしが皆に合流しようとした途端、ヴィルフリートに止められた。

「其方はリヒャルダに言われた通り多目的ホールで待機していろ。昨日の領地対抗戦でも体調を崩したのに、今から張り切っていたら今年も途中で退席することになるぞ。ディートリンデ様のお相手を務める叔父上も其方の姿が会場から消えれば心配するであろう」

反論の余地がない。わたしは今年も準備を皆に任せ、多目的ホールで護衛騎士のユーディットと一緒に待機することになった。そこにいると、卒業生の保護者達がやってくる。レオノーレやリーゼレータの両親は挨拶をすると、それぞれ子供達の部屋へ向かっていった。

保護者の波が過ぎ去ると、次にやってくるのが卒業生のエスコート相手だ。きっちりと正装したコルネリウスとハルトムートが「おはようございます、ローゼマイン様」と顔を出した。

「コルネリウス兄様、レオノーレの両親は先程来たばかりなので、準備にはもう少しかかると思いますよ。ハルトムートは早めにクラリッサを迎えに行ってあげてくださいませ。貴族院の恋物語によると、待ち時間はとても不安になるそうですから」

これまでの勢いから考えると、迎えに行かなければクラリッサの方がやって来そうだけれど、あまり女の子を不安にさせるものではない。

「結婚の許可は得られたのでしょう？」

「色々な事情を考えた結果、それが一番無難《ぶなん》であるという回答をいただきましたから」

……それは結婚の許可としてどうなのだろうか。

周囲が納得しているならば良いけれど、本当に大丈夫なのか、少しだけ心配にはなる。ハルトムートと話をしていると、城で顔を見たことがあるヴィルフリートの側近が近付いてきた。

「ローゼマイン様、少しご挨拶をさせてください」

そう言ってきたのはリーゼレータのお相手のトルステンだ。ヴィルフリートの文官ということと名前は聞いたけれど、顔と名前が一致しなかったので全く実感がなかった。穏やかそうで落ち着いた雰囲気の人だ。多分リーゼレータとは波長が合うと思う。

「リーゼレータをどうぞよろしくお願いいたします」

「かしこまりました」

トルステンとの挨拶を終える頃には領主夫妻が到着した。一度エーレンフェストに戻っていたらしいジルヴェスターが、少し青ざめた顔色のフロレンツィアを連れてくる。どう見ても体調が良いようには見えない。ジルヴェスターは愛妻を気遣い、椅子に座らせる。

「ありがとう存じます、ジルヴェスター様」

「養母様、お体の具合はいかがですか？」

「少し転移陣に酔ってしまったようです」

「だから、エーレンフェストで休んでいれば良いと言ったではないか」

「学生達にとっては一生に一度の卒業式ですもの。わたくしの我儘であることは存じていますけれど、祝ってあげたいではありませんか」

二人の間で何度も繰り返されていることがわかるやり取りをしている。こういうところを見ると、ジルヴェスターが本当にフロレンツィアを好きだとよくわかる。

「姫様、講堂へ参りましょう。保護者が入場する前に入っていなければ、目立ちますからね」

「養父様と養母様はどうされますか？」

「ギリギリまでフロレンツィアを休ませる。其方はただでさえ歩くのが遅いのだから先に行け」

パタパタと手を振って追い払われ、わたしはリヒャルダやユーディットと講堂へ移動した。

去年と同じように壁が取り払われ、講堂にはまるでコロッセウムのように階段状の観覧席ができている。講堂の中心には奉納舞や剣舞《けんぶ》を行うための白い円柱状の舞台が設置されていて、その奥に祭壇が見える。去年と同じ観覧席に向かおうとしたわたしを、リヒャルダが止めた。

「姫様、今年は体調がよろしいでしょう。領主一族の席へ参りますよ」

去年の保護者席とは違い、舞台にとても近い場所だ。ここからならば奉納舞の様子もよく見えるだろう。シャルロッテに「お姉様はこちらへどうぞ」と手招きされて、わたしは席に着く。

「父上と母上はいらっしゃったのか？」

「えぇ。ただ、養母様が転移陣に酔ってしまわれたのでギリギリの時間まで休むようです」

「それほど容態《ようだい》が良くないのか。心配だな」

懐妊している可能性が高いことは、まだ周囲に漏らしてはならないとジルヴェスターに言われている。他領のアウブがたくさんいて第二夫人の問題など面倒が色々とあるため、エーレンフェストへ戻ってから知らせるのだそうだ。

卒業生の入場が始まるギリギリになってジルヴェスターとフロレンツィアはやってきた。何か薬を飲んだのか、休んでいたのがよかったのか、感情や体調を表に出さない貴族の習性か、フロレンツィアはいつも通りの微笑みを浮かべながら席に着く。

「養母様、あまり無理をしないでくださいね」

「それは貴女にも言えることですよ、ローゼマイン？」

フロレンツィアがクスクスと笑った時、講堂の扉が開いた。そこから卒業生が入場してきて、舞台の上にずらりと並んでいく。その中に一際目を引き、周囲をざわりとさせる存在があった。

得意そうな微笑みを浮かべて入場してきたディートリンデの髪がこれでもかというほどに盛られているのだ。周囲を唖然とさせるほどすごいことになっていて、隣を歩くフェルディナンドの作り笑いが虚《うつ》ろに見えるのは気のせいではないだろう。

……あああぁぁぁっ！　フェルディナンド様、説得失敗してるよ⁉

おそらくディートリンデは飾りをたくさん付けたいと考えたのだろう。マリー・アントワネットのように髪自体をかなり高めに盛っている。色合いだけでも豪華な金髪なのに、更に高さを出して盛り上げることでより豪華になっていた。そこに赤に近い色合いのエーレンフェストの髪飾りが三つ挿し込まれ、その周囲をこれでもかというほどにレースやリボンで飾っているのだ。

……いや、ある意味すごいよ。まさかあんな髪型をユルゲンシュミットで見るとは思わなかったからね。

よくよく見てみれば、エーレンフェストの髪飾りは全てが使われているわけではなかった。きっと花の飾りを控えめにしなければ王族に対する不敬になると周囲に説得されたのだろう。だから、花を控えて、別の飾りを使うことにしたに違いない。

……エーレンフェストの髪飾りの花は王族の飾りに合わせて減らされてるよ？　でもね、リボンやレースであそこまで飾り立てていたら花の数なんて全く関係がないと思うんだけど。何より、あの頭で奉納舞なんてできるの？

わたしは思わずアーレンスバッハの領主一族が座る席を見た。ゲオルギーネが涼しい顔で座っている。娘の奇行を止めなかったのだろうか。

……止めてたら、この状態で入場してくるわけがないもんね。ゲオルギーネ様は何を考えてディートリンデ様を好きにさせているんだろう？

わたしはとても不安な気分になったけれど、ものすごい注目を浴びているディートリンデ本人はとても満足そうだ。舞台の上にエスコートを終えると、卒業生ではないお相手は決められた席に移動するのだが、フェルディナンドがすでにとても疲れているように見えた。

それから、中央神殿の神殿長による成人式が終わると、卒業生による音楽の奉納が行われる。わたしは卒業生が出てくる前に出発してしまったため、レオノーレとリーゼレータの晴れ姿を見ていない。それなのに、衝撃的な髪型に視線の全てを奪われて、わたしはまだ二人を見つけられていなかった。音楽の奉納のためにディートリンデが舞台から降りるこの時間が唯一のチャンスだ。

「リーゼレータはどこかしら？　ディートリンデ様にばかり目が行って、見つけられません」

「お姉様のお気持ちはよくわかります。わたくしも自分の側近が見つけられませんから」

大勢がいるところを見回せば盛られた頭が一番に目に入るのだ。控えめな装いのリーゼレータがどこにいるのかわかるわけがない。歌っている中にいるはずなので必死に目を凝らす。ディートリンデがいなくなっただけで、とても見やすくなったようだ。

「いました。リーゼレータです」

淡いクリーム色の衣装を身につけ、まとめ上げた髪に同色の髪飾りが揺れている。リーゼレータはいつも控えめで皆より一歩下がった感じだ。そのせいか、美人であることが目立たないけれど、今日はとても綺麗に見える。

……ミュリエラのお話によると、他領の学生にもモテモテだったみたいだからね。

何とかリーゼレータを発見できた。わたしが胸を撫で下ろしていると、音楽の奉納が終わる。音楽担当の人達は舞台から降りて、舞台を取り巻く形に移動していく。代わりに舞台に上がるのは、青の衣装をまとった剣舞を行う騎士達だ。選別された二十名が舞台に上がる。その中にレオノーレがいるのだ。女性の数が少ないため、レオノーレはすぐにわかった。赤紫のような葡萄《ぶどう》色の髪に白と赤の花が見える。冬生まれなのだろう。

騎士達がシュタープで出した剣を構えた。それを合図に音楽が流れ始め、音に合わせて剣が光を反射して閃《ひらめ》く。力強く鋭い剣の動きの中に、女性らしい動きがある。レオノーレの剣舞は流れるように優雅で、鋭い剣を握っているにもかかわらず、どことなく柔らかく感じられる。

「レオノーレは本当に綺麗ですよね」

「うむ、見事だな。だが、アレクシスも負けてはおらぬ」

ヴィルフリートが自分の側近を誇って笑う。

どちらがすごいのか話をしているうちに、剣舞も終わった。

「次は奉納舞か。……あの頭で舞えるのか？」

ジルヴェスターの呟きは全員の心の声を代弁していたと思う。ひらひらとした奉納舞用の衣装を身につけたディートリンデに会場の全ての注目が集まっていた。

ディートリンデの奉納舞

会場中の視線を一身に浴びる中、光の女神の衣装をまとったディートリンデが闇の神の衣装をまとったレスティラウトにしずしずと近付いていく。奉納舞の舞台に上がるためにディートリンデをエスコートすることになるレスティラウトがものすごく嫌そうな顔で、ディートリンデの頭を見た。

「其方、それほど飾り立てて舞えるのか？」

皆の心配と不安を代表してズバッと尋ねたレスティラウトに、わたしは心の中で拍手する。この場でそれをストレートに尋ねることができる彼は勇者だ。しかし、勇者の質問の意図はディートリンデには届かなかった。

「ええ。もちろん舞えます。わたくし、たくさんお稽古しましたもの」

ディートリンデは自分の重そうな頭ではなく、両手を見下ろしてそう言った。

……レスティラウト様は髪飾りについて言ったんだと思うよ。どこを見てるの？……腕に何か付いているのかな？　あ、もしかして、魔石？

頭の派手な飾りだけではなく、光らせるための魔石もしっかり準備していたようだ。準備万端なディートリンデにわたしは驚きを隠せなかった。一体どのようにしてあのフェルディナンドから逃れることができたのだろうか。

わたしがそんなことを考えている間に、ひらひらと長い袖を揺らしながら領主候補生達は舞台に上がっていく。光の女神をエスコートするのは闇の神だが、レスティラウトは極力ディートリンデを視界に入れないようにしている。顔が正面ではなく、やや横を向いていた。

……さっきのフェルディナンド様と同じような顔になってるけど、頑張れ、レスティラウト様！

舞台の上で領主候補生達がそれぞれの位置に並び、跪いて舞台に触れる。それだけの動きにディートリンデの頭が重そうに揺れた。崩れないか、こちらの方がハラハラする。

「我は世界を創り給いし神々に祈りと感謝を捧げる者なり」

レスティラウトの声が上がった瞬間、それまで真っ白だった奉納舞の舞台に今年も魔法陣が浮かび上がって見えた。皆が見えていないようなので、わたしは口を噤んだまま舞台を見つめる。

音楽が流れ始め、ゆっくりと舞手が立ち上がった。ふわりとした動きで手を上げれば、ひらりとした袖が揺れる。奉納舞の始まりだ。

……あ、本気で光らせるつもりだったんだ。

奉納舞が始まってすぐにディートリンデが身につけている魔石が小さく光った。全身のあちらこちらに魔石を潜ませているらしい。小さな光が手首で、髪で、ポツポツと光っている。一人だけ光っているので、確かに目を引いた。けれど、舞自体はそれほど上手いわけではない。やはり頭が重いのか、くるりと回る度に軸がぶれているのが非常に気になる。

「おぉ、光の女神が光っているぞ。ローゼマインの稽古の時もこのような感じだったのか？」

ジルヴェスターが小声でそう問いかけた。シャルロッテが曖昧な笑みを浮かべながら、首を横に振った。

「お姉様は身につけていた魔石の質が違います。たくさんのお守りに加えて虹色魔石の髪飾りが光っていたので、あのような小さな光ではなく、もっと華やかでした。ただ、事情を知っているわたくしは美しいと思うより、いつ祝福が漏れるのか気が気ではありませんでしたけれど」

シャルロッテの言葉に、わたしは冷や汗が噴き出るのを感じた。あの時は祝福が漏れないように必死だったので、自分ではどんな状態だったのか全くわからなかったのだ。

「……あの、わたくし、今のディートリンデ様より目立っていたのですか？」

「一緒に舞っていた私が気になって思わず舞を止め、視線を向けてしまうような光だったからな。もっと目立っていたであろう」

……いやあぁぁぁ！　ディートリンデ様より目立っていたなんて、わたし、周囲の人達にどれだけ目立ちたがり屋と思われたんだろう⁉

心の中で絶叫するわたしの視界で、ディートリンデの光が消える。光が点《とも》っていたのはほんの数秒のことで、ふっと光が消えたのだ。消えたことに気付いたらしいディートリンデが少しだけ眉をひそめた数秒後にはまた光った。更に数秒するとまた消える。その繰り返しだ。

チカチカと点滅する光にどうしても視線が向いてしまう。最初は目立つために点滅させているのかと思った。しかし、よく見れば、消える度にディートリンデが少し顔をしかめてまた光らせている。目立つように点滅させているわけではないようだ。

……どうして点滅するんだろう？……ん？　あれって、魔力？

ディートリンデの周囲にゆらりと揺らめく魔力が見えたような気がした。大量に魔力を発している時に出てくる淡い色合いの揺らめきが魔法陣に吸い取られているように見える。けれど、これが見えるのは魔法陣が見えている自分だけなのかどうかわからない。わたしは思わずフェルディナンドに視線を向ける。その顔には作り笑顔はなく、眉間に皺が寄っていた。

「わたくしの目にはディートリンデ様から魔力が漏れ出ているように見えるのですけれど……」

気のせいかしら、というフロレンツィアの呟きにシャルロッテも頷いた。

「わたくしも見えます。最初は目の錯覚かと思いましたけれど、段々と濃くなってきている気がしませんか？」

どうやら魔力の揺らぎが見えるのはわたしだけではなかったようだ。そう思った頃には誰もが気付き始めたようで、「魔力がずいぶんと放出されていないか？」と観客席がどよめき始める。

「なぁ、ローゼマイン。大丈夫なのか？　あのような魔力の放出をして……」

「一時ローゼマインはよくあんなふうになっていたが、どうなのだ？」

ジルヴェスターとヴィルフリートに問われたけれど、わたしにはわからない。溢れそうになるのを必死に抑えているのに結果的に漏れてしまったり、感情的になりすぎて威圧状態で魔力が溢れたりすることがあっても、魔石を光らせるために魔力を行き渡らせたことはないのだ。

「わたくしは全身に付けた魔石を光らせるために魔力を放出したことがないので、今のディートリンデ様の様子を正確に知ることはできません。ただ、全身から魔力を放出するのは、わたくしがお薬を飲んで数日寝込むくらい体に負担がかかりますね」

わたしは至極《しごく》真面目に答えたつもりだが、ジルヴェスターは呆れたような顔でわたしを見た。

「ちょっと外をうろつくだけで数日寝込む其方の虚弱さでは負担具合も参考にならぬ」

「……普通の人が魔力を放出した時の負担具合なんて、わたくしも存じませんよ」

奉納式で魔力を吸い取られた人達は皆ぐったりとしているようだったし、ハルデンツェルで春を呼ぶ儀式を行った時に強制的に魔力を吸い取られた女性達は意識を失った者もいた。それから考えても全く負担がないわけではないと思う。

「でも、領主候補生の次期アウブならば魔力供給には慣れているでしょうから、大した負担ではないと思いますよ。大丈夫でしょう」

わたしがそう言った瞬間、「あ！」「危ないっ！」と周囲から口々に声が上がった。ディートリンデがぐらんと大きく揺れて、隣で舞っていた闇の神に向かって全身が傾いていく。

……全く大丈夫じゃなかったよ！

ふらついたディートリンデの姿に大きく息を呑みながら、わたしは舞台の上を注視した。全てがスローモーションに見えるような感覚の中、高く結い上げられた髪から赤い花の髪飾りが一つ抜け落ちる。

「何だ⁉」

殊更にディートリンデを視界に入れないようにしていたのかもしれない。舞に集中していたのかもしれない。もしくは、大きく腕を伸ばして回っていたから長い袖が死角になったのかもしれない。ダンケルフェルガーの領主候補生として鍛えられているレスティラウトにしては、自分に向かって傾いてくるディートリンデに気付くのが少し遅れた。

「なっ⁉」

大きく目を見開いている回転途中のレスティラウトにぶつかった瞬間、ふらふらしていたディートリンデは勢いよく弾き飛ばされた。そのまま風の女神役の領主候補生を巻き込みながら倒れる。ディートリンデの髪飾りが落ちて、高く結い上げていた髪型が崩れ始めた。

「避けろ！」

「危ないっ！」

観客席から声が上がる中、突然巻き込まれた風の女神役が「きゃあっ！」と悲鳴を上げ、大きく衣装の袖を広げながらディートリンデに押し倒されるようにして尻餅《しりもち》をつく。

バタリと伏せたディートリンデの手が舞台に触れた瞬間、舞台の魔法陣が光った。時間にして、ほんの数秒。

「今、舞台に魔法陣が見えたぞ」

光った瞬間だけ、皆にも魔法陣が見えたようだ。ほんの数秒だが、皆の目に焼き付くには十分な時間だったらしい。見知らぬ魔法陣が舞台に浮かび上がったことに周囲が騒然とし始める。

「何故、あのようなところに魔法陣が……？」

「あれは一体何だ？」

周囲の声にフェルディナンドがこめかみを押さえているのがわかった。目が合った瞬間、考え込むような顔をしつつ、フェルディナンドは人差し指を唇に当てる。

……何も喋るなってこと、だよね？

「静粛《せいしゅく》に！　まだ奉納舞は終わっていません！」

「神事を中断することはできぬ」

中央神殿の神殿長と神官長が、騒然となった観客席や何が起こっているのかわからないように舞台を見上げている卒業生に向かって声を上げる。けれど、ディートリンデは完全に意識を失っているようで、風の女神役を巻き込んで倒れ伏したままピクリとも動かない。そのままの舞台で奉納舞が続けられるはずもなかった。

「ディートリンデ様をあのままにはしておけぬ。行くぞ」

フェルディナンドが席を立って、アーレンスバッハの貴族達に声をかけながら、舞台に上がって行く。ハッとしたようにアーレンスバッハの者達が動き始めた。

「其方はディートリンデ様を舞台から降ろし、側仕えに奉納舞の衣装を脱がすように言え。其方等は髪飾りの回収を急げ」

側近の一人が舞台の上に伏せているディートリンデを抱き上げて運んでいき、他の者が散らばった髪飾りを回収していく。フェルディナンドは運ばれていくディートリンデを一瞥した後、尻餅をついてしまっている風の女神役の前に跪き、丁寧に謝罪した。

「突然ディートリンデ様が意識を失うという事態に巻き込んでしまい、大変申し訳ございません。あのように倒れては今も痛みを感じているところも多々あるでしょう。私から貴女に癒しを与えることをお許しいただけますか？」

「……許します」

フェルディナンドは巻き込まれてしまった風の女神役にルングシュメールの癒しを与えて、立ち上がれるように手を差し出した。風の女神役を立ち上がらせ、彼女にもう痛みがないことを確認すると、フェルディナンドは舞台を降りる。

舞台の下ではディートリンデから光の女神の衣装が側仕え達によって脱がされていた。その衣装を中央神殿の者に渡すように指示を出すと、フェルディナンドは意識のないディートリンデに付き添うようにゲオルギーネに言われ、講堂を出て行く。

「奉納舞を再度行う」

ディートリンデがまとっていた光の女神の衣装が中央神殿の者の手を介し、補欠枠の領主候補生に渡された。補欠枠だった領主候補生は急いで準備を整えると、舞台に上がる。中央神殿の神殿長による指示の下、奉納舞のやり直しだ。

「我は世界を創り給いし神々に祈りと感謝を捧げる者なり」

観客席のざわめきが収まらないまま、奉納舞はもう一度行われる。今度は誰かが光ることも、魔法陣が光ることもない。無難に終わり、お昼を示す四の鐘が講堂に鳴り響いた。


「入場から退場までディートリンデ様には驚かされたな」

高く結い上げた髪型に、チカチカと点滅する魔石、ふらふらになって周囲を巻き込みながら派手に倒れ、謎の魔法陣を光らせた。間違いなく、今年の卒業式で一番の話題になる目立ちぶりだと思う。エーレンフェストにおける昼食の話題もディートリンデと舞台に一瞬だけ浮かび上がった魔法陣の話で持ちきりだ。

「あのようなところに魔法陣があるなど初めて知りました」

「わたくし達、卒業生からは見えなかったのですけれど……」

レオノーレとリーゼレータがそう言って顔を見合わせる。舞台より下に控えていた卒業生達には光った魔法陣が見えなかったそうだ。そんな卒業生達に、階段状になっている観客席から見ていた学生達がどんな奉納舞だったのか、話し始める。

「なぁ、ローゼマイン、シャルロッテ。あれはハルデンツェルの魔法陣に似ていないか？　その、魔法陣は発動することなく消えてしまったが、白い舞台から突然浮かび上がったり、作動するのに何か条件があると思われたりするところも似ている気がするのだ」

ヴィルフリートの言葉に、わたしとシャルロッテはコクリと頷いた。魔法陣の文様や記号は違うが、白い舞台に隠されている魔法陣という括《くく》りで見るならば、確かによく似ている。

「ローゼマイン、其方はあの魔法陣に見覚えがあるか？　奉納舞も神事なのだから、何か知っているのではないか？」

こちらを探るように見るジルヴェスターの言葉にわたしはふるふると首を横に振った。

「わたくしは存じません。エーレンフェストで行う神事に奉納舞はございませんから、中央神殿だけの神事なのでしょう」

「なるほど……」

ジルヴェスターがまだ疑わしそうにこちらを見ている中、オルドナンツが飛んで来た。もうそろそろ終わり際とはいえ、こんな昼食時にオルドナンツが飛んでくるなんて珍しい。そう思ってみていると、オルドナンツはわたしの前に降り立って嘴《くちばし》を開いた。

「ローゼマイン様、エグランティーヌです。昼食のお時間に申し訳ございません。これから使いをお茶会室へ向かわせます。お手紙を受け取っていただけませんか？」

ゆったりとした声だけれど、昼食中にオルドナンツを飛ばしてくるのも、卒業式当日にお茶会室へ使いを出すのも通常ではあり得ない。よほどの何かが起こっているに違いない。

「養父様」

「返事をしてお茶会室で待機だ。行くぞ」

わたしはオルドナンツで「かしこまりました」と返事をすると、昼食を急いで終える。お茶会室へ向かうのは領主一族全員だ。お茶会室で食後のお茶を飲みながら、使者の訪れを待つ。

「側近達は下がれ。王族の緊急依頼だ。人払いしておいた方がよかろう」

ジルヴェスターの言葉に護衛騎士を数人残し、側近達が下がっていく。それを見ながら、ジルヴェスターは心配そうにフロレンツィアを見た。

「使者によってもたらされるのはあまり良い連絡ではなかろう。フロレンツィアも部屋で休んでいた方が良いのではないか？」

「今知らされても後で知らされても受ける衝撃は同じではありませんか。わたくしはエーレンフェストの第一夫人としてここにいます」

フロレンツィアの言葉にジルヴェスターは仕方がなさそうに頷く。

「一体何のお話でしょうね？」

「あの魔法陣に関する問い合わせに決まっている。緊急だが、オルドナンツで知らせることもできない用件など、それくらいしかない」

ジルヴェスターの言葉にわたしはそっと息を吐いた。それならば、フェルディナンドに聞いてもらわなければ、わたしには何も答えられない。


緊張した空気が満ちたお茶会室に小さくチリンとベルの音が鳴り響く。アナスタージウスの筆頭側仕えであるオスヴィンが使者としてやって来た。すでに側近が人払いされている状況に礼を述べ、範囲指定の盗聴防止の魔術具を使用する許可をジルヴェスターに求める。

「構いません。護衛騎士は範囲から出るように」

オスヴィンは範囲指定の魔術具を作動させると、一通の手紙を差し出した。

「ローゼマイン様、こちらはアナスタージウス王子からでございます。大変お手数とは存じますが、こちらにお返事をいただいてから戻るように命じられています」

カサリと開いて手紙を読む。アナスタージウスの筆頭側仕えが使者として立つくらいなので、大変なことになっていることはわかっていた。それでも、予想外の内容に頭がくらりとした。

なんでも中央神殿の神殿長と神官長が昼食の時に、奉納舞で浮かび上がった魔法陣は次期ツェントの選別をするための魔法陣で、今、最も次期ツェントに近い人物がディートリンデであると言ったらしい。

……わぁお、ディートリンデ様が次期アウブじゃなくて、次期ツェント？

奉納舞の舞台にそのような魔法陣があることを王族の誰も知らなかったこと、ジギスヴァルト、アナスタージウス、エグランティーヌ達の奉納舞では魔法陣が光らなかったことから、中央神殿はグルトリスハイトを持たぬ今の王族ではなく、正式なツェントが選出される日が近いかもしれないと主張しているそうだ。

妙な噂が出回る前に、あの魔法陣が次のツェントを選出するものなのかどうか、本当にディートリンデが最も次期ツェントに近い者なのかどうか、情報を少しでも集めたい。本当にディートリンデがグルトリスハイトを持つツェントとなるならば、トラオクヴァールは王座を譲るつもりであることが書かれている。

……ディートリンデ様がツェント⁉　何その未来⁉　怖いよ！

神事や魔法陣に詳しいわたしならば、中央神殿の言い分が正しいかどうかわかるのではないか。午後からの卒業式へ神殿関係者が出席している時間にアナスタージウスの離宮で話を聞きたいというお願いだった。お願いの形を取っているけれど、日時が指定されている王族のお願いなど、実質、召喚命令だ。

「本当に心苦しいのですが、王族には神事についてお伺いできる相手が中央神殿以外にローゼマイン様しかいらっしゃらないのです」

そう言うオスヴィンの顔は普段通りの穏やかな笑顔に見えるけれど、声に微妙な焦りが浮かんでいる。確かに、成人式に驚くような頭の盛り方をして登場したアーレンスバッハの次期アウブが最も次期ツェントに近いと言われれば焦るのもわかる。

……でも、こんなの、わたしの手に余るよ！　フェルディナンド様！

「奉納舞は中央神殿の神事だ。故に其方は何も知らぬ。そうであろう、ローゼマイン？」

先程そう言ったな、とわたしを見つめるジルヴェスターに何度も頷く。わたしは何も知らないことになっているのだ。ジルヴェスターはオスヴィンに視線を向けた。

「王族からの呼び出しがある以上、ローゼマインを向かわせるつもりです。だが、今はアーレンスバッハにいるフェルディナンドに質問していただいた方がまだ情報を得られるかもしれません。今ならば奉納舞で倒れたディートリンデ様の容態を問うという理由がございます」

事態が事態であるだけに、ここで王族の召喚を断るようなことはできない。ジルヴェスターはわたしだけではなく、フェルディナンドを呼び出すように言った。オスヴィンは即座に頷く。

「神事についてはフェルディナンド様の方がよくご存じの可能性があるそうです。ディートリンデ様の容態を問うために呼び出してはいかが、とエーレンフェストより提案を受けました」

オルドナンツをエグランティーヌに向けて飛ばす。オスヴィンの横顔には何とも言えない焦りが浮かんでいる。

「貴重な提案、恐れ入ります、アウブ・エーレンフェスト」

オスヴィンは範囲指定の魔術具を回収すると、足早に戻って行った。

お茶会室に残されたのはエーレンフェストの領主一族だけだ。どの顔も非常に困った顔になっている。

「まさかあの魔法陣が次期ツェントを選ぶ魔法陣だったとは……」

「ヴィルフリート、滅多なことを口に出すな。まだハッキリと決まったわけではない。どう考えてもあり得ぬと思うが、フェルディナンドの答えを聞いてくるのだ、ローゼマイン」

「はい」

アーレンスバッハはエーレンフェストの隣だし、フェルディナンドが婚約者として向かった領地だ。今後ディートリンデがどのような扱いになるのかはエーレンフェストにも大きく影響する。情報が少しでも必要だ。

「王族が卒業式の間に事情を知りたいとお考えならば、他はなるべく普通にしていた方が良かろう。ローゼマインは例年通り、体調が優れないことにしておく。伴《とも》はリヒャルダ……それから、急いでカルステッドを呼び出そう」

ジルヴェスター達は何食わぬ顔で卒業式に出て、わたしは卒業式が始まった後でエーレンフェストからやって来るカルステッドと一緒にアナスタージウスの離宮に向かうことになった。

「とりあえずフェルディナンドを呼び出すことで、其方にとって最適の保護者を付けることはできた。基本的にはフェルディナンドに丸投げで、其方は話を聞くことに徹するように」

ジルヴェスターにそう言われ、わたしはコクリと頷いた。

エグランティーヌとの話し合い

「突然お呼び立てしてごめんなさいね」

挨拶を終えると、わたしは長椅子に座るように勧められる。すぐにオスヴィンが範囲指定の盗聴防止の魔術具を準備し始めたため、護衛騎士のカルステッドが心配そうにわたしを見ながらリヒャルダと一緒に距離を取った。

エグランティーヌは側近達を排した状態で、わたしの正面にある長椅子に座り、真っ直ぐにわたしを見つめる。今はアナスタージウスも卒業式に出席していて、話をする相手はエグランティーヌ一人だそうだ。

「ローゼマイン様、時間がございません。率直にお伺いしてもよろしいでしょうか？」

回りくどく妙な隠語《いんご》を使われて曲解したり、すれ違ったりする方が困る。わたしは貴族言葉の解釈が得意とは言えない。率直に言ってくれる方が助かるので「もちろんです」と頷いた。

昼食の折、中央神殿の神殿長と神官長があの魔法陣はツェントを選出するためのものだと言い出したことで、その場は騒然となったらしい。これまでずっと苦労してきたトラオクヴァールがグルトリスハイトを得るべきだという古参の側近達や、今日のあの状態を見てディートリンデがツェントになることに不安を抱く者が出たそうだ。それに加えて、全てはフェルディナンドの陰謀《いんぼう》で、エーレンフェストのローゼマインを操ることができなくなったため、今度はディートリンデを操ろうとしていると主張する者もいたらしい。

「たくさんの意見が出たのですけれど、トラオクヴァール様はユルゲンシュミットを治めるにはグルトリスハイトが必須であること、本当にディートリンデ様がグルトリスハイトを得た場合は取り上げるつもりなどなく、玉座を明け渡すつもりであることを述べたのです」

「何故ディートリンデ様には玉座を明け渡し、疑いがもたれたフェルディナンド様はアーレンスバッハへ向かわされることになったのでしょう？」

グルトリスハイトを持つ者に玉座を譲るつもりならば、妙な疑いをフェルディナンドにかけてアーレンスバッハへ追いやった理由がわからない。フェルディナンドがグルトリスハイトを得るのを待って、玉座を譲る選択肢もあったはずだ。

「それは領地の違いとしか、わたくしからは説明できませんね。エーレンフェストは貢献を認められ、次の領主会議以後は政変に与《くみ》した領地と同等に扱われることになります。ですが、当時は中立の中領地でした。政変に与していた大領地アーレンスバッハの領主候補生がグルトリスハイトを得た場合とは対応が変わります」

フェルディナンドがグルトリスハイトを得てツェントとなったところで、味方をする領地がどれほどあるのかわからない。ツェントを支えるという意味でエーレンフェストは順位、中央にいる貴族の数、領地の対応や態度を考えると不適格《ふてきかく》だったらしい。また、フェルディナンドが得たグルトリスハイトを奪おうとする者が現れる可能性は高く、ユルゲンシュミットはまたもや乱れるだろう、とエグランティーヌが言った。

「政変も元はと言えば、当時の第二王子がグルトリスハイトを受け継いだことに不満を持っていらした第一王子がグルトリスハイトを奪おうと襲い掛かったところから始まったそうですから」

けれど、第二王子を殺害したところで第一王子の手にグルトリスハイトは手に入らなかったらしい。同母の兄弟である第三王子が得たのではないか、と疑って争いを仕掛けてきたそうだ。

「王族はグルトリスハイトを巡り、家族や親しい方々をたくさん失いました。だからこそ、なるべく争いを回避したいのです。ディートリンデ様がグルトリスハイトを手に入れた場合、その、不安要素は多いです。けれど、様々な知識をお持ちのフェルディナンド様が夫として支えれば、ツェントとしての執務ができるのではないか、とトラオクヴァール様はお考えのようです」

……それは止めてあげて。フェルディナンド様の目が虚ろなままで戻らなくなっちゃう。

「ただ、中央神殿の言い分が本当かどうかもわかりません。あの魔法陣に関する情報を早急に集める必要があるのです。……ローゼマイン様、中央神殿の言い分は正しいのでしょうか？」

エグランティーヌの橙色《だいだい》の瞳がわたしをじっと見つめる。嘘や誤魔化しを見抜こうとする目を見つめながら、わたしは貴族らしい作り笑いで少し微笑んだ。

「申し訳ございません、エグランティーヌ様。成人式における奉納舞は貴族院だけで行われる神事で、エーレンフェストでは行われないのです」

「……ローゼマイン様もご存じないのですか」

残念そうに息を吐かれ、隠し事をしていることに少しだけ胸が痛んだ。しかし、嘘は吐いていない。「王となるを望む者」という聖典の文言から考えれば、そういう関係の魔法陣だろうと予想できる。だが、正確なことは知らないし、調べてもいないので適当なことは言えない。

「ただ、貴族院の地下書庫には様々な儀式の資料がございました。それを読んだことがあるフェルディナンド様ならば、何かご存じかもしれません」

そう言ったところで、「アーレンスバッハよりフェルディナンド様がお着きです」とオスヴィンの声がした。話を一旦止めて、盗聴防止の魔術具の範囲から出たエグランティーヌがフェルディナンドと挨拶を交わす。側近を排したフェルディナンドだけが魔術具の範囲の中に入って来た。

同行してきたユストクスとエックハルトが、わたしの護衛をしてくれているカルステッドの側に立つ。カルステッドとエックハルト、リヒャルダとユストクスで親子が二組だ。

……きっとこっそり情報交換するんだろうな。ジルヴェスターがカルステッドに小さく折りたたんだ紙を持たせていたし、リヒャルダも何か準備していたからね。

そんなことを思いながら周囲の動きを見ていると、フェルディナンドは「何故君がここにいる？」と言いたそうな顔でわたしを見下ろした。

「フェルディナンド様、ローゼマイン様のお隣に座っていただけますか？」

「失礼いたします」

「ディートリンデ様のお加減はいかがですか？　元々体調がよろしくなかったのでしょうか？」

「いいえ。奉納舞によって魔力の枯渇《こかつ》を起こし、意識を失ったようです。回復薬を飲ませたので、次第に回復するでしょう。成人の儀式における奉納舞という大事な場をアーレンスバッハの領主候補生が乱したこと、心よりお詫び申し上げます」

奇抜な髪型、ピカピカの奉納舞、転倒して意識不明、見知らぬ魔法陣の起動……。周囲を唖然とさせる事態があまりにも多く起こったことをフェルディナンドが詫びる。

「できる限り止めようと試みたのですが、聞き入れられませんでした。私の力不足でございます」

フェルディナンドは詫びつつ、今日の朝に持って行ったばかりの録音の魔術具を取り出して再生し始めた。髪飾りを五つ飾ってあることを指摘し、王族を立てるように諭すフェルディナンドの声にディートリンデが「髪飾りを減らせばよろしいのでしょう」と不機嫌そうに返している。

「まさか髪飾りを減らして、他の飾りを追加するとは思いませんでした」

「フェルディナンド様は朝から大変でしたね」

わたしが思わずそう言うと、エグランティーヌも苦笑した。

「ディートリンデ様の様々な行いよりも大変なことが起こってしまったので、そちらに関して咎《とが》めはそれほどないと思われます。ご安心なさって」

その言葉にフェルディナンドは少しだけ肩の力を抜き、代わりに眉間に力を入れた。

「あのような失態を見せたディートリンデ様に王族から急ぎの使者が来るなど、大変な咎めがあると思っていたのですが……。容態を問うのは口実で、ローゼマインに関する用件ですか？」

「ディートリンデ様に関する用件で間違いありません。昼食時の中央神殿の言い分から混乱状態になっていて、少しでも情報が必要になったのです。アウブ・エーレンフェストやローゼマイン様からフェルディナンド様が神殿の神事に精通していらっしゃると伺ったものですから」

エグランティーヌが申し訳なさそうに微笑むと、何故かわたしがフェルディナンドから睨まれた。余計なことを言って巻き込んだな、と顔に書いてある。

「わたくしはフェルディナンド様の方がよくご存じですよ、と言っただけです。本当のことではありませんか」

「……一体何があったのか、お伺いしましょう」

フェルディナンドの諦めの溜息に、わたしとエグランティーヌは中央神殿の発言を含んだこれまでの話を伝えた。

「フェルディナンド様は奉納舞の舞台に浮かび上がった魔法陣をご存じですか？」

エグランティーヌの質問にフェルディナンドはゆっくりと頷き、「……知っています」と一言だけ答えて口を閉ざす。それ以上は何も言おうとしない。エグランティーヌが更に重ねて尋ねた。

「中央神殿はあの魔法陣をツェントを選出するためのものだと言っているのですけれど……」

「聖典さえ満足に読めていなかったにもかかわらず、中央神殿の者にそのような知識があったことに正直なところ驚きを隠せません」

去年の聖典検証会議で中央神殿の者達は聖典を半分も読めていなかった。彼等に聖典の最初に浮かび上がる魔法陣が見えるとは思えない。それでも、たった数秒浮かんだだけの魔法陣がどのような用途で使われるものか判別できたのだ。意外とよく知っているとわたしも思う。

「エーレンフェストの神殿にも灰色神官達が儀式の準備をするための手順書のような木札の資料や昔の聖典の写しなどがあるのですもの。中央神殿にも神殿図書室があって、魔力がなくても読める資料があるのかもしれませんね」

わたしが入ったことのない中央神殿の図書室に思いを馳《は》せていると、フェルディナンドに「君の意見に異論はないが、黙りなさい」と睨まれた。急いで口を閉ざすと、エグランティーヌは苦笑気味に微笑んだ後、少し眉を震わせた。

「では、中央神殿の者の言葉は正しく、あの魔法陣は次期ツェントを選出するためのもので間違いないのですね？」

「完全に間違いないとは言えません。ですが、何故このようなことを我々に問うのでしょう？」

フェルディナンドの言葉に、エグランティーヌは「お恥ずかしいことに、王族には神事について詳しい者がいないのです」と片手を頬に当てながらそう言った。中央神殿と距離がある状態で、中央神殿が言い出したことを否定するだけの材料が王族にないと言う。

「ローゼマイン様は貴族院で奉納式を行ったことにより、本物の神事を行う神殿長として王族から信頼を得ています。ですから、今回も助言をいただければ、と……」

「そうではなく、私はローゼマインを通して伝えたはずです。貴族院の図書館の地下書庫に王族や領主候補生が知っておくべき資料がある、と。何故その情報がありながら、王族は知識を得ていないのでしょう？……まさかこれだけ王族と接触しているのに伝えなかったのか？」

ジロリと睨まれて、わたしはぶるぶると首を横に振った。

「伝えましたよ。王子三人と一緒に地下の書庫へ行きましたし、現代訳のお手伝いもしました」

「……私は君には決して書庫に入らないように伝えたはずだが？」

身の潔白を主張するはずが、自ら叱られ案件を暴露してしまった。わたしは慌てて「お、王族命令でしたからっ！　断れませんでしたから！」と言葉を重ねる。あれは不可抗力だったはずだ。

「古い言葉に堪能なローゼマイン様にお手伝いいただいたのです。叱らないであげてください」

「ローゼマインは本以外に目に入りません。あの書庫に入れるのは王族と一部の領主候補生のみ。中に入ってしまえば、どなたに不敬を働くのか予測できません。入らないのが一番良いのです」

ジギスヴァルトに生返事をして、アナスタージウスに摘み出されたわたしは、フェルディナンドの言葉に反論できずに押し黙った。

「でも、ジギスヴァルト王子もアナスタージウス王子も古い言葉がほとんど読めないのですよ。仕方がないでしょう？　わたくしとハンネローレ様は春の領主会議の期間にも資料を読むためのお手伝いをすることになっています」

王子達が古い言葉をほとんど読めないことを説明すると、フェルディナンドは顔を顰めた。

「君が読んでいくのか……。ならば、先は長そうだな」

「長そう、というのはどういうことでしょう？」

「君はいつも本棚の左上から順番に読んでいくであろう？　神殿図書室、カルステッドの家の図書室、城の図書室、私の本棚、全てそうだった。あの魔法陣に関する資料は確か下の方にあったと思うので、君が行き着くにはかなりの時間がかかりそうだと言っている」

……確かに全部の資料に目を通すために端から読んでいくけど、そんな癖まで把握されていたなんて！

「とりあえず、あの書庫の中には次期ツェントにとって必要な知識が詰まっています。神殿から儀式の知識を得ることができないのであれば、書庫の資料を読むところから始めると良いですよ。本当に必要だと思えば、古い言葉を覚えるくらいはできるでしょう」

「……王族にそのような時間はございません」

魔力の供給に追われて、フェルディナンドと同じような顔色をしていた王の姿を思い出す。確かに勉強の時間を取るのは大変だろう。

「ローゼマインは孤児院の子供達を生かすために奔走する傍らで、神殿で木札に書かれた儀式に必要な祈り言葉を覚え、毎日のように聖典を読み耽《ふけ》ることで古い言葉を季節一つか二つ分で覚えました。王族が忙しいとはいえ、寝込んだ時には寝台へ本を持ち込むローゼマインのように古い言葉に接すれば覚えられるでしょう」

フェルディナンドの言葉に、エグランティーヌが不思議なものを見る目でわたしを見た。確かに青色巫女見習いとして祈りの言葉を覚えなければならなかった時は毎日木札とにらめっこをしていたような気がする。神様の名前が長い、と文句を言っていたのがはるか昔のことのようだ。

「今回は本当に時間も情報もないようなので教えますが、自分に必要な資料を自分で読めなければ、どのように情報が曲げられているのかも理解できません。古い言葉を読めるようになるのはツェントに必須の技能だと思われます。英知の女神メスティオノーラから授かったグルトリスハイトは、おそらく神殿長が持つ聖典よりも古いですよ」

フェルディナンドの指摘にエグランティーヌがハッとしたように顔を上げた。言われてみればその通りだ。王になるための方法が書かれた聖典よりも、英知の女神に授けられたグルトリスハイトの方が古いに決まっている。

「あの魔法陣はツェント候補を選出するものです。ですが、奉納舞で魔法陣を浮かび上がらせることができたディートリンデ様が一番次期ツェントに近いという言葉は間違っています」

フェルディナンドが魔法陣について話し始めた。わたしもあの魔法陣は聖典に浮かび上がるものとしか知らないので、説明に耳を傾ける。

「貴族院で学んだ優秀な王族及び領主候補生が成人の時に、ツェントとなるに足るだけの魔力があるか否かを問うのが、あの奉納舞の神事なのです」

神々に祈りを捧げ、奉納舞を舞いながら魔力を奉納することで魔法陣が浮かび上がるらしい。全属性を持ち、ツェントに相応しい魔力量がある者は光の柱を立てることができるそうだ。

「光の柱を立てることができた者だけが次の段階に進むことができます。作動させることさえできなかったディートリンデ様に候補の資格はございません」

「わたくしも、アナスタージウス様も、魔法陣を作動させることはできませんでしたが……」

エグランティーヌはそう言いながら不安そうにフェルディナンドを見た。王族の誰にもできなかったことをディートリンデがしたのならば、「今の王族よりもディートリンデ様の方が次期ツェントに近い」という中央神殿の言い分は正しいことになる。

「奉納舞で神に祈りを捧げ、魔力を奉納することが何よりも重要なのでしょう。ディートリンデ様は魔石を光らせるために魔力を放出しようと舞っていました。今までそのようなことをする者がいなかったので、魔法陣が浮かび上がらなかっただけです」

彼女が魔法陣を光らせることができたのはたまたまだ、とフェルディナンドは言った。

「王族で検証してみればよいでしょう。幸いにもエーレンフェストとダンケルフェルガーの共同研究により、属性を増やす方法も発表されたのです。神事や奉納を行い、御加護を得る儀式のやり直しをしながら、自分達で魔法陣を作動させてみてはいかがですか？」

フェルディナンドの言葉にエグランティーヌは「舞いながら魔力を奉納するのですか」と呟きながらわたしを見つめる。

「儀式についてよくご存じのお二人にご協力いただくことは可能でしょうか？　ローゼマイン様は貴族院のお稽古でも祝福を行おうとしていらっしゃいましたよね？」

エグランティーヌのお願いをフェルディナンドは即座に断った。

「これ以上、我々に疑いの目は必要ございません。祈ることに慣れていて、魔力が豊富なローゼマ

インならば、ディートリンデ様より簡単に魔法陣を浮かび上がらせることができるでしょう。けれど、それだけで次期ツェントが決まるわけではございません。ただのツェント候補でしかないのです。大事なのはそれから先……」

エグランティーヌは「それから先？」と小さく呟く。けれど、その言葉には答えず、フェルディナンドはわたしが魔法陣を光らせた場合について話を続ける。

「たとえローゼマインが次期ツェントとして担《かつ》ぎ上げられたとしても、ツェントを支える領地としてエーレンフェストが不適格であることは、王族が一番よくご存じでしょう。また、奉納舞の検証を大々的に行ってツェント候補が各地の領主候補生から次々と出れば、騒乱の種にしかなりません。奉納舞に関する検証は王族で行ってください」

きっぱりと断ったフェルディナンドを見つめて、エグランティーヌが言葉を探すように視線を少し巡らせる。そして、少し躊躇うように口を開いた。

「フェルディナンド様はローゼマイン様やディートリンデ様を通じてグルトリスハイトを探していて、ツェントの座を狙っていると主張する者がいることをどのようにお考えですか？」

「怪しいからとアーレンスバッハへ移動させればディートリンデ様が見知らぬ魔法陣を浮かび上がらせたのです。騎士団長からはそういう声も出るでしょう」

平然とした顔でフェルディナンドがそう答えた。その取り繕った横顔にイラッとする。色々なことを我慢してアーレンスバッハへ向かったのに、今また忠誠を疑われて腹が立たないはずがない。

「わたくしはツェントの周囲にはずいぶんと馬鹿馬鹿しいことをおっしゃる方がいらっしゃるもの

だと思いました。アウブ・アーレンスバッハの申し出を一度はお断りしたにもかかわらず、フェルディナンド様がアーレンスバッハへ向かったのは王命だからではございませんか」

わたしが率直な感想を述べると、率直すぎたのかエグランティーヌが目を丸くした。「ずいぶんと都合よく忘れているのですね」という一言を我慢して良かったと思う。

「ローゼマイン、君には黙っているように言ったはずだ」

フェルディナンドが目を険しくして睨んだ。けれど、わたしは黙っているつもりはない。

「黙っていては王族にこちらの事情や思いは通じません。涼しい顔で我慢しながら勝手に恨みや憎しみを溜めるよりは、全部お話しした方が良いです。話し合いをする上で全てを詳《つまび》らかにせよ、とわたくしに教えたのはフェルディナンド様ではございませんか！」

わたしがキッと睨み返すと、フェルディナンドが「それはそうだが、王族相手に不敬だ」とまだ止めようとする。

「父親との最後の約束を破ることになるかもしれないと思いながら、フェルディナンド様が王命を受け入れたのはこのような疑いを晴らすためでしょう？　それにもかかわらず、王族やその周囲に忠誠を疑われるのでしたら、フェルディナンド様は一体何のために王命を受け入れたのですか？」

答えに詰まったようにフェルディナンドが一度口を閉ざし、「ローゼマイン、止めなさい。私のことは良いから……」と止めようとする。

「良くないから言っているのです。こちらの事情も伝えずに考慮してくれるわけがございません。人を介さずにお互いに望むことを伝え合うのは大事なのです。ねぇ、エグランティーヌ様？」

わたしの言葉にエグランティーヌはコクリと頷いて「えぇ、とても大事です」と微笑む。

「フェルディナンド様の事情があるのでしたら教えてくださいませ。微力ながら助力できるかもしれません」

「王族や騎士団長が何を証拠としてどのようにお疑いなのか存じませんけれど、フェルディナンド様が興味をお持ちなのは研究で、欲しいと望んでいるのは研究時間と自分の工房です。疑うだけ無駄なのです。できれば自分の工房に籠もって研究三昧の生活を送りたいとおっしゃっていたくらいですから」

神殿の工房に籠もっている時が一番幸せな人ですよ、とわたしが主張すると、エグランティーヌはクスクスと笑った。

「フェルディナンド様、ローゼマイン様のおっしゃることは本当ですか？」

エグランティーヌにじっと見つめられ、フェルディナンドは「余計なことを言い過ぎだ」とわたしの頬をぐにっと摘んだ後、諦めの溜息を吐いた。

「信じる、信じないは王族の自由ですが、私はツェントを目指すつもりなど全くございません」

エグランティーヌが信用してくれても、他の皆が信用してくれるかどうかはわからない。けれど、ほんの少しでもわかってくれる人が王族にいるかどうかで、状況は大きく変わるはずだ。

「様々な儀式に詳しいフェルディナンド様は、グルトリスハイトを手に入れることに挑戦しようと思わなかったのですか？」

真剣な眼差しのエグランティーヌの質問に、フェルディナンドはひどく苦い笑みを浮かべた。

「私は決してグルトリスハイトを手にするつもりはありません。ユルゲンシュミットのために全てを費《つい》やすツェントとして生きるつもりがないのです」

「わかります。わかります。ツェントになんてなったら執務が忙しすぎて研究時間が減りますものね？　わたくしにとっては読書時間が減るようなものですもの」

わたしがフェルディナンドの意見に全面的に賛成すると、「君と一緒にはしないでくれ」と何故かものすごく嫌な顔をされた。

「え？　研究時間が減る以外に、他の理由があるのですか？」

「あるが、どうでもよくなった」

……どうでもよくなったってことは、つまり、大した理由じゃないってことだよね？

わたしとフェルディナンドを見比べていたエグランティーヌが「ローゼマイン様にもう一つお伺いしたいことがあります」と言った。

「奉納式を来年も行うという共同研究をお断りされた、とアウブ・クラッセンブルクから少し相談を受けたのですけれど……」

「えぇ。エーレンフェストの負担が大きすぎるのです」

今年は急いで領地の奉納式を終えて道具を持ちこんだこと、その管理者である神官長の出入りは当日しか認められず非常に負担が大きいこと、魔力回復薬の準備も大変だったこと、来年はわたしが奉納式のために戻る可能性が高いことを述べる。

「クラッセンブルクはこの共同研究で何をしてくださるのでしょう？」

「それを話し合いたいとアウブはお考えになっていたようですよ。交渉はそこから始めるものでしょう？　交渉する前に断ち切られる形になって困惑していらっしゃいました」

「でも、貴族院で奉納式を行うので神具を貸し出すように、と他領の神殿へ命じることはできません。次の年の収穫量に影響がございます。それに、奉納式の時に説明したように魔力回復薬はわたくしのレシピではございません」

わたしの言葉にエグランティーヌはフェルディナンドに視線を向ける。誰のレシピかすでに見当は付いているらしい。けれど、彼はその視線を黙殺した。来年になれば、フェルディナンドは星結びの儀式を終えてアーレンスバッハの者になっている。クラッセンブルクとエーレンフェストの共同研究には全く関係がないので協力する意味がないからだろう。

それに、クラッセンブルクとの共同研究でレシピを公開するよりも、何かあった時のための切り札として置いておいた方が良い。ディートリンデの尻拭いや連座回避のための切り札はいくつあっても足りないはずだ。

「もちろん、王族に魔力を少しでも提供したいというクラッセンブルクの気持ちには賛成します。けれど、それは貴族院で学生が行う研究ですか？　奉納式を一度限りではなく恒例にするおつもりでしたら、せめて、中央神殿から神具と神官の貸し出しができて、クラッセンブルクのレシピで構わないので魔力回復薬を参加者の分だけ準備してくださって、エーレンフェストからは神殿長として儀式に参加するだけで良いという状態にできなければ継続は難しいと思います」

王族への魔力提供以外に意味のない共同研究の準備や後片付けに大事な読書時間を取られたくな

いという思いを上手くオブラートに包めたと思う。我ながらよくできたと思った瞬間、フェルディナンドは出来の悪い子を見る目でわたしを見ながらこめかみをトントンと軽く叩いた。

……ん？　何か失敗したっぽい？

「ローゼマイン様のおっしゃることはよくわかりました。一度のことならばまだしも、長く続けることが難しい事柄はたくさんございますもの。今日のお話は王族の皆やアウブ・クラッセンブルクにお伝えいたしますね」

エグランティーヌとの話し合いは卒業式が終わる時間より早めに切り上げられた。アナスタージウスにはわたしを呼び出して話をするように言われたけれど、フェルディナンドを呼ぶことはエグランティーヌの独断だったからだ。緊急で必要なことなのでアナスタージウスも理解は示すけれど、ヤキモチでちょっと面倒になるらしいことが遠回しにそれとなく伝わって来た。

……相変わらずアナスタージウス王子はエーヴィリーベみたいだね。

本の貸し借りと心の拠り所

挨拶を終えると、わたし達は早々に離宮を出た。盗聴防止の魔術具がないし、それぞれの側近がいる以上、並んで歩いていてもフェルディナンドと込み入った話などできない。話題は奉納舞の魔法陣ではなく、共同研究に限られる。

「君は本当に馬鹿ではないか？　何故アウブと相談すると言って話を切り上げなかった？」

「共同研究に関しては学生の領分ですから相談は特に必要ないそうですよ」

わたしがジルヴェスターに言われたことを述べると、「普通はそうだが」とフェルディナンドが眉間に皺を刻んだ。

「君の場合は学生同士の共同研究ではなく、互いのアウブに加えて王族まで巻き込む規模の研究になっているではないか。それに、あの程度の条件では恒例《こうれい》行事となるぞ。君の卒業後はどうするつもりだ？」

「メルヒオールが神殿長に就任するので、これから教育をすれば大丈夫だと思います」

エーレンフェストにはこれから生まれる予定の赤ちゃんもいるし、とわたしは心の中で呟く。その赤ちゃんが貴族院に入学する頃にはヴィルフリートの子供が生まれるのではないだろうか。ハルトムートのようにメルヒオールの側近にも神官長をしてもらう予定なので、たとえ恒例行事になっても続けることは可能だと思う。

……って、ヴィルフリート兄様の子供はわたしが産むことになるんだっけ？　うーん、どういう感じになるんだろう？

恋愛と結婚と妊娠と出産は麗乃時代にも経験していない未知の領域だ。どんなことになるのか、あまり想像できない。

アナスタージウスの離宮に繋がる扉からエーレンフェストの扉まではそれほどの距離はない。少し会話をすればすぐに着いてしまうような距離だ。

「では、フェルディナンド様はお体に十分気を付けて執務をしてくださいませ」

「何度も言うことではない。君こそ自分の体調に気を配るように。少し丈夫になったからと油断してはならぬ」

「はい。……フェルディナンド様と次に会えるのは春の星結びでしょうか？」

「さて、どうなるか……」

会えるという言葉をくれず、フェルディナンドは少し考えるようにして呟いた。

「中央神殿が厄介なことを言い出す可能性もある。面倒事に巻き込まれるようなことをしてくれるな、と心から願っているが、君にはいくら言っても無駄であろう」

「うっ……。これでもできるだけ回避しようと頑張っているのですけれど」

わたしは別に面倒事に首を突っ込みたくて突っ込んでいるわけではない。気が付いたら渦中にいるだけだ。けれど、フェルディナンドには理解してもらえない。「全力で首を突っ込んでいるようにしか見えぬ」と冷たい目で見下ろされてしまった。

「主観と客観で認識に差があることは多いですものね」

「そうだな。君は客観的に自分を見られるようになりなさい」

そんな話をしているうちにリヒャルダが寮の扉を開けた。わたしは寮へ入るために足を踏み出し、フェルディナンドはそのまま扉の前を通り過ぎて六位のアーレンスバッハの扉へ向かっている。同じ色のマントを羽織っていても向かう扉が違う。何だか変な気分だった。

「ハァ、何とか終わったな。王族の離宮への護衛は緊張でどうしても肩が凝る。フェルディナンド様がいてくださってよかった」

寮に戻るなり、カルステッドが首や肩を回し始めた。盗聴防止の魔術具に区切られた中でわたしが何を言うのか、何をしているのかわからないままにじっと立っているのは、結構疲れることだったようだ。

「わざわざ護衛をしてくださってありがとう存じます、お父様。エーレンフェストの様子はいかがでしょう?」

「……それはエーレンフェストに戻ってから話をした方が良いだろう。貴族院には持ち込まない、と決められているからな」

カルステッドは少し悩むような仕草を見せてそう言った後、躊躇いがちにわたしの頭を撫でた。

「どうかなさいまして?」

「いや、三年連続の最優秀だったのであろう? よくやった。護衛任務に就いている時はどうしても声をかけられないからな」

エーレンフェストに戻ると褒める機会がなくなるので今の内に褒めてくれるらしい。

「こんなふうにお父様に褒められたのは初めてのような気がします」

「そうだったか?……だが、今年も父上がずいぶんと興奮していたぞ。放り投げられたり、抱き潰されたりしないように気を付けねばならぬ」

ボニファティウスの気持ちは嬉しいけれど、暴走されると本当に命の危機に陥るので警戒は必要だ。今年も手を繋いで歩くくらいはできれば良いと思っているが、上手くいくだろうか。

わたしは皆が卒業式から戻って来るまでの時間、カルステッドが護衛できるように多目的ホールの暖炉に近い椅子に座ってフェルネスティーネ物語の二巻を読んで過ごした。ゆったりと読書ができたことで、最近は読書をする余裕がなかったことに気付いた。そのくらい忙しかったようだ。

「ローゼマイン、戻っているか？」

ヴィルフリートが戻ってくるなり、慌てた様子で多目的ホールへ飛び込んできた。他の学生達も一緒だが、卒業生達はいない。これから卒業を祝う食事会があるためだ。

「どうかなさいまして、ヴィルフリート兄様？」

「ハンネローレ様がダンケルフェルガーの本やレスティラウト様の絵を持って、お茶会室へ来たいというお願いがあった。其方が帰還する前に渡したいそうだ。新しい本も貸してほしいとおっしゃっていたが、いつならば大丈夫なのだ？」

フェルネスティーネ物語の二巻も確認したし、貸してしまっても問題はないだろう。何よりもダンケルフェルガーから借りられる神話の零れ話がわたしには楽しみでならない。

「早いうちが良いと思うのですけれど、さすがに明日というわけにはいかないですよね？　明後日に致しましょうか。わたくしから了承のオルドナンツを送っておきますね」

「うむ、其方に任せる」

わたしはブリュンヒルデにダンケルフェルガーとの調整を頼み、ミュリエラにフェルネスティーネ物語の二巻を読む許可を出す。領地対抗戦と卒業式を終えて、皆がホッと緩んだ気持ちになっているようだ。準備に奔走していた忙しない雰囲気はなくなり、「今年も終わりましたね」という空気になっている。

「領主候補生は側仕えを一人連れて、会議室に集まってほしいとアウブからのお言葉です」

ジルヴェスターの側仕えにそんな声をかけられて、わたしはリヒャルダと一緒に会議室へ向かった。会議室の護衛は騎士団の者が行うようで、護衛騎士は入室を禁じられる。多分エグランティーヌと話し合ったことを質問されるのだろう。

フロレンツィアは具合が悪くなって自室で休憩しているようで姿が見えない。ヴィルフリート、シャルロッテ、わたしが揃ったところでジルヴェスターは口を開いた。

「まず、卒業式に出られなかったローゼマインに、卒業式の様子を報告しておこう。中央神殿の神殿長が、奉納舞で浮かんだ魔法陣は次期ツェントを選ぶためのものだと発言したことで大変な騒ぎになった」

資料室で魔法陣の資料を見たことがあっても、実際に魔法陣がある場所やどのような儀式で浮かび上がるものなのかなどの情報はなかったようで、本当に存在したことに中央神殿の者達はとても感動しているらしい。

けれど、奉納舞で様々な醜態《しゅうたい》を見せたディートリンデが最も次期ツェントに近いと言われた貴族達はこぞって懐疑的《かいぎてき》な目になっているそうだ。元々神殿の言葉はあまり信用されたり、重用されたりしていないので仕方がないかもしれない。

「これでメスティオノーラによって正当なるツェントにグルトリスハイトが与えられる時が来るだ

ろう、だそうだ。ローゼマイン、あの魔法陣についてフェルディナンドは何と言っていた？」

ジルヴェスターも呆れたような口調で「あの娘が次期ツェントはあり得ないだろう」と言いながら、フェルディナンドの言葉を尋ねてくる。

「フェルディナンド様は次期ツェントの候補を選ぶ魔法陣だとおっしゃいました。けれど、それを作動させることもできなかったディートリンデ様はツェント候補にもなれない、と」

「そうか。少しは安心したが、アレは本当にツェントを選出するものなのか……」

それからの流れでわたしはエグランティーヌと話をした内容を説明する。フェルディナンドの忠誠が再び疑われたこと、その誤解を解くことで何故かフェルディナンドに叱られたことも話した。

「王族の理解が一応得られたのか……。それは助かった」

「それから、クラッセンブルクとの共同研究についてもお話がありました。あちらが全ての準備を整えてくださって神殿長として参加するだけならばいいですよ、と返事しています」

きちんと交渉するように注意されたことも付け加える。ジルヴェスターはとても難しい顔になって「貴重な忠告だな」と頷いた。

次の日、ジルヴェスターはあまり具合の良くなさそうなフロレンツィアを連れて、さっさとエーレンフェストへ戻って行った。わたしはフィリーネ達と一緒に他領の学生から預かった情報や原稿の分類や支払ったお金に関する確認をし、それ以外は読書をして過ごす。

「では、御加護を得るための儀式に行ってまいります」

奉納式に参加した領地の卒業生は御加護を得る儀式のやり直しができるので、卒業生達が連れ立って講堂へ出かけて行った。

新しく御加護を得られたのは、やはり祝福を得るための儀式の練習を何度もしていた騎士見習いが多かったようだ。レオノーレやアレクシスが武勇の神アングリーフや疾風《しっぷう》の女神シュタイフェリーゼの御加護を得た。

「わたくしも新しくルングシュメールの御加護を得ました」

そう報告してくれたのはリーゼレータだ。皆を癒すわたしを見て、ぜひ御加護が欲しいと訓練する騎士見習い達にかけまくっていたらしい。リーゼレータが騎士見習い達に人気が高かったのはそのせいかもしれない。

……いや、それだけじゃないけどね。顔は整っていて綺麗だし、側仕えで細かいところによく気が付く気配りさんだし、刺繍や裁縫が得意だもんね。女子力、高っ！

わたしはリーゼレータをもう少し見習った方がいいかもしれないとちょっとだけ思った。でも、読書時間を削る気はない。女子力より読書時間の方が大事に決まっている。


その次の日はハンネローレと本の貸し借りをする日である。フェルネスティーネ物語の二巻を準備して、わたしはお茶会室で待っていた。チリンと扉の向こうでベルの音がして、ハンネローレが入ってくる。

「帰還準備がお忙しい時にこうしてお時間をいただけてありがとう存じます。本当にフェルネスティーネ物語の二巻が気になっていたのです」

「わたくしもダンケルフェルガーの本が気になっていたので、こうしてハンネローレ様とお話しできる時間が持てて嬉しいです」

約束の時間にハンネローレがやって来て、挨拶をしているうちに次々と文官見習い達が本や絵を持って入ってくる。ダンケルフェルガーの分厚い本が二冊、それに、レスティラウトの絵がずいぶんとたくさんあった。

「あら、二冊も……？」

「ローゼマイン様にはたくさん貸していただきましたし、少しでもお詫びになれば、と思いまして……。お母様に許可をいただきました。両方とも神話の本です」

……ジークリンデ様、なんて良い人！

文官見習い達同士で本の貸し借りを終えたことで、わたしはハンネローレに席を勧めた。ヨーグルトムースのタルトを一口食べてみせて、お茶を飲めばお茶会は始まりである。

「お兄様が貴族院で描いた絵です。こちらはエーレンフェストでお好きなようにしてください」

わたしは文官見習い達を通して手渡されたイラストをパラパラと捲《めく》っていく。ディッター物語の挿絵も選ぶのに困るほどの枚数がある。これはレスティラウトのイラストのファンであるヴィルフリートや作者であるローデリヒに選んでほしいものだ。

「本当に素晴らしい絵ですね」

ディッター物語のイラストを見ていると、何故かわたしの奉納舞の絵になった。羊皮紙だけではなく、植物紙にもたくさん素描《そびょう》がある。パラパラと捲ればくるりと回るように見えるので、何だかアニメーションになりそうだ。

「こちらは彩色されているのです」

くるくると丸められている大きな紙を広げると、こちらも奉納舞の絵だった。上げられた腕とそれに合わせてふわりと動く袖、くるりと回ることで空気をはらんで膨らんだスカート、翻る夜空のような色合いの髪、そして、光を帯びて複雑に光る魔石の数々。間違いなくわたしの絵なのだろうけれど、誰これ？　と言いたくなるくらいに別人だ。広げた絵を見た側近達が大きく目を見開き、少しざわりとする。

「……あの、ハンネローレ様。こちらは奉納舞のお稽古の時の絵ですよね？　レスティラウト様の目にはこんなふうに見えたのでしょうか？」

恐る恐るハンネローレに尋ねた。魔石が光ったことが珍しかっただけで、モデルは別人だと言われた方がしっくりくる。

「魔石が光を帯びた舞は、お兄様がすぐにでも描きとめたいと思うくらいに美しかったようですよ。わたくしはお稽古に集中していたせいで見逃してしまい、残念でした」

わたし達が退出した後、数多《あまた》の光に彩られて素晴らしく緊張感がある舞だった、と周囲が話をしているのにハンネローレは話に乗れなかったらしい。

「間が悪かったようで本当に残念でした」

わたしは「そうなのですか」と相槌《あいづち》を打ちながら絵をくるくると丸めていく。とても自分の絵とは思えないし、レスティラウトが描いたものだと思うと、何だかちょっと照れくさい。

……これは封印しておいた方が良い気がする。何となく。

「もしかして、奉納舞はレスティラウト様のお好きな題材なのでしょうか？」

「そうですね。お兄様はエグランティーヌ様が舞う絵を描いていらっしゃったこともあるので、奉納舞はお好きな題材かもしれません」

ハンネローレの答えに何となく安堵した。わたしの絵がこれほど綺麗ならば、エグランティーヌをモデルにした絵はもっと綺麗に違いない。

「エグランティーヌ様の奉納舞の絵はわたくしも一度拝見したいです。このように綺麗に描いてくださってありがとう存じます、とレスティラウト様にお伝えくださいませ」

わたしの言葉に「はい、必ず」とハンネローレは笑顔で答えた。

「奉納舞と言えば、今年の奉納舞は大変でしたね。光の女神が意識を失ってしまったのですもの。闇の神のレスティラウト様も驚かれたのではございませんか？」

「えぇ。驚いていらっしゃいました。ディートリンデ様がまさか自分の方に向かって倒れてくるとは思わなかったようで……」

髪が解けてしまった成人女性を相手にどのように対応して良いのか、レスティラウトはとても困ったそうだ。成人女性が髪を下ろすのは寝台の上くらいである。下ろした状態を見るのは夫と側仕えだけ。それなのに、ディートリンデは公衆の面前で髪が解けた上に、意識を失って倒れたのだ。成人女性としてはあり得ない失態を見せる直接的な原因となってしまったこと。手を貸して起こしたいが、王命の婚約者がいる前で手を出して良いのかどうか悩んだらしい。

「ローゼマイン様はあの時に舞台に浮かんだ魔法陣をご存じですか？　次期ツェントを選出するものと中央神殿の神殿長が言っていたのですけれど……」

「あの地下書庫に詳しい資料があるようですよ。ハンネローレ様ならば、領主会議の時に調べられるのではありませんか？　王族も資料を必要としているでしょうし」

フェルディナンドに聞いたとか、王族に質問を受けたということは一切口にせず、調べることはできると答えておく。ハンネローレは「領主会議の時はとても忙しくなりそうですね」と頷いた。

「それはそうと、ハンネローレ様。ダンケルフェルガーやレスティラウト様のご様子はいかがですか？　領地対抗戦の折、投降《とうこう》したことでずいぶんと責められていらっしゃるように聞こえましたから心配だったのです」

「わたくしは大丈夫です。お兄様は絵をたくさん没収されて、とても落ち込んでいらっしゃいますし、お母様に注意された騎士達がとても静かなので、いつもよりも過ごしやすいくらいです」

ハンネローレが苦笑しながらそう言った。大袈裟に言っているところはあるのだろうけれど、ハンネローレが辛い思いをしていないのならばそれで良い。

「今は領地に戻ってからフェルネスティーネ物語の二巻を読むのが楽しみです。苛《いじ》められ続けたフェルネスティーネが王子と出会い、少し幸せに近付いたところで一巻が終わったでしょう？　今度こそ彼女の幸せそうな姿が見られそうで嬉しいです」

二巻に期待しているハンネローレの笑顔が胸に痛い。

……ごめんね、ハンネローレ様。その本、実は一度幸せになったフェルネスティーネが王子と引き裂かれて、別の男と王命で結婚させられるところで「次巻に続く」なの！

でも、ネタバレはしない。せっかくなので、楽しんでほしいものである。

「貴族院の恋物語も楽しかったですから、フェルネスティーネ物語の続きも楽しみです。そういえば、ローゼマイン様はどのような殿方に心惹かれるのですか？　シャルロッテ様は不屈の精神で何度も挑戦する殿方を素敵に思う、と以前に伺いました。けれど、ローゼマイン様の好む殿方についてはお伺いしたことがございませんもの」

……こういう話題、麗乃時代以来かも。なんかちょっと懐かしい。

ここで男に興味なんてないのです、なんて馬鹿正直に答えたら、女性社会から弾かれても文句は言えない。こういう会話には共感とか秘密の共有が大事なのである。

「ローゼマイン様はヴィルフリート様のことを親の決めた婚約者だとおっしゃったでしょう？　どなたか心を寄せる相手や理想の殿方がいらっしゃるのですか？」

……フッ、わたしは麗乃時代も友人関係を円滑《えんかつ》にするために、妄想の片思い相手を作り上げていた女。この程度の話題は何ともないよ。

お隣の幼馴染みと付き合っているのかと邪推《じゃすい》されて、彼女に変な目で見られたり問い詰められたりした時に大活躍だった妄想片思い相手の出番である。

こういう時にはこの場にいる者は知らない人をモデルにするのが良い。下手に知られている人をモデルにしてしまうと、妙な誤解をされて変な噂が流れてしまうことも多々あるし、完全に妄想の相手だと「どの人？　見てみたい」と言われた時に自分が困る。最終的に「全然相手にはされてないんだけどどね」と付け加えておけば完璧である。

……さて、誰にしよう？

聞き耳を立てている側近達も含めて、あまり知らない人が良い。貴族院で関わる人はダメだ。

……うーん、貴族の知り合いは除いて、ルッツとフランあたりを適当に交ぜれば良さそう？

「婚約者と決められた相手はヴィルフリート兄様ですけれど、わたくしにも大切に思う方はいるのです。わたくし達だけの秘密ですよ、ハンネローレ様」

わたしが声を潜めると、ハンネローレは軽く目を見張った。

「い、いらっしゃるのですか？」

「えぇ。幼い頃……洗礼式より前からわたくしを支えてくれて、共に歩んできた方がいます。落ち込んだり挫《くじ》けそうになったりした時はいつも助けてくれました。今は、その、簡単に会えない関係になってしまいましたけれど、それでも、その方との約束がわたくしの心の拠《よ》り所《どころ》なのです。……ここだけの秘密ですよ？」

わたしの打ち明け話にハンネローレはコクコクと何度も頷く。

「ハンネローレ様はどのような殿方を好ましいと思われますか？」

「わ、わたくしですか？　そうですね……。お兄様と反対の方が好ましいと思います。その、お兄様はわたくしの意見をあまり聞いてくださらないので」

ハンネローレはそう言いながら少し周囲を見回して「お兄様には秘密ですよ？」と唇に人差し指

を当てた。周囲の側近達が非常に微笑ましいものを見る目になっているが、その気持ちはよくわかる。

こうして、わたしは麗乃時代の経験を生かして秘密を共有するという女の社交を無事にこなし、ダンケルフェルガーの本を二冊も借りることができた。

……わたし、今日は完璧じゃない？

こうして貴族院での社交を終え、わたしはエーレンフェストに帰還した。

エピローグ

卒業式を終えると、学生達は貴族院から領地へ帰還する。それはどこの領地でも同じだ。アーレンスバッハでも貴族院の転移の間へ荷物が次々と運び込まれていく。

「ディートリンデ様、準備が整いました。帰還いたしましょう」

側仕え見習いのマルティナは自分の主に声をかけた。けれど、ディートリンデは多目的ホールを見ながら不満そうに眉を寄せる。

「わたくし、卒業生ですもの。ファティーエと同じように最後まで貴族院で過ごしたいですわ。卒業式にもきちんと出られていないのですよ」

魔力の枯渇したディートリンデが目覚めたのは奉納舞の二日後だった。彼女は目覚めた途端、「ローゼマイン様に騙されて大事な奉納舞で恥をかかされた」と怒り出した。すかさず中央神殿長の言葉を伝えて側近達全員で「次期ツェントに最も近いのですって」「さすがディートリンデ様ですね」と機嫌を取ったことをマルティナは思い出した。

確かに卒業生は最後まで残る権利がある。だが、我儘なディートリンデが残ると、他の卒業生が気を遣うし、学年の違う側近達も領地へ戻れない。それに、アウブが亡くなった今、ディートリンデには領地で為《な》すべき事がたくさんある。そんな建前より何より、卒業式も終わってしまった貴族院でこれ以上問題を起こしてほしくない。

……主であるディートリンデ様が問題を起こすと側仕えの評価にもかかわりますもの。

どのように機嫌を取るべきか。マルティナは側近同士で目配せをし合う。「ファティーエと同じように」と言われた文官見習いが一歩前に進み出た。

「名残惜《なごりお》しい気持ちはわたくしもよくわかります。けれど、ディートリンデ様が残ると、一年生も貴族院を去り難く思うでしょう。できれば、領地で彼等を出迎えてあげてくださいませ」

「ディートリンデ様が待っていれば、きっと皆が早く帰りたいという気持ちになるでしょう」

ファティーエの尻馬に乗って、マルティナも主をおだてた。ディートリンデはまんざらでもなさそうに微笑んで動き出す。

「まぁ、わたくしを慕《した》って一年生がいつまでも動かないのは困りますね。仕方がありません。後はよろしくお願いしますね、フラウレルム先生」

側近達は目配せをしあって、ディートリンデの意識を逸らさないように注意しながら筆頭側仕えと一緒に転移陣へ送り込んだ。

「大仕事が終わりましたね」

何とか予定していた時間にディートリンデを送り出すことに成功し、マルティナはホッと息を吐いた。領地に戻れば成人している側近達が出迎えてくれるはずだ。自分達の荷物をまとめて移動するまでの時間は、側近達にとって束の間の休息となる。

「ファティーエはディートリンデ様と同い年ですものね。せめて、この数日間はゆっくり過ごしてくださいませ。婚約者とのお話もあるでしょう?」

「マルティナは五年生ですから、来年は貴族院で静かな時間を過ごせますね。少し羨《うらや》ましいわ」

「でも、ファティーエは側近入りが遅かったですし、婚約者も決まっていて来年の春には他領へ移動するのでしょう?　わたくしにはそちらの方が羨ましいですわ」

マルティナは洗礼式の直後に父親から「ゲオルギーネ様の派閥に属するように」と言われていたので、今まで気の抜ける時間は少なかった。次期アウブであるディートリンデに気に入られているので、結婚で他領へ出ることも難しい。

「それに、お父様は領地内で結婚相手を探すとおっしゃいました。わたくし達領主一族の傍系《ぼうけい》はアウブを支えることが使命だとお考えなのでしょう」

「そういえば、マルティナのお父様は元領主一族ですものね。アーレンスバッハではアウブが交代した時点で、他の次期アウブ候補は上級貴族に落とされるようですけれど、ベルケシュトックでは違いました。領地が違えばマルティナは領主候補生だったでしょうに。残念ですね」

ファティーエが言うように、誰かに仕える上級貴族ではなく、側近を持てる領主一族の自分をマルティナも想像したことがある。だが、直後に自分で駄目出しをした。

「残念ではありませんわ。わたくしのお母様はフレーベルタークの出身ですもの。領主一族だったら、わたくし、処刑対象だったかもしれませんわ」

政変後の粛清で、負け組領地の領主一族の多くが処刑されたことは誰でも知っている。フレーベルタークでは領主夫妻や次期領主夫妻が処刑され、ほとんど政治に関わっていなかった第三夫人の子が領主就任を命じられた。アーレンスバッハではベルケシュトック出身の第二夫人が処刑され、彼女の息子二人は領主の嘆願により何とか処刑を免《まぬが》れたものの、上級貴族に身分を落とされた。

「政変後の粛清のせいで、確かアーレンスバッハはゲオルギーネ様のご子息であるヴォルフラム様しか男性の領主候補生が残らなかったのですよね？　わたくしが側近入りしたのは、その方が亡くなってディートリンデ様が次期アウブ候補と決まった後だったので詳しくないのですけれど」

ファティーエはアーレンスバッハが管理している旧ベルケシュトックの上級貴族だ。自領がどのように扱われるかわからない激動の時期だった。そのため、当時のアーレンスバッハの事情に精通していない。また、主の実兄の死についてあまりしつこく質問もできなかったのだろう。

マルティナは記憶を探る。粛清の後、ゲオルギーネはヴォルフラムを中心に、第一夫人に反発する勢力をまとめ始めた。第二夫人の派閥を取り込むため、上級貴族に落とされた第二夫人の息子ブラージウスに自分の娘アルステーデを嫁がせ、二人の間に生まれた子を自分の養子として領主一族に入れることを提案したのだ。

「……わたくしの洗礼式の頃はまだゲオルギーネ様の権力も強くなかったのですよ。中立領地のエーレンフェストでは後ろ盾も弱かったため、唯一の男性領主候補生とはいえヴォルフラム様が次期領主になれるか不安視されていました。第一夫人が自分の孫を養子にできないか探していたことからも、領地内の派閥が分かれていましたから」

「その情勢でディートリンデ様の側近として推薦《すいせん》したのですか？　思い切った判断ですこと」

驚いた顔でファティーエがそう言った。けれど、思い切った判断ではない。貴族らしい采配だ。

「ふふっ……。ディートリンデ様の側近としてわたくしをアウブに推薦したわけではなく、ゲオルギーネ様の派閥に入るように命じたのです。お父様は第一夫人の派閥にも我が子を側近として送り込んでいますよ。わたくしとお姉様がゲオルギーネ様の派閥に入れられたのは、お母様がフレーベルターク出身だったからです」

ゲオルギーネの実妹がフレーベルタークに嫁いでいて、その夫がアウブになったこと。勝ち組領地出身の第一夫人の派閥より属しやすいこと。先に派閥へ与していた姉アウレーリアからの有力な情報が少なかったこと。ヴォルフラムの第二夫人やディートリンデの側近にちょうど良い年回りだったこと。いくつもの理由があり、マルティナはゲオルギーネの派閥へ所属することになった。

「正直なことを言えば、お姉様がもう少し上手く立ち回ってくださったらよかったのですけれど……。お姉様は他人と接して情報を得るのが苦手で、騎士を選んだくらいですもの」

「アウレーリア様はいつも厳しいお顔でしたし、無口な方でしたよね。エーレンフェストの騎士団長の息子と結婚したと伺いましたけれど、お元気かしら？」

アウレーリアは少しきつい顔立ちで目付きが悪く、一見騎士にとても向いている顔立ちをしている。けれど、性格は引っ込み思案で臆病《おくびょう》だ。そのため、わざわざ距離を取って遠くから睨んでいるように見えることも多く、父親には「可愛げがない」とよく言われていた。

ただでさえ母親が負け組領地出身という理由で風当たりが強い。それなのに見た目や性格で更に損をしている姉を反面教師にして、マルティナは努めて明るく振る舞っていた。その努力の甲斐があったのか、彼女は父親にもゲオルギーネにもディートリンデにも気に入られている。

「ゲオルギーネ様によって第二夫人の派閥の取り込みが進み、このままヴォルフラム様が次期アウブになってアーレンスバッハは進んでいくと皆が思い始めた矢先、ヴォルフラム様が不慮の事故で亡くなりました」

当然のことながら、アーレンスバッハは大変な騒ぎになった。アーレンスバッハに残された領主候補生がディートリンデだけになってしまったのである。他領へ嫁いだ者、自領の上級貴族に嫁いでしまった者を領主一族に戻すことはできない。教育の足りてないディートリンデを次期アウブにするにも不安が大きい。

「それで、レティーツィア様をドレヴァンヒェルからお迎えしたのですよね？　わたくしも覚えています。権力が再び第一夫人に戻ったように見えたことで旧ベルケシュトックに心を配ってくださるゲオルギーネ様を支えなければ、と周囲が盛り上がっていましたから」

けれど、第一夫人はレティーツィア様を迎えた頃から急速に衰弱して亡くなった。それにより、ゲオルギーネはアーレンスバッハの第一夫人に成り上がったのだ。

「ゲオルギーネ様はベルケシュトックに気を配ってくださいましたし、領地間の事情によって引き離されようとしていた二組の恋人達を救ってくださったでしょう？　ですから、ゲオルギーネ様を支えるためにも、わたくしはディートリンデ様にお仕えしようと思ったのです」

ファティーエの言葉にマルティナは「そうだったのですか」と薄く微笑んだ。姉のアウレーリアと中級貴族ベティーナの結婚は、領地間の事情によって引き離されようとしていた二組の恋人達を救ったゲオルギーネの美談としてアーレンスバッハでは知られている。エーレンフェストの情報を得るために送り込まれたことを知る者は多くない。

……お姉様は騎士団長の息子に嫁いだのに、ベティーナ様と違って役に立ちません。

困ったことに、アウレーリアはただの一度も情報を送ってこないし、ゲオルギーネに言われた貴族と繋がりを持つこともなく、エーレンフェストに捕らえられている。ディートリンデの婚約式でエーレンフェストへ行った時、マルティナは面会さえ断られた。それが姉の意思によるものなのか、騎士団長や領主の意向によるものなのか判断できない。手紙を送ってみたものの、アウレーリアからは「皆に良くしてもらっています」という当たり障りのない返事しかなかった。

……お姉様は一体何を考えているのかしら？　どこにいても相変わらず役に立たないこと。

ディートリンデのお気に入りで傍にいることを命じられるマルティナが、貴族院で他領の情報収集に向かうことは難しい。だから、アウレーリアからエーレンフェストの情報を得ることを期待していたが、現状は思う通りに行かない。

「ねぇ、マルティナはどうしてディートリンデ様にお仕えしようと思ったのですか？　やはりお父様からの命令かしら？」

「お父様ではなく、ゲオルギーネ様が取り立ててくださったからです」

洗礼式を終えたマルティナは、父親の命令通りにゲオルギーネの派閥へ入り、周囲に愛想良くしながら情報収集をしていた。そんな彼女を気に入ったらしいゲオルギーネは「素直で努力家な子は可愛いわ。貴女は側仕えになりなさい」とディートリンデの側仕え見習いに取り立てたのである。

……本当はゲオルギーネ様かヴォルフラム様の側近になれるように、わたくし、文官を目指すつもりだったのですけれど。

マルティナは自分の希望を口に出さず、笑顔で申し出を受け入れた。それが賢い生き方だと思ったからだ。その日の内にゲオルギーネが紹介する貴族の下で側仕え見習いの研修が決まった。

マルティナが直々に取り立てられたことを告げると、父親はゲオルギーネの懐に深く潜り込めたことを褒めた。けれど、マルティナの研修が始まると、すぐにそれが情報の流出を防いだり、文句を言えないように立ち回ったりするゲオルギーネの采配だと気付いたらしい。娘から流れてくる情報が最低限になったことに苛立ち、程良く距離を置けるディートリンデの側仕え見習いにされたことに文句を言い、今でも「エーレンフェストのカメーヴァレインめ」と陰口を叩いている。

「わたくし、ゲオルギーネ様は政治的に素晴らしい手腕をお持ちだと思います。けれど、ディートリンデ様の教育はもう少し厳しくしてほしかったです」

ファティーエの溜息に同調しつつ、マルティナはゲオルギーネを庇う。

「ゲオルギーネ様の他の御子様……アルステーデ様やヴォルフラム様は普通の領主候補生でしたもの。きっとディートリンデ様が特別なのでしょう」

マルティナ達側近の使命は、ディートリンデができるだけ他領の貴族達に醜態を見せないようにすることだった。主として立てているように見せかけながら、なるべく問題を起こさせないようにして卒業させることが求められていたのだ。正直なところ、情報収集よりよほど難しいと思う。

「……ディートリンデ様はゲオルギーネ様を見て育っているはずなのに、どうしてこれほど何も考えずに生きていけるのでしょう？　本当に不思議でなりません」

「あそこまで鈍感《どんかん》でいられるのは、ある意味では幸せだと思いますけれど」

側近がどれほど気を付けたところで、ディートリンデは止まらない。毎年、何かしら余計なことをするのだ。特に頭が痛いのは、側仕えが咄嗟には抑えられないお茶会などの社交の場で次々と失言をするところである。

「今年も最後の最後でやってくれましたものね。わたくし、目の前が暗くなって、卒業式だというのに晴れがましい気分になれませんでした」

ディートリンデは奉納舞の途中で意識を失って倒れるという前代未聞の醜態を見せた。昼食の場で側近達は誰も口を開くことができず、食堂は静まり返っていた。

しかも、午後の卒業式に向かう準備をしなければならない時間に王族からオルドナンツが飛んできた。ディートリンデの容態を問うために婚約者のフェルディナンドを召喚する連絡。それが叱責《しっせき》であることは誰の目にも明らかだった。

「中央神殿の者達のおかげで少し楽になりましたよね」

午後の卒業式で状況が変わった。奉納舞で浮かんだ魔法陣は次期ツェントを選ぶためのもので、最も次期ツェントに近い者がディートリンデだと中央神殿の神殿長が言ったからだ。

この後、アーレンスバッハにおける卒業式の話題は、専《もっぱ》ら奉納舞で浮かび上がった魔法陣と次期ツェントのことになった。自領の領主候補生が奉納式で取り返しのつかない醜態をさらしたことは話題にできない。けれど、王族にも光らせることができなかった魔法陣を浮かび上がらせた次期ツエント候補ならば卒業式に参加していた領地内の貴族にも受け入れられやすい。卒業式が行われている間、王族と話をしてきたフェルディナンドからの「魔法陣を作動させられなかったので、次期ツェント候補とは言い難い」という報告は聞き流された。

「フェルディナンド様は次期ツェント候補とは言えないとおっしゃったけれど、わたくし達にとってはどうでも良いことですもの。王族からの叱責がなかったこと、それに、ディートリンデ様の失態が少しでも隠されることが大事ではありませんか」

「えぇ、貴族院で問題を起こさないことが重要なのです。他領の目がないアーレンスバッハならば、どのようにも問題を揉《も》み消すことができます。それに、これからは監視をしたり、補佐をしたりするのは婚約者であるフェルディナンド様のお役目になるでしょう。肩の荷が下りますね」

マルティナとファティーエはクスクスと笑い合う。何はともあれ、ディートリンデは卒業した。それが彼女達にとっては何より嬉しいことだった。


マルティナが貴族院から戻って数日後、ディートリンデはゲオルギーネの離宮へ呼び出された。

「次期ツェント候補となったわたくしのこれからについて話し合うためですって」

「まぁ、わたくし達が貴族院で過ごしている間にゲオルギーネ様は引っ越しを終えられたのですか。ディートリンデ様が礎の魔術を染め終えるまでは領主の居住区域で過ごすものだと思っていました」

予想よりずいぶん早く引っ越しを終えていることにマルティナは驚いた。秋の終わりにアウブが亡くなったけれど、貴族院へ行っていたのでディートリンデはまだ礎を染められていない。そのため、ディートリンデの部屋はまだ領主候補生用の離れにある。

……今は本館に領主一族が誰もいないのですね。大丈夫かしら？

「貴女達はお下がりなさい」

ゲオルギーネから下がるように命じられ、マルティナ達は側近達が待機するための部屋へ移動する。その途中で数人の貴族とすれ違った。見覚えのない貴族が離宮に増えている。

「ゲオルギーネ様が新しく取り立てた側近でしょうか？」

「左手に義手の魔術具をしていた殿方がいらしたわ。また旧ベルケシュトック領の方を召し上げたのかもしれませんね」

「わたくしの位置からはマントに隠れて見えませんでしたけれど、義手だなんて珍しいこと。よほどひどい怪我をして、癒しが間に合わなかったのかしら？」

戦うことが仕事である騎士の中には義手や義足の魔術具を使っている者も何人かいる。けれど、先程すれ違ったのは文官のように見えた。文官が義手の魔術具を使う状況に陥ることは珍しいけれど、旧ベルケシュトックには政変中に激しい戦いに身を投じた者もいるし、その後の粛清に巻き込まれた者がいてもおかしくない。

「わざわざ義手を必要とする者を召し上げなくても良いと思うのですけれど……」

「あら、ゲオルギーネ様の行いに不満がございますの？」

「そうではございません。ただ、この後のことを考えると気が滅入《めい》りますもの。少しでも別のことを考えたいだけなのです」

マルティナが不安を零すと、皆が顔を見合わせて苦笑した。貴族院で問題行動を起こさないように、ディートリンデは色々な情報規制がされていた。けれど、これ以上は伏せておけない。まさに今ゲオルギーネから伝えられているはずだ。

中継ぎアウブであること、フェルディナンドと星結びの儀式を終えた後は王命でレティーツィアと養子縁組することなどを知らされたディートリンデはひどく機嫌を損ねているだろうとマルティナは予想している。最も八つ当たりを受けやすいのは側仕えだ。どうしても憂鬱な気分になる。

「そういえば、ディートリンデ様は次期ツェントだと喜んでいらっしゃったでしょう？　事情が変わったのに素直に中継ぎのアウブを務められるのかしら？」

「でも、次期アウブがいなければアーレンスバッハが困りますし、グルトリスハイトが手元にあるわけではございませんもの。ディートリンデ様が次期ツェントになれることはないでしょう」

扱いやすいから持ち上げているだけで、彼女が本当に次期ツェントになれるとはここにいる誰も思っていない。むしろ、自領の将来の方がよほど心配だ。

「今のアーレンスバッハにディートリンデ様とレティーツィア様しか領主候補生がいないのが困りものですよね」

「ディートリンデ様とフェルディナンド様がご結婚されたら、ベネディクタ様とも養子縁組されるようですよ。そうすれば、領主候補生が増えますもの」

ベネディクタは前第二夫人の息子ブラージウスとゲオルギーネの長子アルステーデの間に生まれ

た娘だ。今は上級貴族だが、元領主一族同士の子。領主候補生となるための魔力量は全く問題ないと考えられている。ベネディクタの洗礼式は、ディートリンデとフェルディナンドを両親として行う計画があるとマルティナは聞いたことがある。

「元々ベネディクタ様はアウブやゲオルギーネ様と養子縁組をして領主一族入りする予定でしたけれど、アウブが亡くなりましたものね」

「こちらの派閥を安定させるためにはレティーツィア様以外の領主候補生が必要ですし……母親が定かではないエーレンフェスト出身のフェルディナンド様とあのディートリンデ様のお子様よりはベネディクタ様の方が安心できます。魔力量も素質も問題ないでしょう」

ディートリンデはフェルディナンドの魔力を感知できないと言う。アーレンスバッハから嫁いだガブリエーレの血を引いているゲオルギーネや現領主は魔力量が多いようだが、フェルディナンドは元々底辺に近いエーレンフェストの領主一族だ。ディートリンデやマルティナに感知できないならば、魔力量は上級貴族として考えても低い方ではないだろうか。

マルティナ達がそんな想像をしてクスクスと笑い合っていると、貴族院へ行かなかった成人の側近が「あら」と不思議そうな顔で口元に手を当てた。

「フェルディナンド様は予想外に有能でしてよ。滞《とどこお》っていた執務がずいぶんと片付いた、と文官達が嬉しそうに話していましたもの」

「まぁ、そうでしたの？」

「もちろん、事務的なお仕事の有能さと魔力量は別物でしょうけれど」

「早くお二人の星結びが終わって、魔力供給のできる人数が増えると良いですね。どちらのギーべも大変そうですもの」

他愛のないお喋りが続いていたが、リンと呼び出しの鈴が鳴ると側近達はすぐに立ち上がった。これまで伏せられてきた情報を知らされ、どれほど機嫌を損ねているのか。マルティナは恐る恐るゲオルギーネの部屋の様子を窺う。けれど、予想と違い、そこには満足そうなディートリンデの姿があった。ゲオルギーネも微笑んでいる。どうやら二人の間では満足のいく話ができたようだ。

「では、お母様。わたくしはこれで失礼します」

「えぇ。しっかりおやりなさい」


ディートリンデの部屋に戻ると、すぐに側近が集められた。ゲオルギーネとどのような話をして、ディートリンデがこれからどのように行動するのか方針を知らなければ、側近も動けない。

「ゲオルギーネ様とはどのようなお話をなさったのですか、ディートリンデ様？」

「中央神殿の神殿長のお言葉についてもお話があったのでしょう？」

そっとお茶を飲んだディートリンデがフフッと笑った。得意そうに深緑の瞳を輝かせて側近達を見回すと、胸を張って宣言する。

「わたくし、グルトリスハイトを探して次期ツェントを目指します。皆も協力してちょうだい」

「……それをゲオルギーネ様が許可されたのですか？」

マルティナは目を丸くして、思わず疑問を口にした。母親と話をした直後に自信たっぷりに口にするのだ。許可されたことは間違いないだろう。それでも、次期ツェントを目指すなど、すぐには信じられない。戸惑う側近達を見回し、ディートリンデは微笑んで頷いた。

「もちろん、お母様はわたくしの決意を応援してくださったわ。欲しいものを手に入れるために努力をすればよい、と。一見手が届かないように見えても、あらゆる手を尽くせば手に入る可能性はあるとおっしゃったの」

まさかゲオルギーネがそんな現実的ではないことを言い出すとは思えない。次期ツェントを目指すのは構わないが、領地のことはどのように考えているのだろうか。マルティナは側近達と不安そうに顔を見合わせる。どの顔も懐疑的だ。

「けれど、それではどなたがアウブ・アーレンスバッハになるのでしょう？　今はディートリンデ様しかアウブになれる領主候補生がいらっしゃいませんけれど……」

「えぇ。ですから、わたくしが次期ツェントを目指せるのは一年だけなのです。その間にグルトリスハイトを見つけることができなければ、わたくしは次期アウブになります」

領主会議でアウブの死が報告されるため、死亡時期によっては礎の魔術が次期領主の魔力で完全に染め終わっていないこともある。また、ディートリンデは貴族院でアウブの死亡について決して口外してはならないと言われていた。他領の者がアウブの正確な死亡時期を知らないならば、ディートリンデの領主就任を一年遅らせることは可能だ。それほど不自然に見えない形でできる。

……おそらく「一年の間だけですよ」と期限をつけることで、ディートリンデ様を諦めさせようというゲオルギーネ様のお考えではないかしら？

王族が何年も探して見つからなかったグルトリスハイトをディートリンデがたった一年で見つけられるとは思えない。一年だけグルトリスハイトを探す彼女に付き合えば、後は問題なく領主に就任してくれると言っている。少し考えれば、マルティナは心を落ち着けることができた。

……さすがゲオルギーネ様。ディートリンデ様の操縦方法をよくご存じですこと。

ところが、ホッとしたのは束の間のことだった。ディートリンデが少し考えるように顎に人差し指を当てて少し上を向いた。彼女がこのようにして考えている時はほとんどの場合、周囲に迷惑をかけるような提案や命令をする。経験則でそれを知っている周囲の側近達に緊張が走った。

「できれば、その一年の猶予《ゆうよ》の間にグルトリスハイトを探して正当なツェントを選ぶべきでは、というふうに世論を味方に付けられるようにしたいのですけれど……。トラオクヴァール様はグルトリスハイトをお持ちではございませんから、わたくしがグルトリスハイトを手に入れれば、ツェントの座を譲らざるを得ないでしょう？」

いつも考えが足りない主の言葉とは思えない。母親からの助言だろうとマルティナは推測する。どうやらゲオルギーネは本当にディートリンデを次期ツェントにするつもりらしい。

……アーレンスバッハの魔力が少なくて困窮《こんきゅう》している現状でディートリンデ様を諫《いさ》めるのではなく、次期ツェントに後押しをするのですか？

マルティナにはゲオルギーネの真意がつかめない。何とも不安な気分が足元から這《は》い上がってくるようで身震いした。

「ディートリンデ様が次期ツェントを目指すのは理解いたしました。けれど、アーレンスバッハの礎に注ぐ魔力はどうなさるのですか？」

「お母様に一度中継ぎのアウブとなっていただき、一年の期限が来て、仮にグルトリスハイトが見つかっていなければ、わたくしが礎を染めるという提案をしたのです。けれど、お母様からはアウブ・アーレンスバッハにはなりたくないとお断りされてしまいました。残念ですこと」

ディートリンデは溜息を吐いているが、ゲオルギーネが断るのは当然だ。彼女は自身の母親なので実感していないのかもしれない。けれど、一人でも成人している領主候補生がいるのに、エーレンフェスト出身のゲオルギーネが一時的とはいえアウブ・アーレンスバッハになることに賛同する貴族はいないだろう。

「仕方がないので、完全に染め替えることのないように供給の間から魔力を注ぐことにしました。レティーツィアにも手伝ってもらうつもりです」

「まだ貴族院に入学もされていないのに魔力供給を？」

ディートリンデの言葉に皆が驚き、目を見張った。幼い体には負担が大きすぎるはずだ。

「あら？　エーレンフェストでは洗礼式を終えた領主候補生は魔力供給の練習をさせられているそうよ。ですから、あの子にできないはずがありませんわ」

ひどく冷たい顔でディートリンデはレティーツィアの部屋がある方向を見つめる。「次期アウブはわたくしですから」とレティーツィアの存在を歯牙《しが》にもかけなかった頃とは全く顔つきが違う。敵意を孕《はら》んだ横顔に、マルティナは背筋が震えるのを感じた。

「レティーツィアは王やお父様から次期アウブに、と望まれているくらいですもの。そのくらいはできるでしょう。王が本当にアウブ・アーレンスバッハを継がせたいのはレティーツィアで、王命でわたくしは中継ぎのアウブになるのですって。不愉快《ふゆかい》極まりないわ」

……あぁ、やはりそのことも知らされたのですね。

機嫌の良さそうな顔で次期ツェントのことしか話さなかったが、当初の想像通り、中継ぎのアウブについて話を聞かされたディートリンデは機嫌を損ねていたらしい。

第三夫人の第三子で女性だったため、ディートリンデは両親からほとんど顧《かえり》みられることがなく育った。そして、今は父親からレティーツィアの、母親からベネディクタの中継ぎとなることを望まれているのだ。ディートリンデの能力がその地位に相応しいかどうかはともかく、アウブより更に上のツェントに執着《しゅうちゃく》する心情はマルティナにも理解できた。

「わたくし達の魔力供給だけでアーレンスバッハの魔力を支えることは大変ですから、フェルディナンド様には神殿の神事を行っていただきます」

「アウブの配偶者になる方を神殿に向かわせるのですか⁉」

「えぇ。だって、エーレンフェストでは神殿で神事を行っていたのですし、その神事の有用性をエーレンフェストが示したではありませんか」

確かに今年の貴族院で行われた奉納式で神事の有用性は王族によって保証された。神殿に向かいたがる貴族などアーレンスバッハにはいないけれど、これまで神殿にいたフェルディナンドならば特に忌避感もないだろう。マルティナは小さく頷く。

「けれど、ディートリンデ様はよろしいのですか？　神殿にいたような汚《けが》らわしい領主候補生と結婚するのは嫌だ、とおっしゃっていたのに……」

フェルディナンドとの婚約が決まった時はディートリンデが荒れて本当に大変だったことをマルティナは思い出す。逃れようもない王命によって、下位領地の神殿に入っていた領主一族との結婚が決まったのだ。悲嘆に暮れる主を必死に宥めたものだ。

だが、実際にフェルディナンドの姿を見て、間近に接し、貴族院時代は最優秀で素晴らしい成績を収めていたという周囲の話を聞くことで、ようやくディートリンデは少し結婚に前向きになった。フェルディナンドが優しい笑顔で「ディートリンデ様のために最大限の努力をする」と誓ったことも気持ちを後押ししたのだろう。あの婚約式の時はマルティナもまるで物語を見ているような心地になった。

……中身はともかく、身分と見た目が良ければ殿方には大事にされるのです。とても勉強になりました。

「あら、わたくしが次期ツェントになれば、今の王命を排除できますもの。フェルディナンド様と結婚する必要はなくなるでしょう？　ツェントの配偶者にフェルディナンド様は相応しくないわ。皆もそう思うでしょう？　ツェントになれなかった時に婚約解消をしてしまうと困るから、しばらくは婚約を継続するだけなのです」

フフッとディートリンデが笑った。忌避されている神殿へ入れ、魔力供給をさせ、利用するだけ利用して、自分の望みが叶えば婚約を解消するつもりらしい。あまりにも常識外れで自分勝手なことを言っている。だが、彼女はいつもこんな感じで先のことが全く見えていない。思いつきを口にする。それをよく知っているマルティナ達側近は特に諫めようとも感じなかった。未来の面倒臭さに思いを馳せただけだった。

……どうせグルトリスハイトが見つからず、自ら神殿へ行くように申し付けたフェルディナンド様と結婚することになると思うのですけれど、その時はどのように荒れるのでしょうね？

「婚約解消のためにも、わたくしは何としても一年の間にグルトリスハイトを手に入れなければならないのです。もちろん、グルトリスハイトが欲しいのは婚約解消のためだけではありません。わたくしだってアーレンスバッハのことを考えていないわけではないのよ」

ディートリンデはそう言って、ニコリと微笑んだ。

「わたくしがツェントになれば、王命によって上級貴族に落とされたブラージウス様を領主一族に戻して、お姉様かブラージウス様をアウブ・アーレンスバッハの座につけるのです」

「それができれば、アーレンスバッハは安泰《あんたい》ですね」

上級貴族に落とされた二人を領主一族に戻すことができれば、ディートリンデに領地の将来を任せなければならない今のような不安感は消えるだろう。

……できれば、のお話ですけれど。

側近達の言葉に気を良くしたディートリンデはツェントになった自分がどのような命令を出すのか、次々と述べ始めた。

「それから、お母様が欲しがっている物を差し上げて、わたくしは次期ツェントに相応しい婿を探すのです。わたくし、たとえツェントになってもトラオクヴァール様のように粛清などするつもりはございませんもの。今の王族もそれなりに尊重するつもりでしてよ。ジギスヴァルト王子かアナスタージウス王子をわたくしの婿にして、アドルフィーネ様やエグランティーヌ様から取り上げるのはとても愉《たの》しいでしょうね」

ディートリンデが唇の端を上げて笑った。ほとんどが逆恨みだが、貴族院のお茶会で叱責されたり、嫌味を言われたりしたことを未だに根に持っているようだ。

……ディートリンデ様がグルトリスハイトを手にすることなどないでしょうから、妄想くらいは好きなようにさせてあげるのが一番でしょうね。

「ディートリンデ様は王子を自分の婿にすると簡単におっしゃいますけれど、そのようなことをすれば世間の評判は落ちますよ。特にアナスタージウス王子とエグランティーヌ様は熱愛の末に、王位を捨ててご結婚なさったのですから……」

ファティーエの言葉にディートリンデはムッとしたように眉をひそめた。機嫌が悪くなっていくのを感じたマルティナは「それより、フェルディナンド様が婚約解消を拒否するのではございませんか？」とすぐさま話題を王族からずらした。

「ツェントになられたディートリンデ様との婚約が解消されて、下位領地の神殿に戻ることを嫌がると思うのですけれど」

「それについては問題ありません。わたくしの言うことに逆らえないように、フェルディナンド様には名を捧げてもらおうと思っているのです」

ディートリンデがあまりにも簡単に「名を捧げてもらう」と言い出したことに皆が驚いて目を見

張った。だが、彼女は全く気付かない様子で得意そうに続ける。

「エーレンフェストのような下位領地で神殿に入っていたのですもの。わたくしを愛しているならば名を捧げるくらいはできるでしょう。婚約解消をした後にエーレンフェストへ戻った彼がアーレンスバッハの事情をベラベラと喋っても困ります。名捧げはどうしても必要なのです。お母様もそうおっしゃいました」

……いくら欲しいと望んだところで、それをフェルディナンド様が受け入れるとはとても思えませんけれど。

「わたくし、フェルディナンド様に名が欲しいとお願いします。場を整えてちょうだい」

主の我儘に付き合うのは側近の仕事だ。マルティナは望みを叶えるために動き始めた。


「フェルディナンド様はわたくしを愛しているのでしょう？　でしたら、わたくしに名を捧げてくださいませ」

マルティナが整えた会議室へ執務の途中で呼び出されたフェルディナンドは、突然の申し出に驚いた顔になった。これは当然だ。突然名を捧げるように、と言われて了承できる者などいない。

……名を捧げられることはないでしょうけれど、フェルディナンド様はどのようにディートリンデ様の要望を退けるのでしょうか。

マルティナを始め、側近達は興味を持って見守っていた。主の怒りが向かう先はいくつもある方が側仕えの彼女達にとっては助かるからだ。

「私の名をディートリンデ様に？　お互いに名を捧げ合うということでしょうか？　そういえば、真に愛し合う二人がそのようなことをする物語がありましたね」

フェルディナンドは少し考えるようにしてそう呟いた。恋物語の影響でも受けたのだろうと彼は解釈したようだ。マルティナは貴族院のお茶会でエーレンフェストの本にそのような物語が載っているという話を耳にしたことがある。

けれど、ディートリンデは「お互いに名を捧げ合う」というところで不愉快そうに顔を顰めた。彼女は恋物語に影響をされているわけではない。もっと我儘で身勝手な理由で名を欲している。

「何故わたくしがフェルディナンド様に名を捧げるのです？　本当ならば、エーレンフェストの神殿から救ってあげたわたくしに感謝して、そちらから申し出るものだと思うのですけれど」

真顔でそう言ったディートリンデを見つめ、フェルディナンドは柔らかな微笑みを浮かべたまま、ゆっくりと首を横に振った。

「できることならばお願いを叶えたいところですが、残念ながら私の名は、今、私の手元にございません」

……それは、つまり、すでに誰かに名捧げをしているということでしょうか。

あまりにも予想外の返事にその場が大きくざわめく。

「婚約者であるわたくし以外の誰に名を捧げたのです⁉」

顔を真っ赤にして声を上げたディートリンデを見ながら、フェルディナンドがフッと笑った。表情は笑っているけれど、薄い金色の瞳は全く笑っていないように見える、ひどく冷たい笑みだった。

「私の行動を縛るために、名を欲しがった女性はこれまでに二人います。貴女と、それから、ヴェローニカ様。……お二人は祖母と孫娘の関係ですが、本当によく似ていらっしゃる」

行動を縛るために他人の名前を欲しがるなど普通ではない。それを強烈に当てこすられているのに、ディートリンデは気付かない。

「おばあ様ですって⁉」

会ったこともない祖母に婚約者の名を奪われたことにしか意識が向かなかったようだ。だが、それは彼女だけではない。マルティナもファティーエも、その場にいる皆が彼の名はヴェローニカに奪われたのだと思った。「欲した」という言葉に思考を誘導されたとは考えない。

「何とかして取り戻してくださいませ！」

名を欲したのに拒否されたディートリンデは、ギリギリと歯を食いしばってフェルディナンドを睨みつける。睨まれた方は困ったように少し眉を下げただけだ。

「ここで執務の中枢を担うようになっている私は、もう気軽にエーレンフェストへ戻れる立場ではなくなっています。ディートリンデ様の一存で私を帰郷させることができますか？」

帰郷してこちらの内情を喋られては困る。だから、名捧げをさせて縛れとゲオルギーネが言ったのだ。名捧げ石を取るために帰せるわけがない。フェルディナンドに執務の引き継ぎをしていた貴族達は、領地対抗戦の夜にエーレンフェスト寮のお茶会室に泊まらせることも反対していたくらいだ。帰郷など絶対に許さないだろう。それに、まだ正式にアウブになっていないディートリンデには、まだ彼等を抑えられる権力がない。

「わたくしのお願いが聞けないなんて、本当に春を迎えたエーヴィリーベではございませんか」

面と向かって役立たずと言ってのけたディートリンデをフェルディナンドは笑みを崩さずに「申し訳ございません」と受け入れた。その態度からフェルディナンドがディートリンデの罵声《ばせい》を含めて自分の立場を受け入れているようにマルティナ達には見えた。

両者の間にある修復できない溝はただ深まっていくばかりだった。

領地対抗戦での決意

「リュールラディ様。眷属神からの御加護をいただいたと伺いました。奉納式に参加した三年生で新たに御加護を得られたのはリュールラディ様だけですよね。おめでとうございます」

「恐れ入ります。芽吹きの女神ブルーアンファからの御加護を賜りました。卒業までにもっとお祈りをして他の眷属神からも御加護を得たいものです」

最終試験まで芽吹きの女神ブルーアンファと縁結びの女神リーベスクヒルフェに祈りを捧げ続けた結果、わたくしはブルーアンファより御加護を得ることができました。卒業式の後にも儀式のやり直しができるということなので、次はリーベスクヒルフェの御加護を得たいと考えています。

嬉しいことに、これらをミュリエラ様に報告し、エーレンフェストとダンケルフェルガーの共同研究に協力したところ、新しい貴族院の恋物語を貸していただくことができました。

……これはまさにブルーアンファのお導きですね！

お姉様に「エーレンフェストの共同研究に協力するためです」と言い訳しながら、お借りした新しい貴族院の恋物語をすぐさま読みました。学生の研究で王族に協力を依頼できるエーレンフェストの評価はグッと上向きになっています。今の内に少しでも協力態勢を見せておいた方が良いというアウブの指示の下、わたくしは全面的に共同研究に協力することになっているのです。

新しい貴族院の恋物語はミュリエラ様に聞いていたように、時の女神が悪戯《いたずら》をする東屋《あずまや》で闇の神が大きく袖やマントを広げて光の女神を覆い隠してしまう場面があり、本当に素敵でした。このようにされてしまったら、わたくしならばとても恥ずかしくて逃げ出してしまうかもしれません。

「ミュリエラ様、どのような展示になっているのか気になって、一番に見に来てしまいました」

領地対抗戦でわたくしが一番に向かったのはエーレンフェストの研究発表の場です。本来ならば、御加護を増やすことができたお礼とアウブ同士の顔繋ぎを兼ねて、アウブ・ヨースブレンナーと一緒にアウブ・エーレンフェストへご挨拶に伺う予定でした。

けれど、領地対抗戦の開始と共に速足で動き始めた青いマントの集団が真っ直ぐにエーレンフェストを目指しているのを見れば、ヨースブレンナーでは全く相手にされないことが一目でわかります。お姉様も「午前の終わり頃にもう一度様子を窺った方が良いかもしれませんね」と、エーレンフェストに向かう客人のマントを確認して、少し肩を落としました。そして、わたくしには上級文官見習いとして、各地の研究を見て回るように言ったのです。

「リュールラディ様、ごきげんよう。どうぞご覧になってくださいませ。ダンケルフェルガーと同じ内容はこの辺りで、こちらの奉納式に関する部分がエーレンフェスト独自の研究です。奉納式にご協力くださった領地と参加者はこちらに貼り出しています」

……王族と一緒にわたくしの名前が載っているなんて⁉

グラフという新しい手法を使っているところにも驚きましたが、わたくしの一番の驚きは王族と一緒に名前が載っているところでした。まさか誰も王族と一緒に自分の名が並んでいるとは思わないでしょう。このような栄誉、ヨースブレンナーの領主候補生でも受けていないと思われます。

「それほど驚かなくても……。協力者の名を連ねるとローゼマイン様はおっしゃったでしょう？」

フフッと微笑んだミュリエラ様が突然「あ」と小さく声を上げました。その視線が一点に止まっているので、わたくしも思わず振り返ります。そこにはアーレンスバッハのディートリンデ様とエーレンフェストのマントをまとった殿方がやって来るところでした。整った顔立ちの方で、去年の表彰式で突然現れたターニスベファレンを倒していた方に似ているような気がいたします。

「ディートリンデ様とご一緒していらっしゃるエーレンフェストの方はどなたですか？　お見かけしたことはあるのですけれど、お名前を存じません」

「アウブ・エーレンフェストの異母弟で、神殿でお育ちのローゼマイン様に色々と教え、導くお立場でいらっしゃった後見人のフェルディナンド様です。ディートリンデ様との婚約が決まっていて、秋の終わりにアーレンスバッハへ向かいました」

わたくしは領主会議の報告会に参加できる立場ではありません。詳しい事情はわかりませんが、王命でアーレンスバッハのディートリンデ様の婚約が決まったという話をお姉様から伺ったような気がします。そんなことを思い出しながら、何となくフェルディナンド様を見ていました。

ディートリンデ様がダンケルフェルガーの人達に挨拶を始め、フェルディナンド様はエーレンフェストの人達に挨拶に向かうのがわかります。ローゼマイン様が目を輝かせて立ち上がりました。

「あっ⁉」

「まぁ！」

フェルディナンド様がローゼマイン様の頬を包み込むように触れて、ローゼマイン様は頬を赤くしました。そして、その赤くなった頬を隠すように両手で押さえて潤んだ瞳でフェルディナンド様を見上げていらっしゃいます。

……わたくし、今、確かにブルーアンファの訪れを感じました。

お二人共あれほど近くに婚約者がいるにもかかわらず、あのような触れ合いをなさるなんて、きっと秘められた恋心があるに違いありません。

「ミュリエラ様、あれは……」

「ローゼマイン様が何か言って、フェルディナンド様に頬をつねられたのだと思いますよ」

「フィリーネ様⁉」

答えてくれたのはミュリエラ様ではなく、フィリーネ様でした。彼女は微笑ましいものを見るようにローゼマイン様を見ながら「神殿では時折見られる光景でしたから」と小さく笑います。

「この後はきっとフェルディナンド様のお説教ですね。……この場では難しいでしょうか」

フィリーネ様の言葉に「そうなのですか」と頷きながら、わたくしはミュリエラ様と視線を交わしました。ミュリエラ様の緑の瞳も輝いています。

「そうそう、リュールラディ様。アーレンスバッハとの共同研究はぜひご覧になってくださいな。きっと喜んでいただけると思うのです」

そう言いながらミュリエラ様は目配せしてアーレンスバッハの方へ向かって歩き始めました。わたくしは「何があるのですか？」と話に乗りながら、隣を歩きます。

「アーレンスバッハのところで録音の魔術具を展示するのですけれど、ローゼマイン様が関わったことがよくわかるように魔術具をシュミルのぬいぐるみで包んでみたのです。その魔術具にはわたくしが貴族院の恋物語から厳選した愛の言葉が録音されています」

……待ってくださいませ！　貴族院の恋物語から厳選された愛の言葉ですって⁉　心が高鳴るのがわかりました。領地対抗戦で発表する魔術具にそのような言葉を入れられるなんて、さすがエーレンフェストです。他の領地ではとても思いつかないでしょう。

「ローゼマイン様の側近の殿方に協力していただいて録音したのです。いくつも録音されているので、ぜひ全て聞いてみてくださいませ」

……一体どのような愛の言葉があるのでしょう？

ローゼマイン様の側近で研究発表の場からあまり離れられないミュリエラ様は、大事な情報を伝えて早々に戻っていきました。楽しい想像をしながら、わたくしは下位領地の場所を軽く見て回り、目的地であるアーレンスバッハの場所へ向かいます。

……あのシュミルのぬいぐるみですね。

ずらりと並んでいる魔術具の数々の中にちょこんと座っているシュミルのぬいぐるみは異色で、実に目立っていました。一目でわかります。

「こちらはアーレンスバッハにいらっしゃったフェルディナンド様とその弟子であるライムントの研究です。どうぞご覧になって」

フラウレルム先生が見学にやって来るお客様にそう声をかけています。エーレンフェストとの共同研究であるはずなのに、まるでアーレンスバッハだけの功績のような言い方ですが、あまり珍しいことでもありません。

領地対抗戦は楕円形《だえん》の訓練場で行われます。最も競技場を見やすい位置から順番に領地の場所が決められているため、一位のクラッセンブルクと二位のダンケルフェルガーは競技場を挟んで対面する位置になっています。おおよそ順位の奇数偶数で入口から見ると、左右に分かれているのですが、あまり隣同士に置かない方が良い領地に関しては位置を反対にして遠ざける配慮がされることもあります。

今年の場所で言えば、七位のガウスビュッテルが三位のドレヴァンヒェル、それから、九位のキルシュネライトと五位のハウフレッツェの間で研究を盗んだとか盗んでいないとかという争いがあったために隣にするのを避けたようで、ヨースブレンナーがハウフレッツェの隣になっています。

……大領地と共同研究をすると、功績を盗られる結果になることは多いですからね。

「フラウレルム先生、この研究はエーレン……」

「ライムント、こちらのお客様はどの程度の節約になるのか説明してほしいそうですよ」

中級貴族か下級貴族でしょうか、ライムントと呼ばれた文官見習いがフラウレルム先生に意見をしかけては流されているように見えます。

「……このような形で魔力の消費をできるだけ抑えるのは、魔力が不足気味の世の中にとって重要な研究だと考えています」

そこに集っているお客様が文官見習い達に質問をしながら研究内容を真面目に見ているのを横目で見つつ、わたくしはシュミルのぬいぐるみを手に取りました。それから、ミュリエラ様に教えてもらった通りに魔石の部分に触れて魔力を流します。

「あぁ、我が眷属よ。雪と氷で全てを覆い尽くすが良い。我が力の及ぶ限り、ゲドゥルリーヒを包み込むのだ。フリュートレーネを少しでも遠ざけよ」

……なんて素敵なのでしょう！

冬の間の貴族院でしか逢瀬《おうせ》が叶わぬ恋人達がほんの少しの時間を惜しんで会おうとする様子が切々と語られているのですけれど、まるでわたくしが言われているような錯覚に陥ります。

「それは何ですか？」

「貴族院の恋物語から厳選された愛の言葉だそうです。こうして殿方の声で聴くと、本を読んでいるのとは全く違った趣《おもむき》がございますね」

思わずみっともなく笑ってしまいそうになる頬を押さえつつ、わたくしは魔力を流して次々と愛の言葉を聞いていきます。厳選された愛の言葉と優しげな声の響きに平静を装ってその場に立っているのが少し辛く感じてしまいます。

……あぁ、今すぐにでもミュリエラ様と語り合いたいです！

可愛らしいシュミルのぬいぐるみから聞こえてくる愛の言葉に興味を持った女性は多いようで、わたくしが延々と愛の言葉を聞き続けている間に段々と周囲に女性が集まり始めました。

「このように様々な愛の言葉にうっとりしたい女性にも、意中の女性を射止める素敵な愛の言葉を探している殿方にも、貴族院の恋物語はお応えします。貴族院の恋物語はエーレンフェストで夏から売り出しです。手に汗を握るディッター物語、騎士物語、ダンケルフェルガーの歴史も同時発売いたします。どうぞお楽しみに」

これまで響いていた殿方の声ではなく、ローゼマイン様の幼さの残る高い声でエーレンフェストの本の宣伝が流れ、周囲の皆が目を丸くしました。

「愛の言葉と本の宣伝ですか。面白い使い方を考案しますね、エーレンフェストは」

「わたくし、このような言葉が入っているエーレンフェストの本を読んでみたくなりました」

クスクスと笑う女性に同意する周囲のお客様達の言葉にわたくしは心から賛同いたします。わたくしもエーレンフェストの本が読みたくて仕方がないのです。ヨースブレンナーが取り引きできるようになるのはずいぶんと先のことになるでしょう。

……やはりエーレンフェストの上級貴族と結婚できる道がないか探してみた方が良いかもしれませんね。

今ならば、エーレンフェストの共同研究で御加護を増やすことをできたということで顔と名前が知られています。今を逃せば、他に御加護を得る方はすぐに増えるでしょう。

……ミュリエラ様に尋ねてみましょう。

興味を持った人が増えたようで、シュミルのぬいぐるみを触りたがる人やぬいぐるみになる前の魔術具を熱心に見つめる人が増えました。

「んまぁっ！」

フラウレルム先生が目を吊り上げて、どこかへ行きました。アーレンスバッハだけで展示されているため、エーレンフェストの研究成果が盗られたのではないか、と心配していましたけれど、そうではなかったようです。

愛の言葉を全て聞いて満足したわたくしは、お隣のダンケルフェルガーに向かって歩き始めました。エーレンフェストと共同研究をしているダンケルフェルガーがどのような展示をしているのか気になっていたのです。

不意にすいっと白いオルドナンツが飛んで行くのが見えました。何となく目で追いかけていると、ダンケルフェルガーとアーレンスバッハとエーレンフェストの代表者が話し合っているところへ到着したようです。

突然フラウレルム先生の叫ぶ声が響きました。わたくしは距離があったので、どのような内容を言っているのかは聞こえませんでしたが、甲高《かんだか》い声だけはよくわかります。あの場にいる方々は顔を顰めたくなるような声量だったことでしょう。

……何があったのかしら？

注視していると、藤色のマントの集団が動き始めました。ディートリンデ様に緊急のご用だったのかもしれません。婚約者であるフェルディナンド様が立ち上がりました。その後、柔らかな微笑みと共にそっと優しくローゼマイン様の髪に触れたのです。

……あぁ、芽吹きの女神ブルーアンファよ！

わたくし、確かにブルーアンファの御加護を得たことを確信いたしました。まさに今、わたくしの目の前でブルーアンファが舞い踊っているに違いありません。

「ミュリエラ様。大事なお話があるのですけれど、少しよろしいでしょうか？」

わたくしはエーレンフェストの文官見習い達が集まっているところへ向かうと、ミュリエラ様を人が少ないところへ呼び出しました。この興奮を分かち合う相手が欲しかったのです。今すぐにこの熱い気持ちを語り合えるのはミュリエラ様しかいらっしゃいません。

「ご覧になりまして？」

「フラウレルム先生のオルドナンツで注目を集めた直後ですもの。見逃すわけがございません」

何を、と言わなくてもミュリエラ様はわかってくださいました。キラリと緑の瞳を輝かせて周囲の様子を窺うと、声を潜めてこっそりと教えてくださいました。

「神殿でお育ちのローゼマイン様が甘えられるのはずっと後見人でいらしたフェルディナンド様だけなのですって。きっとローゼマイン様はブルーアンファの訪れに気付かないまま、導きの神エアヴァクレーレンの槍にすがったのでしょう」

「まぁ。では、花の女神エフロレルーメの訪れを待つうちにラッフェルが大きくなっていて、それに気付くのは収穫の女神フォルスエルンテや別れの女神ユーゲライゼが舞い始めた時なのですね」

氷雪の神シュネーアストの攻撃にきっと闇の神の祝福を受けたようなローゼマイン様の髪が風に揺れ、冷たく濡れたことでしょう。思い浮かべるだけで今にも涙が溢れそうになるほど、何とも胸が締め付けられそうに切ない光景ではございませんか。

「他の側近達が言うには、ローゼマイン様とフェルディナンド様の間にある感情は恋とは違うそうです。それでも、縁結びの女神リーベスクヒルフェの糸を感じてしまい、オルドナンツは大きく翼を広げ、どうしようもなく心が震えると思いませんか、リュールラディ様？」

「とてもよくわかります、ミュリエラ様！　わたくし、確かにブルーアンファの訪れを感じましたもの」

妄想するだけならば自由ですよね、と微笑むミュリエラ様にわたくしは全力で賛同いたしました。できることでしたらローゼマイン様の切ない初恋のお話を読んでみたいくらいです。

「エラントゥーラ様はローゼマイン様の恋を物語にはしないのでしょうか？」

「あの方は貴族院に在学中の学生のお話は本にしないそうです」

それは残念です。ミュリエラ様やフィリーネ様が在学している間に本にしていただけなければ、わたくしが読めるようになるまでには長い年月がかかるでしょう。

「せっかくですからリュールラディ様が書いてみてはいかがでしょう？　寮内、領地内の真実を知らないリュールラディ様の方がきっと色々と想像することができると思うのです。それに、想像する部分が多くなると、どなたのお話なのかわからなくなります。在学中に本になる可能性もございますよ。本になればお金の代わりに本をお渡しすることもできます」

それはとても心躍るお誘いでした。原稿料の代わりに新しい本が優先的に手に入るのです。ヨースブレンナーが取り引きできるまで待つ必要がなくなるということではありませんか。

「と、とても心惹かれるお話ですけれど、わたくしは上級貴族ですから、お金に困っている中級貴族や下級貴族のようなことをするとお父様やお母様に叱られます」

「あら？　リュールラディ様が楽しんでいらっしゃる貴族院の恋物語は、今でこそ他領のお話を集めていらっしゃいますけれど、元々はエーレンフェストの上級貴族のご婦人方が中心になって書かれたものなのですよ」

ぐらりと心が揺れました。エーレンフェストでは新しい産業を広げるために上級貴族が率先して本を書いているというのです。

「わたくし、本気でエーレンフェストに嫁ぎ先を探した方が良いかもしれません」

「……春になって生活が落ち着いたら、わたくしから主に尋ねてみましょうか？　リュールラディ様に合う上級貴族となると、少し難しいかもしれませんけれど」

ミュリエラ様には結婚相手を紹介することができないそうですが、主に尋ねてくださるようです。わたくしの未来がエーレンフェストに向かって大きく開かれました。

「お金を得るのでなければ、書いてみても良いかもしれません」

「原稿には相応の対価を支払うのが原則なのです。リュールラディ様はお金を得ることに心配があるようですけれど、原稿料や印税として稼いだお金を寮の費用やお金の足りない下級貴族に貸し出す形で使用すれば、叱られるようなことはないのではございませんか？」

そのようなお金の使い方は考えたことがございません。わたくしが目を丸くしていると、ミュリエラ様はエーレンフェストのアウブ達がいらっしゃる辺りを見遣《みや》りました。

「ローゼマイン様は親を失って困窮する学生達に学費を貸し出しています。卒業後に返してくれれば良いのです、とおっしゃいました」

そこには疑いようのない尊敬の念が見て取れます。自分と同じ年でローゼマイン様は一体どれほどのことをしていらっしゃるのでしょう。何というか、自分と同じ人間とはとても思えません。

……そういえば、エグランティーヌ様も、ローゼマイン様はメスティオノーラのようですね、とおっしゃっていたような……。

奉納式でエグランティーヌ様がおっしゃった言葉を思い出し、わたくしは女神の恋物語としてローゼマイン様の切ない恋を書いてみることを思いつきました。女神の恋物語ならば、他の誰かに現実のお話だと気付かれることもないでしょう。

「……ミュリエラ様、わたくし、書いてみます。メスティオノーラの切ない恋物語」

「楽しみにしていますね、リュールラディ様。ぜひエーレンフェストで買い取らせてくださいませ」

その時は思いもよらなかったのです。わたくしの書いた原稿が本になる頃には奉納式で戯《たわむ》れのように出てきた「ローゼマイン様＝メスティオノーラ」が定着するようになっているなんて。

娘の意見と覚悟

「わたくし達も失礼します。ずいぶんと長い時間お邪魔してしまいましたもの」

アナスタージウス王子が立ち去ると、わたくしはエーレンフェストに挨拶し、ハンネローレや側近達を伴って歩き始めました。予定と違って、非常に長い時間をエーレンフェストの社交場で過ごしてしまったのです。早くダンケルフェルガーの社交場へ戻らなければなりません。

……それにしても頭の痛いこと。

わたくしはレスティラウトとローゼマイン様、ハンネローレとヴィルフリート様、全ての恋情を叶えた上でエーレンフェストに利をもたらすつもりで社交に臨んだのです。けれど、実際に話をしてみれば、様々な前提が全く違いました。

頭が痛いのはエーレンフェストとの会談結果だけではありません。アーレンスバッハのディートリンデ様がいらっしゃってエーレンフェストにとっての大領地の言い分を実地で見せてくださいました。それから、ハイスヒッツェとフェルディナンド様の関係もよくよく話を聞いた方が良さそうな溝を感じました。更に王族との会話に参加させられ、トルークという危険な植物が中央騎士団で使用されている可能性まで示唆《しさ》されたのです。

……他領の者の言葉を鵜《う》呑《の》みにはできませんけれどね……。

貴族の言葉をそのまま全て信じることはできません。特に今は情報の行き違いで大変な目に遭ったところです。与えられた情報の裏を取りたいのですが、どこから希少な植物の情報を得られるでしょうか。

……王族が盗聴防止の魔術具を使用したのですもの。簡単に口外できることではありませんよね。

ダンケルフェルガーの第一夫人として考えなければならないことは山積みです。けれど、トルークという植物の存在や危険性の確認より、手近な問題から片付けていくしかありません。

……今はハンネローレのことが優先でしょう。

「王族からの情報を早急に領主一族で共有し、話し合う必要があります。側近を排して昼食を領主一族だけで摂りたいのでお茶会室に準備をしてもらえるかしら？」

わたくしは歩きながら側仕えの一人にお茶会室の準備を頼みました。王族が盗聴防止の魔術具を使用して話をしたのです。領主一族だけで情報共有する場を準備させても、側近達は不思議に思わないでしょう。実際には領主一族を叱り飛ばすところを他者に見せないためですが、そのようなことは言わなければわかりません。

早急にアウブ・ダンケルフェルガーである夫や息子のレスティラウトと話し合わなければならないことは、エーレンフェストの望みと娘の将来についてです。

……けれど、その前にこの子の真意を知っておかなければ……。

「ハンネローレ、王族との会話について少し整理したいわ。今回は会話内容を控える文官達がいませんでしたからね」

わたくしは盗聴防止の魔術具を娘に差し出しました。こう言えば側近達もわたくし達が秘密裏に話をすることに不信感を抱かないはずです。ハンネローレも特に疑わなかったようで、すぐに盗聴防止の魔術具を受け取ります。

「ダンケルフェルガーの社交場に到着するまでなので、ゆっくり話をする余裕はありません。ですが、わたくしはレスティラウトを交えない状態で貴女の意見を聞いておきたいのです。寮から送られてきた報告書はずいぶんとレスティラウトに都合の良い内容だったようですから」

ハンネローレは嬉しそうな、同時に、聞いてほしくないような複雑な表情で頷きました。エーレンフェストとの話し合いで啖呵《たんか》を切った様子とは全く違います。わたくしは周囲の者達に深刻な様子を見せないように、中小領地の文官見習い達の展示品へ視線を向けながら問いかけました。

「まず、ルーフェンが嫁取りディッターと嫁盗りディッターを勘違いしていたのは何故かしら？」

嫁取りと嫁盗りでは大きく違います。当事者達が結婚を望んでいるのに親から結婚の許可を得られない場合が嫁取りディッター。結婚したいと思っていない相手を強引に得るのが嫁盗りディッターです。今回はルーフェンから嫁取りだと聞いていましたし、それを裏付ける契約書が貴族院から送られてきていました。ですから、わたくし達はレスティラウトとローゼマイン様が想い合っていると考えていたのです。

「王の許可を得た婚約をしている他領の領主候補生に対して貴族院で強引に嫁盗りを行うなど、事実を知っていればルーフェンは許可しなかったでしょう。彼はお互いに想い合っていて、何とか手を取り合いたいと考える恋人達に救いの道を示したつもりではありませんか？」

そもそも、嫁入りを賭けたディッターは親族同士で行う私的なもので、貴族院で行うものではありません。領地の大人に干渉する余地を与えないように、レスティラウトが強引に事を運んでディッターを成立させたと考えるのが自然でしょう。

「貴女は何故ルーフェンの勘違いを正さなかったのですか？」

ハンネローレがルーフェンの勘違いやレスティラウトの暴走についての情報を領地に送ってくれれば、わたくし達は疑惑を持って息子を問いただすことができたでしょう。少なくともローゼマイン様がダンケルフェルガーに嫁ぎたがっているという前提で交渉に臨みませんでした。

「……わたくしもルーフェン先生の勘違いを知りませんでした。お兄様はなるべくわたくしをディッターの準備に近付けないようにしていましたから……」

レスティラウトがローゼマイン様に想いを寄せているように見せかけていることも、ディッターが終わるまで気付かなかったとハンネローレは呟きました。ディッターに乱入した中央騎士を捕らえるためにやってきたアナスタージウス王子との会話。その流れで「嫁取りディッター」だと周囲が認識していることを知ったと言うのです。

……本当にあの子は……。

「レスティラウトがルーフェンや他の者に対して意図的に説明を曖昧にしたり、領地の順位を笠に着て強引な手段をとったりしたということですね」

協力を要請すべき妹を排除するなど、一体何をしているのでしょうか。勝手に嫁入り先をディッターの条件にしたり、疎外したり、いくら何でも同母妹のハンネローレを蔑ろにしすぎです。

「あの契約書の一件からもディッターを成立させることを優先させすぎるあまり、レスティラウトが色々なことを疎かにしたことがよくわかりました」

「そういえば、エーレンフェストにとって契約書に見えなかったのは何故でしょう？」

ハンネローレの不思議そうな呟きに、わたくしはそっと息を吐きました。ダンケルフェルガーで生まれ育つと、あの契約書でも疑問には思わないでしょう。

「ダンケルフェルガーではありふれた物ですが、他領にディッターの契約書はありません」

特に、嫁取りディッターは親族の内輪で行う私的なものです。ほとんどの場合、契約には木札が使われますし、ディッターの条件と代表者のサインがあれば契約書になります。公的な形式などありません。後で揉めた時に第三者が条件を確認できればそれで良いのです。

「ですが、それでは他領とのやり取りで通用しません。お互いに了承の上ならば問題ないでしょうが、片方が契約書だと認識もできていない状態では完全に説明不足なのです」

レスティラウトが嫁取りディッターには公的な形式がないのでこれで良いと考えたのか、エーレンフェスト相手ならばダンケルフェルガーのやり方を押し通せると考えたのか、それとも、他に何か理由があったのか……。尋ねてみなければなりません。

「では、他領ではどのように予算を申請するのでしょうか？」

「どうするのでしょうね？　わたくしも他領の事情には詳しくありません」

わたくしはダンケルフェルガー出身の第一夫人です。本来ならば、他領から別の方が嫁いできて第二夫人になるはずでした。けれど、夫が第一夫人を娶ることを考える時期に政変が起こりました。先代領主は夫が第一夫人を娶ることで政変に深入りすることを厭《いと》い、新しいツェントが立つまで他領と縁組みすることを禁じたのです。政変は終わりましたが、トラオクヴァール様はグルトリスハイトを持たず王座に就きました。グルトリスハイトのないユルゲンシュミットの統治がどうなるのか、様子を見ている内に今に至ります。

「他領より自領の問題を考えましょう。貴女はレスティラウトを止めなかったのですか？」

「契約書の齟齬やルーフェン先生の勘違いを予《あらかじ》め知っていても、きっとわたくしではお兄様を止められなかったと思います。お茶会でも叱られましたし、寮内でも皆がディッターを喜び、準備に盛り上がっていました。わたくしが嫌だと言っても誰も聞いてくれませんでしたから……」

自分の護衛騎士見習い達までが「ハンネローレ様はご安心ください。必ず勝ちます」と言っていたそうです。本当に頭の痛い状態ですが、ダンケルフェルガーの寮内が異様に盛り上がっていたことはわたくしにも想像できます。

「確かに少人数が止めようとしたところでどうにもならなかったでしょうね。ディッターの話を聞いた城の中も酷い有様でしたもの」

貴族院でローゼマイン様とハンネローレの嫁入りを賭けたディッターを行うと知らされた城内は大盛り上がりでした。貴族院のディッターに参加したくてうずうずしている騎士達が非常に鬱陶しかったものです。わたくしは共同研究の神事を他領の騎士達に実演してみせるのはどうかと提案して、夫や騎士達を訓練場に追い払ったことを思い出しました。溜息を吐いた後、わたくしはハンネローレをじっと見つめます。

「けれど、わたくし、レスティラウトだけではなく貴女にも不信感を抱いています。隠していることと、意図的に誤魔化していることがあるでしょう？」

「……え？」

「貴女がエーレンフェストに嫁ぎたいと思ったのはいつの話ですか？」

わたくしが軽く睨むと、ハンネローレは後ろを振り返りました。エーレンフェストの社交場の方角へ視線を向けた後、そっと目を伏せます。わずかに唇が震えていますが、声は出てきません。

「レスティラウトやコルドゥラからディッターの敗北報告を受けた時、わたくし、貴女が実はエーレンフェストへ嫁ぎたがっていたと聞きました。以前からの想いを隠し、自分の恋を叶える機会を最大限利用したのです、と」

そのため、周囲に知られていなかっただけでレスティラウトとローゼマイン様、ヴィルフリート様とハンネローレがお互いに想い合っていたから起こったディッターだと判断したのです。もちろんルーフェンからの「嫁取りディッター」という言葉がその判断の後押しになったことは間違いありません。

「今朝エーレンフェストとの会談について話をした時も、貴女はただ俯いて曖昧に微笑んでいただけでしたね。報告の内容を否定しませんでした」

わたくしは娘の反応を、自領や兄を敗北させた後ろめたさから出たものだと思っていました。けれど、それでは先程のローゼマイン様の言葉と噛《か》み合わないのです。エーレンフェストが勝利した時にはハンネローレの望むところへ嫁入りできるように口添《くちぞ》えするとおっしゃいました。その条件について盗聴防止の魔術具を用いて二人で内緒話をしたにもかかわらず、ハンネローレがエーレンフェストへ嫁ぐことが前提ではなかったのです。

「もしかしてローゼマイン様がその条件を出し、ディッターが決まった時点で貴女はエーレンフェストへ嫁ぐ気はなかったのではありませんか？　いつから貴女はヴィルフリート様への想いを抱き、自領を敗北させても嫁ぎたいと考えていたのですか？」

先程の交渉時とは打って変わってハンネローレは俯いて小さく答えます。

「……ディッターで、ヴィルフリート様に手を差し出された時……です」

「何ですって？」

「わたくしの危機を案じてくださったヴィルフリート様に付いていきたいと……。エーレンフェストへ行きたいと思ったのです」

ハンネローレのあまりにも急な心変わりに眩暈《めまい》がしました。まさかディッターの最中に敵へ恋をして陣を出たとは想像もしていませんでした。

……深謀遠慮でも何でもない衝動に身を任せ、自分の将来を台無しにするなんて……領主一族失格とも言える失態ではありませんか。

嫁取りディッターで相手に嫁ぎたい娘を宝とする時と、嫁盗りディッターで結婚する気のない娘を宝とする時では戦略が大きく変わってきます。ハンネローレはその前提を勝負の途中でひっくり返したのです。

「それは、つまり、貴女とヴィルフリート様は両想いではなかったということですか？」

「はい。……ただ、あの条件の契約書にヴィルフリート様の署名があったので、少なくとも嫌われてはいないし、結婚に関しては受け入れられると思っていました」

確かに、あの条件が書かれた契約書に次期領主を名乗ったヴィルフリート様のサインがあるのです。エーレンフェストが大領地の姫の嫁入りに拒否感を抱いているとは考えないでしょう。

……ヴィルフリート様は何ということをしてくれたのでしょう。

いくらレスティラウトに求められたとはいえ、望まない条件が書かれた契約書に「次期領主だ」と名乗りを上げてサインをするなど正気とは思えません。無責任すぎるでしょう。

「そのような有様で何故ローゼマイン様との交渉を止めたのです？　彼女は貴女の望む先へ……とお約束してくださったのでしょう？　ならば、貴女の想いを告げ、その約束を盾にお願いすれば、ローゼマイン様は力を尽くしてくださったと思いますよ」

自分の主張を押し通すためにダンケルフェルガーとのディッターを受ける少女なのです。約束を盾にすれば、ハンネローレが嫁げるように尽力してくれたでしょう。

「それに、ヴィルフリート様も少しくらいはその気があるからディッターの最中に貴女へ手を差し伸べたのでしょう。ならば、話の持って行き方では何とかなったはずです。手を差し伸べたヴィルフリート様にも次期領主としてサインした責任を追及し……」

「止めてください、お母様！」

ハンネローレが強く言い切りました。

「先程も言ったように、これ以上エーレンフェストの迷惑になりたくありません。ダンケルフェルガーはすでにエーレンフェストとローゼマイン様にたくさんの厄介事をもたらしているのです」

「そういえば、ハイスヒッツェがフェルディナンド様とエーレンフェストに余計なことをしたと口にしていましたね」

詳細についてはハイスヒッツェを後で問い詰めなければ……と考えていると、ハンネローレは首を横に振りました。

「ハイスヒッツェのことだけではありません。お母様への報告では省略されている部分も多いのです。お父様やお兄様はもう終わったことで、エーレンフェストが不利益を被っていないので余計なことを言うなと、いつもおっしゃいますけれど……」

ハンネローレはこれまでのダンケルフェルガーとエーレンフェストの関わりについて述べ始めました。わたくしがいないところで行われたため、報告の詳細が省かれていた事実を添えて。

「エーレンフェストとダンケルフェルガーの関係はわたくしが一年生の時に始まりました。ローゼマイン様が図書館の魔術具の主になったことに対してお兄様が他領を率いて、大領地の権力で威嚇《いかく》しながら主の座を明け渡すように命じたそうです。わたくしはその場を見たわけではありませんが、コルドゥラの報告に血の気が引いたことはよく覚えています」

わたくしは王族の遺物を巡ってエーレンフェストとディッターを行ったことは知っていました。けれど、発端となったレスティラウトの横暴さはずいぶんと省略されていたようです。

「……よくそれでローゼマイン様は貴女と友人になろうと思いましたね」

「二年生で迷惑をかけたのは、お兄様よりお父様です」

領地対抗戦でアウブ・ダンケルフェルガーが歴史書の翻訳に言いがかりを付けてディッターを仕掛けた経緯をハンネローレが述べます。ハイスヒッツェが敗北し、結果としてエーレンフェストが不利益を被らなかったため、経緯についてはかなり省略されていたようです。領主会議の交渉で歴史書の出版についてはエーレンフェストにかなり強引な形で有利な立場を取られたのですが、そもそも夫の強引さが原因だったようです。

……都合の悪いところを誤魔化しながら報告する癖は血筋なのかしら？

「今回のディッターの発端はお兄様です。お茶会でヴィルフリート様をひどい言葉で侮辱《ぶじょく》し、エーレンフェストにローゼマイン様は不相応だと煽ったり、アウブ・エーレンフェストにも圧力をかけると脅したりしてディッターに持ち込みました」

ハンネローレが見る限りではローゼマイン様にダンケルフェルガーへ来る利点を述べて、第一夫人になるように求めたそうです。少なくとも求愛の言葉や魔石を贈ることはなかったと言います。

「それに、ルーフェン先生はローゼマイン様やエーレンフェストを何故かディッターが好きだと勘違いしていますが、わたくしが知る限り、あちらからディッターを望んだことなんてありません。むしろ、回避する方法をいつも探していらっしゃいました。今回の言い分を聞いて思ったのですが、ローゼマイン様にとってのディッターはダンケルフェルガーの要求を退け、自分達の要求を呑ませる手段でしかないと思います。少なくとも、お兄様達のような神聖さを感じていないでしょう」

こうして並べられると、エーレンフェストにとってダンケルフェルガーはあまりにもひどい領地です。ローゼマイン様が「敗者は黙っていてくださいませ」と言った背景がよくわかります。

「これだけ迷惑をかけているのです。それに、わたくし、無理に嫁いだことで上級貴族へ身分を落とされ、若くして命を散らす大領地の姫にはなりたくありません」

大領地と付き合う素地のないエーレンフェストへの嫁入りは心配の方が大きいので、ハンネローレが諦めて嫁入りの話が流れたとしても普通の状態ならば安堵の方が大きくなるでしょう。

……けれど、今は……。

エーレンフェストとの共同研究によって神聖視されるようになったディッターで、ハンネローレは敵に陣を出されたのではなく、自分の利益を得るために陣を出ました。共に戦ってきた騎士達の奮闘を踏みにじる行為です。

……あぁ、エーレンフェストにとっては裏切りでも何でもないのでしたね。

陣を出たハンネローレではなく、護衛騎士達の職務放棄だと言ったローゼマイン様の言葉を思い出し、わたくしは軽く頭を振りました。己のために騎士達が戦っている中、恐怖から敵の手を取り陣から出ても当然だなんて、わたくしには全く理解できません。

例えるならば、先日のディッターでレスティラウトの侵入によって護衛騎士が盾から弾かれた瞬間、ローゼマイン様が嬉しそうに敵の手を取って陣を出るようなものです。今まで全くレスティラウトを慕う姿を見せていなかったローゼマイン様が突然そのような行動を取っても、エーレンフェストでは本当に裏切られたとは思わないのでしょうか。主を守ろうとして武器を手にしたことで盾に弾かれた護衛騎士がローゼマイン様を一人にしたと責任を問われるのでしょうか。

……根本的な考え方が違いますね。

「貴女はディッターの条件である第二夫人としての嫁入りをなかったことにすると言い切りました。危険ならば陣を出ることが許されるエーレンフェストならば、衝動的に行動する貴女であっても受け入れてくれたかもしれません。ですが、ダンケルフェルガーでは許されません」

「……はい」

これ以上エーレンフェストに迷惑をかけたくないというハンネローレの考え自体は悪いものではありません。先方がダンケルフェルガーの言動に迷惑を被った経緯を詳細に知っていたのですから、それを何とかしたいと思うのは当然でしょう。

しかし、「嫁がない」という選択はダンケルフェルガーとハンネローレ自身にとって最悪です。嫁いだ上でエーレンフェストへの贖罪として他の方法を考えてほしかったと思います。

「自分の言動がもたらす影響の大きさを覚悟して口にしたのですか？」

「……おそらく理解できていると思います」

わたくしからは俯いている娘の頭しか見えませんが、胸の前で盗聴防止の魔術具を握り込んでいる手は小さく震えています。

「貴女はディッターの最中に敵であるヴィルフリート様の手を取って陣を出ました。貴女の裏切りによってダンケルフェルガーは敗北したのです」

「……はい」

「今回、貴女がそれほど裏切りを責められなかったのは、領地に得られる利益があったからです。ディッターに勝っても負けてもエーレンフェストと縁戚関係になることは変わりませんものね」

レスティラウトが妹に関する情報収集を怠っていたこと、自分の恋を叶えたいハンネローレの深謀遠慮だと周囲が受け取ったこと、数年後には嫁いで領地を出ること、その嫁入りによって領地に利をもたらす存在になること。様々な要因が重なり、ハンネローレの裏切り自体はほとんど責められませんでした。妹の事情を知ろうとしなかったレスティラウトの情報収集不足が指摘され、秘宝の盾を失った責任を彼自身が負う。それで終わるはずだったのです。

「けれど、貴女は嫁入りしないと自分から宣言しました。一体何のために自領を敗北させたのか。その行動に何の意味があったのかと周囲に責められることは明白です」

レスティラウトが得るはずだった恋を踏みにじった上に、自分の恋とダンケルフェルガーが得るはずだった利益を放棄したと領地の貴族達の目には映るでしょう。今回の敗北はハンネローレの深謀遠慮だと言われている上に、戦いの様子を魔術具で撮られていました。事実を改竄《かいざん》し、ハンネローレが敵に陣を追い出されて敗北したという形にはできません。

嫁盗りディッターを嫁取りディッターだと偽って事を起こしたレスティラウトではなく、自ら陣を出て嫁入りを断り、領地の利益を投げ出したハンネローレが全ての責を負うことになるでしょう。領地の貴族達にとって重要なことは、経緯や他領への配慮ではなく、自領に対してもたらした結果なのですから。

「今後、自領を裏切った貴女に対する周囲からの風当たりは非常に厳しいものになるでしょう。ですが、それは貴女の行動によるものです。覚悟なさい」

「……はい」

俯いたまま、それでも全てを受け入れようとする娘の姿に溜息を隠せません。

「貴女は優しすぎるというか、自分から損ばかり引くのですから。……本当に儘ならないこと」

「お母様？」

可能ならば早急に他の嫁入り先を探して領地の貴族達へ別の利益を見せることで風当たりを弱め

てやりたいですし、娘にはいくら厳しい状況でも数年間のことだと言ってやりたいと思います。

……それも、自領を裏切るほどの恋心を抱いた娘には酷な提案になるでしょうね。

ハンネローレがどれだけ自覚しているのかわかりませんが、エーレンフェストに嫁入りする覚悟で自領を敗北させたのです。その嫁入りを正面から断られて傷ついていないはずがありません。

「ダンケルフェルガーの第一夫人として、わたくしは貴女の行動と決意に異を唱えて糾弾《きゅうだん》しなければなりません。同時に、貴女の母として貴女の行く末が心配でならないのです」

ハンネローレが驚いたようにわたくしを見上げました。ゆっくりとわたくしの言葉を咀嚼《そしゃく》するように赤い目を瞬かせます。

「お母様、わたくし、宣言したことを後悔はしていません。……でも、そうですね。わたくしの側近達はこれから肩身の狭い思いをするでしょう。いつか、今回の恥を雪《すす》ぐ機会があれば良いとは思います」

痛々しい決意をしているハンネローレを見て、わたくしの胸にはふつふつと怒りが溜まっていきます。衝動的な感情に突き動かされて馬鹿なことをした娘に対する怒りではなく、この状況を作り出した息子に対して。

「貴女の意見と覚悟はわかりました。では、昼食時にはレスティラウトの言い分をじっくりと尋ねましょうね。隠し立てをしたり、省略したりした言い分については貴女も指摘するのですよ」

「わ、わたくしが、ですか？」

「貴女以外に誰がいるのです？」

ハンネローレはヒッと息を呑んで、助けを求めるように周囲を見回します。ですが、盗聴防止の魔術具を握っていて会話の聞こえていない側近達は少し首を傾げるだけです。

「そうそう。去年の領地対抗戦での振る舞いについてアウブにもお話を聞かなければなりませんね。それらが今回のエーレンフェストとローゼマイン様の言い分に大きな影響を与えていることは間違いないでしょうから」

ローゼマイン様が翻訳した歴史書を盾にして大領地のアウブが威圧的にディッターを迫った過程で、エーレンフェストの条件を何でも呑んだそうです。レスティラウトだけではなく、アウブがそのような態度を取ったのです。勝てば何でも言い分が通るとローゼマイン様やエーレンフェストが考えるようになった一因でしょう。それらの経緯を隠していた夫にもお説教は必要です。

「ふふふふふ……」

「あ、ああ、あの、お母様、わたくしが告げ口をしたことは内密にしてくださいませ」

オロオロとしながら涙目になっている娘を見つめ、わたくしは少し首を傾げました。

「後ろめたいことをしたのは、貴女ではないでしょう。貴女はダンケルフェルガーの女らしく、余裕を持って胸を張っていれば良いのですよ」

エーレンフェストとの交渉の中で「ダンケルフェルガーの女」について述べていた娘に向かって微笑むと、ハンネローレはガックリと項垂れました。

「……わたくし、まだまだ理想的なダンケルフェルガーの女にはなれそうもありません」

不信感とゲヴィンネン

今日は領地対抗戦に表彰式、それから、叔父上との夕食と予定が詰まっていて、実に濃密な一日だった。素材の準備から細かく指示を出し、時間短縮を三つも重ねがけをする超人的な調合の見学を終え、私は七の鐘の頃になってようやく自室へ戻ることができた。これから風呂に入って就寝準備だ。

「其方等はもう下がれ。あとはオズヴァルトだけで良い」

風呂を終えると、私はすぐに学生の側近達を下がらせた。彼等はこれから自室で自分の就寝準備をしなければならない。

「ヴィルフリート様はローゼマイン様とフェルディナンド様の距離感についてどのようにお考えですか？」

私は自分の筆頭側仕えであるオズヴァルトの質問に首を傾げた。先程までお茶会室で叔父上達と夕食を摂っていたのだ。その質問がローゼマインの体調を確認している時のものだということはわかる。二人だけになったところでされた質問に、私は少し考えて答えた。

「顔を見るだけでお互いの体調がわかるのだと驚いたな。私は叔父上の顔色が悪いこともローゼマインが熱っぽいことも気付かなかった」

それに、私はローゼマインのユレーヴェの後遺症に気を回したことがなかった。目覚めてからもう二年以上が経っている。完全に治っていると思っていたのだ。だが、「まだ魔術具に頼っているのであろう？」と叔父上は言っていた。

「……お二人の仲が良いことについて、もっと思うところがあったでしょう？　ローゼマイン様に声をかけられた時、ヴィルフリート様はずいぶんと驚いた顔をしていらっしゃったのですから」

「あぁ、父上や母上、私達に対する態度と違う距離感に驚いたのだ」

叔父上の表情が緩むところを初めて見た。私は叔父上の厳しい表情しか見たことがない。ローゼマインにしてもそうだ。安心しきったように甘える姿を初めて見た。寮内で実兄のコルネリウスと気安く接している様子を初めて見た時に驚いたのと同じ感じだった。

「……本当にそれだけですか？」

「其方には隠す必要がないか……。私がローゼマインのように誰かに甘えられたのは、おばあ様がいた頃だったことを思い出していた。だから、ローゼマインに声をかけられて何と答えれば良いのかわからなかったのだ。あの二人はおばあ様を嫌っているからな」

祖母であるヴェローニカがあの二人に対してひどいことをしたらしい。それは知っている。だが、それでも私にとってはおばあ様が一番の家族だったし、慕わしい思いが消えることはない。おばあ様がいた頃は何の締め付けも課題もなかったし、自由奔放に振る舞うことが許されていた。もちろん、あのままでは領主候補生としてダメであることはわかっている。それでも、絶対に揺らぐことのない愛情に包まれていたあの頃を懐かしく思うことは止められない。

「お待ちください。では、ヴィルフリート様はあの二人の触れ合いに何も感じなかったと？」

オズヴァルトの声音や表情から、私の答えが彼の予想と違うことはわかったが、どう答えてほしかったのか全くわからない。私は何だかイライラしてきた。

「だから、驚いたと何度も言っているではないか。それに、触れ合いではなく診察であろう？　叔父上はローゼマインの主治医だ。今まで何も言わなかったのに、突然どうしたと言うのだ？」

「フェルディナンド様はアーレンスバッハへ移動したことで主治医ではなくなりました。ならば、過剰でしょう。お互いに婚約者のいる者の距離ではありません。ヴィルフリート様も魔力感知が発現したのです。少しは気にしてください」

魔力感知は十歳から十五歳くらいの間に起こる変化で、第二次性徴の一つだ。魔力量の近い者を感じ取れるようになる能力で、子孫を残すという意味で結婚に適した相手を感じられるようになる。

私に魔力感知が発現したのは、この冬、貴族院へ来てからだ。最近では慣れてきたが、周囲の魔力を感じるようになって妙にそわそわしたことを思い出した。相手の魔力量が近いかどうかわかるから、何となく魔力を感じるとつい周囲を見回してしまうのだ。

「だが、ローゼマインはまだ発現していないであろう？　全く何も感じない相手を気にしろと言われても……」

その魔力を感じない相手は対象外になる。魔力の差が大きければ子供ができにくくなるため、魔力を感じられない相手との結婚は喜ばれないことが多いし、本能的に自分の結婚相手から除外して考えてしまうからだ。ローゼマインやシャルロッテのように、まだ魔力感知の発現していない子供をそういう対象として見ろと言われても困る。

「本来ならば、魔力感知も発現していない子供への接し方にそれほど目くじらを立てるのもどうかと思います。ですが、ローゼマイン様はすでに貴族院の三年生で、婚約者のいる身ではございませんか。異性への接触については少し考えていただくべきです。何より、フェルディナンド様はもう後見人でも主治医でもないことをもう少し理解していただかなければなりません」

「だが……」

魔力感知が発現する前と後では周囲に対する感覚が大きく変わる。自然と自分にとっての対象内かどうかわかるからこそ、発現前の子供のやることに目くじらを立てる者が少ないのだ。今のローゼマインに異性との距離感について説明したところで、とても理解できるとは思えない。現に、私は叔父上とローゼマインの距離感に全く何も思わなかったのだから。

「実感することが難しくても、ローゼマイン様には婚約者としての自覚を持ってもらうべきでしょう。そうしなければ、今後もエーレンフェストの流行や印刷目当ての求婚を他領から受けることになり、婚約者であるヴィルフリート様が苦労することになります」

オズヴァルトにそう言われた瞬間、レスティラウト様にかけられた言葉の数々やアナスタージウス王子からの叱責と忠告を思い出し、私は嫌な気分になった。そこにオズヴァルトが畳みかけるように言葉を重ねる。

「個人的にはヴィルフリート様を差し置いて次期領主に相応しいと他領から言われるような振る舞いは控えてもらうべきだと思います。彼等の言い分にヴィルフリート様がどれほど肩身の狭い思いをしているのか……。婚約者だというのに、あまりにもヴィルフリート様を蔑ろにしすぎではないでしょうか」

ツェントが参加した共同研究で次期アウブである私を立てることなく、ローゼマインが仕切っていたこと。レスティラウト様のイラストの買い取りで私の意見を退けてローゼマインが主導権を握って交渉したこと。表彰式ではエーレンフェストとダンケルフェルガーの共同研究の代表者を譲るべきだったことなどをオズヴァルトが挙げていく。

「だが、印刷業に詳しいのはローゼマインだし、ダンケルフェルガーとの共同研究はローゼマインが始めたことだ。私が前に出ることではあるまい」

表彰式でローゼマインが成果を譲ろうとした時に「妹の成果を奪うようで嫌だ」と自分から断ったことを思い出して、私は反論した。ローゼマインはすごいが、その成果を奪いたいとは思わない。私は自力で何とかしたいのだ。

「ヴィルフリート様は次期領主で、領地の代表者になる立場です。しかも、ローゼマイン様は次期領主を争う敵ではなく、本来ならば最も味方であるべき婚約者です。ならば、成果を献上しないのは、次期領主を目指しているからだと判断されても仕方ありません。ヴィルフリート様を立てるために同母妹のシャルロッテ様や婚約者のローゼマイン様は成果を献上すべきなのです」

私がローゼマインの申し出を断ったことを「失敗だった」と言われているようで苦い気持ちになった。それではまるで私が妹達から成果を献上されなければ、自力では全く足りていないようではないか。レスティラウト様やアナスタージウス王子に傷つけられた矜持《きょうじ》を、オズヴァルトから更に傷つけられている気分だ。

……私の筆頭側仕えなのに、これ以上嫌な気分にさせないでくれ！

「ヴィルフリート様、私はローゼマイン様が領主の養女であることが、正直なところ不安です。今回の粛清を機に次期領主を望まれるかもしれないと考えています。少なくともライゼガング系貴族は望むでしょう。婚約者の立場はそのままに、養子縁組を解消して上級貴族に戻すことをアウブに提案しませんか？」

「養子縁組の解消などできるわけがあるまい。それに、ローゼマインは次期領主にならぬ」と宣言したのだ。

ライゼガングへ行った時に、ローゼマイン本人がギーベ達に「なる気はない」と宣言したのだ。レスティラウト様にもそう言っていた。それなのに、養子縁組を解消させてまで領主一族から外そうとする意味がわからない。

「それに、ローゼマインは虚弱でアウブは務まらぬ。父上も……」

「体調はフェルディナンド様のお薬で改善されていると聞きます。それに、時間の経過によって周囲の状況や人の気持ちは変わるものです」

「何か根拠でもあるのか？」

あまりにも執拗《しつよう》にローゼマインを疑うようなことばかりを言うオズヴァルトを私は睨んだ。

「粛清です。あれでアウブやヴィルフリート様を支持する貴族達がたくさん捕らえられました。あまりにも些細な罪の者まで追い詰められたそうです。本当にこのような状態をアウブが望んだとは思えません。おそらくライゼガング系貴族の圧力に……」

ローゼマインばかりではなく父上に対する批判めいた意見が出てきたことに、私はカッとなった。エーレンフェストに潜む危険な貴族を排除するために必要な粛清だった。

……其方も父上が苦悩しながら決断した姿を知っているはずだぞ！

オズヴァルトに対するどうしようもない反発心が芽生え、反論したい気持ちが大きくなってくる。

同時に、何を言っても筆頭側仕えの彼に丸め込まれそうで、何と言えば自分の苛立ちや腹立たしさを正確に伝えられるのかわからない。

「これ以上、其方の言葉を聞きたくない。私はもう寝る！」

翌日は成人式と卒業式。午前中の成人式で妙な魔法陣が浮かび上がり、昼食の時には王族からオルドナンツが飛んできてローゼマインが呼び出された。午後の卒業式では中央神殿の神殿長が「次期ツェント候補はディートリンデ様だ」と爆弾宣言をし、混乱のままに終わるという前代未聞の卒業式だった。

「ヴィルフリート様、こちらの招待状が届きました。どうされますか？」

「卒業式が終わったのに招待状だと？」

社交期間どころか卒業式が終わり、後は領地に帰還するだけという今の時期に招待状が来るなど普通ではない。イージドールが手にしている招待状はどうにも胡散臭《うさんくさ》く思える。

「こちらはディッターに乱入した中小領地が取りなしを求めているようです。こちらはドレヴァンヒェルのオルトヴィーン様からゲヴィンネンのお誘いです」

中央騎士団に唆《そそのか》された中小領地にツェントからの厳罰はなかった。だが、大領地であり、ディッターを異様に神聖視しているダンケルフェルガーの心証は非常に悪かったようだ。彼等は領地対抗戦でダンケルフェルガーへ謝罪に行ったが、取り付く島もない態度で追い払われたらしい。そのため、エーレンフェストに取りなしを頼みたいと考えているようだ。

「あぁ、領地対抗戦は来客が多かったからな。ダンケルフェルガーに断られた後では父上と話をする時間も持てなかったので、領主会議の前に一度話をしたいということか……」

だが、父上はもう寮にいない。母上の体調が良くないので卒業式が終わるとすぐに領地へ戻ってしまった。だから、次期領主である私のところへ招待状が届いたのだろうが、私の裁量で決断できることではない。

「父上がいない中で話し合える内容ではない。そちらは断れ。オルトヴィーンからゲヴィンネンの誘いというのは何だ？」

招待状には「今年は共同研究が忙しく、お互い社交に割ける時間が少なかった。今年最後の勝負をしよう」と書かれている。非常に心躍る誘いだ。私がうきうきとした気分でオルトヴィーンからの招待状を見ていると、オズヴァルトは顔を顰めた。

「ヴィルフリート様、この招待をお受けになるのですか？　このような時期の突然のお誘いには必ず裏がございます。厄介事としか思えませんが……」

「上位領地の誘いを断るなといつも言うのは其方ではないか。それに、ローゼマインはハンネローレ様とお茶会をするのだぞ。私がオルトヴィーンとゲヴィンネンをしても問題なかろう」

領地対抗戦で決まったらしい絵のやり取りや、本の貸し借りをしたいとダンケルフェルガーから申し出があり、ローゼマインはお茶会の予定が決まっている。父上も了承済みだ。つまり、この時期の社交を禁じられているわけではない。領地間の関係が大きく関わる難しい話は父上抜きでできないけれど、友人とのゲヴィンネンくらいは問題ないはずだ。

「ですが、ヴィルフリート様……」

「行くと言ったら行くのだ」

私とオズヴァルトとの関係は、あの夜からギクシャクしている。何となく私が望まない雰囲気の説教臭さが鼻について素直に受け入れられないというか、過保護すぎて逆に侮られているような気になるというか、妙な反発心を覚えてしまうのだ。そのせいか、今も不必要に反抗的な態度を取ってしまった。まるで子供の我儘のようで後悔はするが、反抗心は消えない。

「オズヴァルト、ヴィルフリート様にも気分を変える時間が必要でしょう。領地へ戻ると、大変な立場になります。友人とのゲヴィンネンくらいは許して差し上げてください」

間に入ってきたのは、私に名を捧げた文官見習いのバルトルトだ。彼の言葉にオズヴァルトが仕方なさそうに頷いて引き下がった。向かい合っていると妙な反発心が強くなるので、仲裁してくれたことにホッとする。名を捧げて献身的に仕えてくれる者の存在に、私は心強い気分になった。誰よりも私を気遣ってくれる側近はバルトルトに違いない。


ローゼマインがハンネローレ様とお茶会をしている日、私はドレヴァンヒェルのお茶会室へ向かった。

「ようこそ、ヴィルフリート。急な誘いだったのに受けてくれて嬉しいよ」

「今年はゲヴィンネンをする時間が少なかったから、私もしたいと思っていたのだ」

出迎えてくれるオルトヴィーンを少し見つめる。魔力量が自分から少し遠いような薄いような感じだ。魔力量に差がある。領地の順位や成績を考えても、間違いなく彼の方が多いだろう。オルトヴィーンに追いつけるようにもっと魔力圧縮を頑張らねばと奮起する気持ちと、大領地ドレヴァンヒェルの領主候補生の魔力を感じ取れる自尊心の両方が胸の内に湧き上がる。

「では、こちらへ」

案内された席に着くと、ゲヴィンネンの駒を交換し、駒に魔力が残っていないか不正がないかをお互いに確認する。問題なければ駒を返して、自分の駒を配置していくのだ。

オルトヴィーンは駒を配置しながら側仕えに指示を出して飲み物を準備させる。それから、範囲指定の盗聴防止の魔術具を作動させた。側近達を排した状態でゲヴィンネンが始まる。

「ヴィルフリートは魔力感知も発現したし、そろそろ婚約魔石を作るのかい？　まだローゼマイン様は付けていないだろう？」

「婚約魔石？……むぅ、そうだな。ローゼマインが発現してからになると思う」

冷や汗をかきながら私は急いで取り繕う。婚約者に贈る魔石が必要だということは知っている。だが、婚約した時期が幼すぎたせいか、周囲が何も言わないからか、それを自分がローゼマインに贈るなど全く考えてもいなかった。

「あぁ、その間の代わりがあの髪飾りか。奉納舞の稽古でも見事に輝いていたが……」

「え？……あ、あぁ、そのようなものだ」

私にとっては叔父上のお守りだが、周囲は虹色魔石の髪飾りを婚約魔石の代わりのように見ていることを初めて知った。嫌な汗が出てくる。つまり、私が作らなければならない婚約魔石にはあれ以上の物が求められるということではないだろうか。

……ちょっと待て。叔父上のお守りと比べられるだと？

髪飾りに付いている全属性の虹色魔石と、それに刻まれた守りの魔法陣を思い出してぞっとした。ゆっくりと自分の手首にあるお守りに触れる。これも叔父上が作った物だ。そこにあるだけで心強く思っていたお守りが、急に重くなったような気がしてきた。自分のお守りを外し、ローゼマインにもお守りを外せと言いたい衝動に駆られた瞬間、オズヴァルトの説教臭い声が脳裏に蘇《よみがえ》る。

「フェルディナンド様はもう後見人でも主治医でもなくなりました。ヴィルフリート様も魔力感知が発現したのです。少しは気にしてください」

……そうか。私はそういうことを気にしなければならなかったのか。

叔父上の表情が柔らかいことやローゼマインが甘えていることに驚き、おばあ様に甘えていた頃を思い出して懐かしさに浸っている場合ではなかったのだ。たまに会った時くらい甘えるくらい良いではないか、と呑気に見ていてはいけなかったのだ。

「ヴィルフリート、ローゼマイン様は何と言っていた？」

オルトヴィーンの声にハッとした。今はゲヴィンネンの途中だ。ぼんやりしているわけにはいかない。私は急いでスイッと槍の駒を動かした。

「ローゼマインがどうかしたか？」

「卒業式の日、王族からローゼマイン様に問い合わせがあっただろう？」

思いも寄らなかった言葉に、私は軽く息を呑んで眉を寄せる。確かにエグランティーヌ様からの問い合わせがあってローゼマインは離宮へ出向いた。だが、それは口外法度《はっと》と言われていたし、私達エーレンフェストの領主一族は例年通りローゼマインが体調を崩したと周囲に述べていたはずだ。

「何故其方がそれを……あぁ、アドルフィーネ様か」

オルトヴィーンの姉であるアドルフィーネ様は今年の領地対抗戦や卒業式に王族の婚約者の立場で出席していた。おそらく昼食時の中央神殿の発言やエグランティーヌ様がローゼマインに確認を取ると言っている場にいたのだろう。

「そうだ。しかし、卒業式後は寮へ戻されたので、姉上はその後の報告を聞けていないのだ」

……これがオルトヴィーンにとってゲヴィンネンの目的だったのか。

この時期の突然の誘いには裏の目的がある。私はオズヴァルトの注意を思い出して小さく溜息を吐いた。言うことを聞いておけばよかったという後悔と反省が胸に広がる。

「詳しい内容は領主会議で発表されると聞いているが……」

「それでは遅すぎる。領主会議の発表は星結びの儀式の後だ。ディートリンデ様が次期ツェントとなるならば、今の王族は排除される可能性が高くなる。そうなった場合、ジギスヴァルト王子に嫁ぐ姉上の立場はどうなる？　結婚前の今ならば、まだ手を打てる」

これから王族に嫁ぐアドルフィーネ様の立場が非常に不安定なものであることを訴えられ、私の心が揺れた。家族を思うオルトヴィーンの言葉に胸が痛む。

「緊急の王族からの呼び出しなのだ。領主か婚約者の其方が付き添ったはずだし、王族絡みの重要な用件ならば其方に報告されているはずだ。其方はローゼマイン様の婚約者でエーレンフェストの次期領主なのだろう？」

……同席したのは叔父上だ。

領主である父上でも、次期領主で婚約者の私でもない。他領へ出た叔父上が呼び出されていた。それに誰もが安堵していたし、叔父上に任せておけば安心だと思っていた。だが、よく考えると、他領へ出た者に任せるのはおかしいのではないだろうか。

……私達が……いや、父上の判断がおかしいのか？　オルトヴィーンがおかしいのか？

何をどのように信用して良いのかわからず、私の喉がひくりと動いた。妙な汗が出てくるのを感じながら、私はゲヴィンネンの駒を見つめる。何と答えれば良いのかわからない。

黙ったままで口を開くことができない私を見て、オルトヴィーンは少し眉を寄せた。真実を探るように薄い茶色の瞳がじっと私を見つめてくる。

「……其方に情報共有はされていないのか？　ダンケルフェルガーとのディッターに勝利したと聞いたが、もしかするとローゼマイン様はダンケルフェルガーへ行くことを望んでいたのか？　それを其方が阻止したならば、重要な情報を共有などしないだろうが……」

おそらくこちらもアドルフィーネ様からの情報なのだろう。オルトヴィーンはディッターが行われたことや乱入者があったことなどを断片的に知っていた。だが、ほんの一部分だけだ。適当なことを言うオルトヴィーンを私は睨んだ。

「ローゼマインはエーレンフェストにいることを望んだ。私は、ローゼマインを守ったのだ」

「それで情報共有がされていないならば、ローゼマイン様は婚約者の立場を利用しつつ、其方を排して次期領主を望んでいるのか？」

オズヴァルトの懸念と似たようなことを言われ、私は息を呑んだ。他領の者からもローゼマインは次期領主を望んでいるように見えるのだろうか。

「それとも、ローゼマイン様が次期領主で、其方が次期領主の婚約者という立場なのか？」

「違う！　ローゼマインは虚弱だし、実子ではなく養女だ。次期領主には相応しくない」

次期領主に相応しいのはローゼマインだと言っていたレスティラウト様の言葉が脳内を巡り、私は必死に否定する。オルトヴィーンは不思議そうに目を瞬かせ、首を傾げた。

「養子や養女こそ次期領主に相応しいのではないのか？　その実力を買われて、アウブがわざわざ養子縁組するのだぞ。エーレンフェストでは違うのか？」

私はヒュッと息を呑んだ。ドレヴァンヒェルでは優秀な者とアウブが養子縁組をすることはよくあるらしい。完全な実力主義で、養子や養女が次期領主になることは珍しくないそうだ。その際には彼等の実家や親族が後押しすると言う。父上はローゼマインが始めた印刷業を領地の新産業とするために養子縁組をしたと言っていたし、ライゼガング系貴族がそれを後押ししている。

「領主になるつもりがなければ、最優秀を目指すとは思えない。エーレンフェストの領主候補生が上位領地を抑えて連続で最優秀であり続けるにはかなりの努力が必要ではないか」

ライゼガング系貴族の後押し、三年連続の最優秀。それに、叔父上が最優秀を取るように求めるのはローゼマインだけだ。領主の実子である私ではない。その裏にはどういう意味があるのか。

……実は、誰も私が次期アウブとなることを望んでいないのでは？

オズヴァルトの忠告が今になって突き刺さってきた。

「成果を献上しないのは、次期領主を目指しているからだと判断されても仕方ありません。ヴィルフリート様を立てるために同母妹のシャルロッテ様や婚約者のローゼマイン様は成果を献上すべきなのです」

レスティラウト様もオルトヴィーンもローゼマインを次期領主ではないかと疑うのは、彼女自身が正しい行動をしていないからなのか。

……オルトヴィーンと同意見ということは、オズヴァルトの懸念や忠告は正しかったのだ。

大領地ドレヴァンヒェルの領主候補生が言うことだ。オルトヴィーンが間違っているとは思えない。父上やローゼマインより正しいはずだ。つまり、私は不快に感じたり否定したりせず、オズヴァルトの言葉に耳を傾けるべきだった。耳に痛い忠告だが、何もかも私のためを思って言われた言葉だ。オズヴァルトに対して抱いていた苛立ちが、私の中でローゼマインに対する不信感へ変化していく。

……ローゼマインは婚約者なのに、私に対する献身が足りないのだ。それに、叔父上との距離感をもっと考えてもらうべきだ。

寮へ戻ったらオズヴァルトに謝って、もっとよく話し合う必要がある。ローゼマインに何が足りないのか、私はどういうところに気を付けるべきか、教えてもらわなければならない。

「オルトヴィーン、其方のおかげで大事なことに気付けた」

「ヴィルフリート？」

不可解そうなオルトヴィーンに、私は少しだけ声を潜めて告げる。

「お礼代わりに教えよう。口外を禁じられているので、全ては言えぬ。だが、ディートリンデ様は次期ツェントになれないそうだ」

魔法陣の詳細などは言えないが、それがわかればアドルフィーネ様が王族に嫁ぐことに何の問題もないことがわかるだろう。オルトヴィーンは安堵したように表情を緩めて駒を動かす。

「助かった、ヴィルフリート。これで安心して姉上を送り出せる」

安心して気が緩んだのか、オルトヴィーンは小さなミスをする。そこを突くことで私は貴族院最後のゲヴィンネンで勝利することができたのだった。

あとがき

お久しぶりですね、香月美夜です。

この度は『本好きの下剋上　～司書になるためには手段を選んでいられません～　第五部　女神の化身Ⅲ』をお手に取っていただき、ありがとうございます。

プロローグはマティアス視点。ダンケルフェルガーとのディッターの後で、トルークを嗅いだことのある彼だけが気付いた事実。それについて話し合おうとしたのに、何故かブリュンヒルデやレオノーレといったライゼガング系貴族による不満を聞く羽目に……（笑）。派閥の違いによる見方の違いや自分の主には見せていない彼女達の内心を楽しんでいただけると嬉しいです。

本編はローゼマインの目覚めから。この辺りの側近達とのやり取りは書き下ろしです。女の子ばかりでわちゃわちゃするシーンは可愛いので書いていて楽しいですね。領地対抗戦の準備の後は領地対抗戦。今回は様々な領地との社交にジルヴェスターと臨みました。その夜はお茶会室で泊まるフェルディナンドとの久し振りの交流です。あっという間のことでも、ローゼマインにとって楽しい時間。翌日は成人式と卒業式です。この巻の準主役とも言えるディートリンデの輝かしき見せ場、ピカピカ奉納舞。輝く彼女によって出現した魔法陣は一体どのような影響を及ぼすのか……。

　エピローグはディートリンデの側仕え見習いマルティナ視点。アーレンスバッハ貴族から見た領地の状況を書いてみました。旧ベルケシュトックの貴族もいるアーレンスバッハでは、それぞれの事情によって忠誠心も異なります。

　領地対抗戦で社交に縛られるローゼマイン視点では、学生達による領地対抗戦の様子が伝わりにくいです。そのため、リュールラディから見た領地対抗戦を短編に入れてみました。領地対抗戦を見て回った気分になっていただけると嬉しいです。


　今回の書き下ろし短編は、ダンケルフェルガー第一夫人ジークリンデ視点とヴィルフリート視点です。

　ジークリンデ視点では領地対抗戦での社交を終えて、自領の社交場へ戻る母と娘の会話を書いてみました。ダンケルフェルガーとエーレンフェストの常識の違い、レスティラウトから報告されていたこととエーレンフェストの言い分の違い、そして、ハンネローレの発言の真意と覚悟。

　ヴィルフリート視点はフェルディナンドとの夕食後からエーレンフェストへの帰還直前までの時間軸です。ヴェローニカ失脚後の育て親とも言える筆頭側仕えオズヴァルトへの反抗心が芽生えたものの、それは友人であるオルトヴィーンとのゲヴィンネンでの情報交換によってローゼマインに対する不満へすり替わっていきました。それがこれからの二人の関係にどう影響してくるのか。

この巻で椎名様に新しくキャラデザしていただいたのは、ジークリンデです。キリッとしていて、暴走しがちな男達を説教する気の強さが窺えますね。実際、ダンケルフェルガーの女なので「もう息子には敵いませんわ」と言いつつ、レスティラウトをシュタープの光の帯でグルグルできる程度には強いです。

新規のキャラデザは一人ですが、この巻で成人した女性、リーゼレータ、レオノーレ、ディートリンデの新しい髪型を考えていただきました。ディートリンデなんて一回限りしか使用しない奉納舞の髪型までデザインしていただいたわけで……。何というか、椎名様には感謝しかありませんね。


さて、秋から冬にかけてたくさん刊行されるのでお知らせです。
○十月一日発売……コミックス第二部4巻、ジュニア文庫5巻。
コミックス第二部4巻はルッツの家出や家族会議の辺りですね。

ジュニア文庫5巻には第一部Ⅲの前半を収録。すごく懐かしいです。
○十一月十日発売……ふぁんぶっく5巻。
ふぁんぶっく5巻にはアニメのエンドカードを全て収録しました。いつも通り、書き下ろし短編やQ&Aなど盛りだくさんです（TOブックスのオンラインストア限定発売）。

○十一月十四日発売……公式コミックアンソロジー6巻。
公式コミックアンソロジーは早くも6巻。今回も多くの豪華作家が参加して「本好き」の世界を描いてくださっています。
○十二月十日発売……第五部Ⅳ。

今回の表紙は、領地対抗戦&フェルディナンドとの夕食のイメージで。ジルヴェスターやフェルディナンドと一緒です。個人的に紺色シュミルのぬいぐるみを持ったローゼマインはめちゃくちゃ可愛いと思いました。リーゼレータが張り切るのもわかります。

カラー口絵はピカピカ奉納舞と舞台に浮かんだ魔法陣のイメージです。ディートリンデの盛られた頭をお楽しみください。

椎名優様、ありがとうございます。

最後に、この本をお手に取ってくださった皆様に最上級の感謝を捧げます。

第五部Ⅳは十二月の予定です。そちらでまたお会いいたしましょう。

二〇二〇年七月　香月美夜

毎度おなじみ
巻末おまけ
ゆるっとふわっと日常家族
作：いなゆう
お互い婚約者がいらっしゃって許される事のない心の奥に秘めた想い
きゃあああああ♡
ブルーアンファの訪れを感じますわ♡
現実
いたたた…
数ヶ月ぶりに会ったワンコ
おかえりなさいませフェルディナンド様
たたた
フリフリ
さあ褒めてくださいませ
ほめて ほめて ほめて
はふはふ
ぶんぶん
最優秀を取りましたよ
共同研究でも表彰されたのですよ
くる
ペチッ
おうっ

横でもダメ

『ああ我が眷属よ雪と氷で全てを覆い尽くすが良い』
『我が力の及ぶ限りゲドゥルリーヒを包み込むのだ』
『フリュートレーネを少しでも遠ざけよ』
？
どうしたマティアス
やはり無理だ私には絶対無理だ！
逃げ
だだだだだだ

疑惑

すっ
ローゼマイン様
この優秀者はローゼマイン様が
我々の救済を考えてくださったゆえの栄誉です
私の栄誉と感謝を我が主に捧げます
ぎょ
うひーなんでこんな感謝の仕方なの⁉
愛の言葉を吹き込むのはダメなのにこれはいいの？天然なの？マティアス天然なの？
わ、わかりましたから早く壇上へ
はい
マティアス天然疑惑浮上

（通巻第24巻）
本好きの下剋上
～司書になるためには手段を選んでいられません～
第五部　女神の化身Ⅲ

2020年10月　1日　第1刷発行
2023年11月20日　第6刷発行

著　者　香月美夜

発行者　本田武市

発行所　TOブックス
〒150-0002
東京都渋谷区渋谷三丁目1番1号　PMO渋谷Ⅱ　11階
TEL 0120-933-772（営業フリーダイヤル）
FAX 050-3156-0508

印刷・製本　中央精版印刷株式会社

ISBN978-4-86699-038-5